时光深处
泡桐花开

时磊英 著

金城出版社
GOLD WALL PRESS
·北京·

图书在版编目（CIP）数据

时光深处　泡桐花开 / 时磊英著 . —北京：金城出版社有限公司，2020.4
ISBN 978-7-5155-1948-7

Ⅰ . ①时… Ⅱ . ①时… Ⅲ . ①散文集—中国—当代 Ⅳ . ① I267

中国版本图书馆 CIP 数据核字 (2019) 第 274131 号

时光深处　泡桐花开

作　　者　时磊英
责任编辑　雷燕青
责任校对　郝俊伟
责任印制　李仕杰
开　　本　710 毫米 ×1000 毫米　1/16
印　　张　16
字　　数　200 千字
版　　次　2020 年 4 月第 1 版
印　　次　2020 年 4 月第 1 次印刷
印　　刷　天津旭丰源印刷有限公司
书　　号　ISBN 978-7-5155-1948-7
定　　价　49.00 元

出版发行　**金城出版社有限公司**　北京市朝阳区利泽东二路 3 号　100102
发 行 部　(010) 84254364
编 辑 部　(010) 84250838
总 编 室　(010) 64228516
网　　址　http://www.jccb.com.cn
电子邮箱　jinchengchuban@163.com
法律顾问　北京市安理律师事务所　（电话）18911105819

自序

赴一场心灵之约

“十年修得同船渡，百年修得共枕眠。”这句出自《增广贤文》里的诗句，以温暖的底色，阐释了人们在生死轮回中前世与今生的渊源。现实中，人们不知道要在前世经过多久的修炼，才能在命运之手的助推下，赴一场心灵之约，成为今生的祖孙、父子、母女、夫妻、兄弟、姊妹……

茫茫红尘，大多数人走着走着就散了，彼此只能成为生命里的过客，你来我往，各安天命。唯有亲人们沿着一脉相承的血缘，在“打断骨头连着筋”的亲情里，背负着沉重的责任与义务，写一纸悲欢，留一世温暖。

时光犹如一把锋利的镰刀，割去了一茬又一茬的庄稼，也割去了我的似水流年。蓦然回首，却发现，我既没有留下一张泛黄的小照片，也没有留下一本残损的小人书，更没有一个可供我赡养的老人……所有带着我记忆的证据，都在时光里进退失据，令我感觉自己一贫如洗。特别是一想到自己远去的亲人，瞬间就会酝酿一场浩浩荡荡的泪雨，淋湿我一截又一截的光阴。

有时候，我又感觉自己很富有。毕竟我所失去的一切，都曾经真实地拥有过。那些远去的亲人，曾用最温暖的亲情大爱构筑了我生命的底色。随着光阴的流逝，过往的亲情故事，不管曾经怎样轰轰烈烈、感人肺腑，都终将抵不过时间的流逝，从而变得浮光掠影，最终在光阴的洪流里消失殆尽。

作为一个写作者，在红尘喧嚣、众生浮躁之时，尚能于书房里安之若素，超然物外地接一壶春水，用文字煮茶，把曾经触动灵魂的点滴过往都浸泡其中，让世间至真、至纯、至善、至美的亲情，以记忆的方式汇入生命的河流。这何尝不是上苍对我最好的恩赐呢？

每个人的亲情故事都是世间独一无二的版本，我的亲情亦是如此。

我的祖父自我开始上学的第一天起，至我初中毕业，在我的八年走读求学生涯里，无论春夏秋冬，他每天都一日三次雷打不动地捧着一碗热饭，准时出现在我放学回家的必经村口。那一碗碗热饭，是再普通不过的家常便饭，可它却强健了我的骨骼，喂养了我的生命，温暖了我的人生；我的祖母则是每次见到我，一张口就能说出我离开家的天数，当我问她对我离开家的时间怎么记得那么准的时候，她十分淡然地说："你离开家一天，我就在心里划一道；你离开家两天，我就在心里划两道……等你回到家，我心里有多少道，你就离开家多少天……"这样的亲情，谁能造得出？谁又能仿得来？

我的父亲在目送我与小伙伴上学远去的背影里，看出她原来比我高一厘米，后来我俩一样高，再后来，我比她高两厘米。谁能说这样的目送没有拉升这个苍凉世界的温度？我的母亲则在我人生遭遇第一次挫折时，在遇事无人商量（父亲已去世）的情况下，顶风冒雪，在积雪没膝的原野里，独自蹒跚二十多里，为我祈祷求平安。这难道不是“儿劳母不安”的写照吗？

我把这一个个独版的亲情故事，用文字记录下来，在每一个寒凉的日子里，用它取暖，我的世界就会春暖花开。我的每一篇亲情散文，都从生活的细微处入手，从身边的小事着笔，临摹一个又一个“当时”有感而发的心路历程。那些文字带着我或满满的欢喜，或淡淡的愁绪，或浅浅的忧郁，或浓浓的悲伤……所有的故事，都沿着亲情的主线，以“亲”字着笔，以“情”字贯穿，祖辈之情、父母之情、夫妻之情、母女之情、姑侄之情……诸多的情感，都带着足够的温度，原生态地融入文字，记载了我生命的悲欢离合，刻录了我人生的喜怒哀乐。

譬如：《没有父亲的父亲节》一文，不知道经过了多少遍修改——10遍？20遍？还是更多遍，我自己都说不清楚。从开始酝酿构思，到用键盘一字一句地敲出整篇文章，再到后来的一遍遍修改，整个过程我都热泪奔涌。可谓每一个文字都浸透了我的泪水，是我在哭泣中结出的一枚苦果。而我在写一百天大的小外孙的题为《盛开》的散文时，整个写作与修改的过程，我都喜笑颜开，憧憬着那个小生命在时光里一天天长大。每一个文字都是在我的愉悦里流淌而出，如同在我欢笑里开出来的一朵朵娇艳之花。

欢喜的文字也好，悲伤的文字也罢，我所临摹的亲情，都曾触动过我的灵魂，在我的内心深处掀起过波澜，是我真实感情的自然流露。

生命里，曾经的过往都悄悄地来，又匆匆地去。我无力抓住那些过往烟云，只得诉诸文字，把它定格在时光深处，让它一如一坛尘封的老酒，在以后的日子里愈发香醇……

是为序。

目　录

第一辑　循着梦境回故乡

老人、老屋、老树、老牛、石磨都在光阴里重新归位，还原成我记忆里最美的风景。

第二辑　那枚飘零的叶子

又一阵寒风袭来，一片片飘零的落叶划过眼眸，噼里啪啦地砸在车窗上，砸醒了我的梦……

第三辑　季节之外的温暖

陶醉在花的海洋里，忘情地做着深呼吸，沁心入肺的缕缕香韵，瞬间令我忘却了时空，忘却了环境的陌生……

第四辑　等风来，不如追风去

清冷的月光洒在大地上，寒风一阵接着一阵吹过，冻僵的树枝在空中相互碰撞着，发出咔咔的声音，搅碎了夜的宁静。

第五辑　抹不掉的记忆

不知道曾有多少次，深红、浅红、粉红、紫红的小桃红，纵情绽放着，缤纷绚烂，铺设成我梦中的风景。

第一辑 循着梦境回故乡

老人、老屋、老树、老牛、石磨都在光阴里重新归位，
还原成我记忆里最美的风景。

泪光里的故园

在光阴的流转里，窗外的菊花又染秋凉。一轮明月照亮泛黄的往事，我把自己写回今生最温暖的地方——我的祖父母生活了一辈子的农家小院里。

泪光漫漶里，我用心勾勒写意亘古乡韵的缕缕炊烟。老人、老屋、老树、老牛、石磨都在光阴里重新归位，还原成我记忆里最美的风景。我还是那个在院子里跑来跑去的快乐女童，沐浴着祖父母最朴素、最诚挚、最温暖、最美好的大爱之光，书写着值得我用一生来怀念的快乐童年。

我站在院子里，泪光瞬间倾覆了荒凉，曾经的光阴故事在我的记忆里复原。那个曾在村里风光了一个时期的砖混祖屋，如今走过了近一个世纪的风雨沧桑，里里外外都布满了岁月的青苔，就像风烛残年的老人，垂垂老矣，步入暮年，摇摇欲坠地静默在时光深处，满屋的故事一如墙上挂着的黑白老照片，泛着黄，在时空里越走越远，越来越模糊……

望着空空荡荡的老屋，我用虔诚的目光将挂在墙上的主人——我的祖父母请下来，让他们“重返”人间，重新“回到”我的“生活”里。

祖父的一生与黄土地结下了不解之缘，有关他的记忆总是和土地与庄稼联系在一起。他那或在家忙碌或躬耕田间的情景，仿若影视剧一样清晰地在我眼前回放。我多想重返童年，像小时候一样伏在他的背上，或是让他抱在怀里，抑或骑在他的脖子上，他还是那么一边健步如飞地走在或回家或去农田的路上，一边用胡子扎扎我的小脸儿，疼疼的，痒痒的，逗得我咯咯直笑。他那由花白到全白的胡子里写满了故事，足够我用一生来品读。

祖母的一生都与家联系在一起，她给了我家的温暖。在我的灵魂深处，祖母就是家，她在家就在。祖母的一生是勤劳的一生，家里地里，她无所不能。她摇动着纺车编织乡村时光的身影，俯身织机蹬着小脚织布的情形，戴着老花眼镜穿针走线的画面……至今都清晰如昨，足以能温暖我的一生。

小院里袅袅升腾的炊烟喂大了我的人生；厨房的那口大铁锅张着大口，盛满了祖父母人生磨砺的漩涡，也养育了家里一代又一代人。正是那口大铁锅，在父亲小时候就蒸过馒头，家里的财富随着面团的滚动越滚越多，日子也越来越红火，也让祖父母挺直了腰板；正是那口大铁锅，把一锅锅淡黄的盐水在烟雾缭绕里历练成白花花的盐，祖父用它换成钱补贴家用（那些白花花的盐被我们称为小盐，它来自地里的盐碱土）。浸透了祖父母的心血与汗水的盐碱土，被祖父母带回家后，经过一道道繁杂的工序，变成了淡黄的盐水。在盐水与大铁锅神秘的耳语与对话之后，又在烈焰的簇拥下翻滚沸腾着涅槃，如丑小鸭变身成白天鹅一样变成了洁白耀眼的小盐。在那个物质紧缺的年代里，那些小盐调味人们的生活，营养人们的骨骼。也正是这口大铁锅，把祖父母秋季收获的花生，在烈焰的烘烤下由生变熟，提升了黄土地无能为力的收成。

厨房里间的那盘石磨与大铁锅相望。祖父母当年卖馒头的面粉，以及相当一个时期的生活用面，都源自那盘石磨。圆圆的磨盘一如人生，祖父母就绕着那个既定的圆心，在那逼仄的磨道里不停地转圈。一圈又一圈，推走了他们的光阴，磨下了他们的人生。在那个磨道里，不知道他们曾挥洒过多少汗水，留下了多少足迹。

牛栏已不知去向，石槽早已肢体分离地躺在旮旯里，瞪着苍茫的眼睛怀念与老牛亲密私语的美好时光。那头生了一头又一头小牛犊的大黄牛，曾为家里的农耕与兴旺立下过汗马功劳。然而，它最终还是输给了机械化，不得不在祖父母恋恋不舍的泪光里走向被卖掉屠宰的归宿。不知道那头默默躬耕一生的老黄牛终究成了谁人的桌上餐？又被多少人穿肠而过后最终化为泥土?

那些曾经被祖父视为宝贝的犁、耧、锄、耙、扬场锨、铁筢子、抽水机、脱粒机等农具，如今都锈迹斑斑地躺在老屋的角落里，迷茫地与时间对峙，怀念与老祖父一起共话农事的时光。它们多么希望那曾经的过往能够卷土重来。何止是它们，我们一家人都希望祖父母能重返人间，享受儿孙绕膝的天伦之乐。这样的愿望固然美好，却不过是南柯一梦而已。

在院子里站立多年的榆树、槐树和枣树等，如今都随着祖父母的故去而不复存在了，可它们留下的故事依然历久弥新。说到那些老树，我仿若看到了满树的榆钱、槐花和红枣。那时候，还未等榆钱与槐花盈满枝头，祖母就开始变着花样给我们做着吃。如今，几十年过去了，再想起祖母做的那些带着乡土风味的美食，我依然会垂涎欲滴。最难忘那棵老枣树，每年夏天的月夜里，祖母就在老枣树下铺一张苇席，带着我在枣树下乘凉。她总是一边为我摇扇纳凉，一边给我讲牛郎织女、嫦娥奔月等神话故事。那一个个故事令我百听不厌，同时也为我插上了想象的翅膀，或许，我最初的文学之梦就是在那里启航。

祖父母在世的时候，每年枣熟的季节，我哪天回家，哪天就是家里的卸枣节。无论早晚，他们都会为我看着，为我留着。坐拥祖父母的红尘大爱，即使最小的一颗枣儿入口，也足以令我甜蜜一生，幸福一世。如今，又到枣熟时节，世间再也没有人给我留枣，再也没有人等着我卸枣，世上再没有那么好吃的枣儿了。

祖父母正是在那个院子里，于我的记忆中，从中年走到了老年，又从老年走到了暮年，再从暮年离我们而去。如今，院子里的一切都褪尽了岁月的繁华，落地成殇。老树、老牛、石磨都不见了踪影；老屋在岁月里朝夕不保；老人已瘦成两张照片，挂在墙上，令我泪流成河。

思念在泪光里疯长，祖父母模糊的身影在时光里越走越远……

循着梦境回故乡

一

乡间的小路宛若一条丝带，蜿蜒在没膝的绿海里。头扎羊角辫的小女孩咯咯地笑着，沿路追逐飞舞的蝴蝶，头顶的蝴蝶结仿若绽放的花朵，随着她的奔跑在微风里摇曳，与头顶盘旋的蝴蝶优美地互动。斜挎着的小书包，随着她的奔跑一颠一颠地拍打着身子。男子伸展着双臂，在女孩的身后紧追，像是随时都能将有可能摔倒的女孩揽在怀里。他一边追赶，一边亲切地喊着女孩的乳名，嘱咐她慢点，再慢点……

不知道，这个优美得如同旷世水墨的画境曾多少次重现在我的梦里，那么温馨，那么生动，那么清晰，那么逼真……直至被那个男子的喊声惊醒。声音那么熟悉，那么亲切，那么自然。画面里是父亲和童年的我。父亲在梦里亲切地喊着我的乳名，让我沐浴在父爱的阳光里。

梦醒之后，我总会在泪雨迷蒙里，循着梦境走回久违的故乡。

故乡从《诗经》里走出，如同黄土地上一条经年不息的河，以深厚的底蕴，滋养着我的乡愁，撼动我的心魄，仿若清晨草尖上一颗圆润而饱满的露珠，晶莹剔透在我异乡的梦里。

远远地，我家那只穿越了时空的大黄狗一溜烟儿似的朝我飞奔而来。摇头，摆尾，作揖，继而又站立起来，用身子轻轻地磨蹭着我，抑或伸出长长的舌头，恣意地舔舐我的双手，而后，一步三回头地望着我跑开，为我带路……

大门敞开，走进一位年轻的父亲。他十个月大的女儿在院子里爬行，仿若一只活脱脱的小泥猴儿。或许是看到父亲过于激动，女婴第一次颤巍巍地站了起来，迈开了她人生的第一步……年轻的父亲瞬间揪紧了心，慌不择言地喊着“小二”，飞快地朝着女婴奔了过去，而后把脏兮兮的女婴紧紧地搂在怀里，继而又在她满是泥土的小脸儿上亲了又亲……从此，“小二”竟成了这位父亲对女儿的昵称——只有他一个人对女儿霸道的专用爱称。

在我的生命历程中，不知道曾有多少次，祖母和母亲都不厌其烦地一遍遍地重复着这个我耳熟能详的故事——父亲和我的真实故事。

阳光洒满农家小院，屋檐下挂满了鸟笼，各种鸟笼在这里媲美，各种鸟儿在这里集会，各种鸟鸣在这里婉转……父亲迎着朝阳，踏着鸟鸣，从西屋里牵出一匹枣红大马，拴在那个被马缰绳磨得明晃晃的拴马柱上。然后从拴马柱顶端的钉子上摘下刷子，熟稔地为那匹膘肥体壮的枣红大马梳理着全身的皮毛，一点一点，细致地梳理掉马身上的尘土和草屑，直至把马浑身上下都梳理得如同柔软的绸缎，在阳光下折射着枣红色的光晕。枣红大马轻抬四蹄，悠闲地甩着尾巴，扭动着身子绕着拴马柱转圈，一幅怡然自得的样子。然后，它一边昂起头萧萧鸣叫，一边用灵性的目光望着父亲，以示对主人的亲近与感激。

父亲是个乐观向上的人，他用内心的阳光把每一个苦涩的日子都咀嚼出生活的诗意。即使回忆起在“三年自然灾害”的日子里，被饥饿折磨的苦难岁月，他依然安之若素，脸上仍旧挂着淡然的笑容，让我们觉得他的心里永远盛满阳光，感觉从他嘴里讲述的苦难好像与他无关，与这个世界无关，即使再苦再难的过往，我们也百听不厌，缠着他，让他讲一遍，再讲一遍……

父亲温和的外表下，却有着钢铁般的意志，纵然流泪，泪水也是坚强的。在他患癌症的后期，病痛折磨得他苦不堪言。即使疼得浑身打战，汗水直流，他也会咬紧牙关强忍着，从未发出过一声哪怕极其轻微的低吟。

“为了父母，为了你，为了孩子们，为了这个家，再疼我也会强忍着和病魔抗争到底，你们尽管放心，我绝不会有任何轻生的念头……”父亲在一次病痛发作后对寸步不离的母亲如是说着，泪水扑簌簌地滴落下来，落在院子里的泥土地上，溅起一地的尘埃，砸出一个个坑痕。那是我有生以来第一次看到父亲流泪，那泪是坚硬的泪，留恋的泪，无奈的泪，遗憾的泪……

“家有长物充富贵，胸无诗文总归贫。”这是父亲的教诲，它让我默默地背负起沉重的叮咛，以清贫的姿态穿越四季，在书页翻动得哗哗作响的似水流年里，书写着属于自己的历史。

一个个曾经鲜活而生动的画面清晰如昨，画面中的父亲如今却被一抔黄土阻隔在红尘之外，与他牵念的亲人们隔世相望……

二

无论一个人走多远，他的心里永远都装着故乡，故乡里永远都站着母亲。

窗外，雪花飞舞，一朵朵的雪花，穿越黑暗，漂洗着夜幕的漆黑与世间的尘埃，书写着冬天的童话。

望着窗外的雪花，我仿佛回到28年前的那个漫天飞雪的冬天。皑皑白雪覆盖着原野，分不清哪是苍天，哪是大地；也分不清哪是道路，哪是田野。北风呼啸着舞弄雪花，人们都躲在屋里，把寒冷和风雪一同关在门外。一个怀揣心事的母亲在雪野里深一脚浅一脚地前行，身后留下一串深深的脚窝，被纷纷扬扬的雪花一点点覆盖。远远地望去，她是那么的渺小，仿若一个渐去渐小的黑点踯躅在茫茫雪原。在零下十几度的风雪里，她一口气蹒跚二十多里，累得气喘吁吁，汗水浸透了厚厚的棉衣——她就是我的母亲。是她在我遭受人生第一次挫折时，顶风冒雪蹒跚二十多里为我找神婆祈求平安。母亲顶风冒雪、踏雪而去的时候，家里没有人知道。她回来后，虽然已累得气喘吁吁地上气不接下气，在零下十几度的冰天雪地里，热得满脸通红，头上冒着热气，如同刚刚掀开锅的蒸笼。神婆的“指点迷津”，横扫了她满脸的凄风苦雨与惨淡愁云，望着疲惫而欣慰的母亲，我们姊妹谁也没有埋怨她的迷信之举。谁会忍心去揉碎一个母亲的慈爱之心？谁会去责怪一个为子女操碎了心的母亲？父亲过早地撒手人寰，是母亲用柔弱的双肩挑起了一个四世同堂的大家庭。老老少少，家里家外，所有的事情都由她操劳。当遇事没人商量又没主意的时候，去求助神婆来指点迷津似乎是她唯一的出路和全部的精神寄托。望着在零下十几度的低温里汗水直流的母亲，我忍不住搂住母亲失声痛哭……

“受人滴水之恩，当以涌泉相报。”或许母亲根本不知道世上有这个经典的感恩典故，或许她根本不知道这句话的含义，可她一生都在践行。别人能给她一个黄昏的感动，她就回报人家一生的恩情。1958年集中劳力挖大河，母亲也是其中的一员。在那段艰难岁月，即使是超负荷的挥锨挖大河的劳动，每人每顿饭也仅仅只有一个不足二两的黑窝窝头，外加一碗足以照见人影的稀饭，人们根本填不饱肚子。尽管这样，母亲每顿饭还会省出半个窝窝头，给同在一个工地挖河的父亲的堂爷爷。一是因为他的饭量特大，饥饿加上体力透支，身体浮肿得常常虚脱；二是感恩他在去工地的路上，曾帮母亲扛过铁锨。正是因为饥饿加上超负荷的体力透支，母亲落下了终生的痨伤。以至后来，每当有饥饿感的时候，母亲的痨伤病就会发作。当她经过一阵憋得面红耳赤的上气不接下气的咳嗽之后，知情的人都会问她后不后悔，她说她曾受过那位堂爷爷的恩情，从来都不曾后悔过。

听母亲说，我不到一岁的时候，有一次突发高烧，而父亲又不在家，是祖父用地排车拉着怀抱着我的母亲，一路小跑送到了医院。等我退了烧，祖父一只手钳着几个大烧饼，另一只手端着一碗热气腾腾的羊肉汤递到母亲的面前，同病房的人都羡慕母亲有个好父亲。当母亲告诉他们祖父是她的公公的时候，大家无不为祖父的宽厚仁慈叫绝，说他对待儿媳妇就像对待自己的亲生闺女一样。正是这桢动人的画面，让母亲感动了一生，也让她心甘情愿地做了祖父母一生的“闺女”。在身为祖父母独子的父亲病逝后，母亲就义无反顾地代替父亲尽孝，尽着一个女儿和儿媳的双重责任，对祖父母尽心赡养，为他们养老送终。祖父晚年患阿尔茨海默病后，每当有人问起他怎么吃饭时，他都会告诉人家，他碰到好心人了，一个开饭店的老太太一日三餐都端给他吃，既不收钱，又伺候得格外周到。祖父所说的开饭店的老太太正是一生都把他视为父亲的儿媳妇——我的母亲。

雪花还在不停地飘舞，28 年前那个为了女儿顶风冒雪用母爱踏雪寻“前程”的母亲，如今却已被大雪封在了地下……

三

鸡鸣犬吠从远古的《诗经》里穿越而来，不经意地撞击着我的耳膜，让我的灵魂遇到了久违的乡音，让我的呼吸与故乡的梵音共鸣。

袅袅炊烟深处，我家曾经独领风骚的红砖大瓦的老屋，如今蜷缩在现代化气息浓重的气派房屋中间，如同一个病句醒目地夹在优美的诗行里，刺疼了岁月，黯淡了风景。站在荒凉的院子里，沿着记忆寻觅曾经的繁华——这里曾经是一个七口人居住的大家庭——一对恩爱的夫妻带着五个活泼可爱的孩子。这里曾经烟火阑珊，这里曾经人欢马叫，这里曾经其乐融融；这里有父母来回走动的身影，他们从青年走到中年，父亲稍不注意，从中年一抬脚就猝然迈进了墓地；母亲从中年就扶着孤寂走到老年，又在孤寂里一步步走向在墓地里等待她的父亲……如今，不管是站在荒凉的院子里，还是站在静寂的老屋里，其实都是站在父母和姊妹们的身影里，站在亲人们交织的手势和动作里，站在曾经温馨而美好的时光里。

那些布满灰尘的犁耧锄耙，都走过了曾经的红火与辉煌，静默在老屋的角落里，诉说着千年农事的历史；那些几近迸裂的潜水泵，神色黯淡地蜷缩着，做着哗哗流淌的梦，它曾经滋润过的不仅仅是庄稼，还有父母的疼痛岁月；结满蛛网的织机倚墙倒立，如同被遗忘的古董，怀念着母亲俯身将岁月织进额头的时光；曾经显赫了一个时代的“凤凰”与“永久”牌自行车早已面目全非，锈迹斑斑地靠在墙角，把它们与父亲曾风光的历史一同尘封在岁月的深处，寂静地与时间抗衡……抚摸家中的这些器具，就如同抚摸着父母经历过的岁月，抚摸着温馨的记忆……

在人们的心里，故乡就如同一棵没有年轮的树，永远不会老去，我们都走过了千山万水，可总不会走出故乡的牵绊。一缕月光，一片寒霜，都能触痛游子们的故乡情结，让他们在“床前明月光，疑是地上霜”的乡愁里想念父母，思念故乡。故乡袅袅升腾的炊烟，牵引着每一个游子的心，引领他们循着缕缕炊烟走回故乡。

如今，我的父母被一层薄薄的黄土阻隔在红尘之外，正在接受一场盛大的雪花洗礼。没有了父母，我的故乡在哪里？

与庄稼有关的记忆

火车轰鸣，车窗外的绿色铺天盖地，大地、村庄、房屋、树木、庄稼……仿若要逃离火车似的，飞掠着后退。

玉米、大豆、花生、地瓜、棉花……成方连片的庄稼，以葱茏的形式临摹着季节，涂抹盛夏。此时，它们都那么熟悉而又陌生地闯入我的视野，打开我久违的记忆。

是应试教育的一纸考卷，把我从农门分离出来，背弃了祖上面朝黄土背朝天的生活方式，远离了生养自己的黄土地，踮起脚尖挤进了钢筋水泥营造的城市，从而离庄稼越来越远。

尽管我已记不清与庄稼告别的时间，但是此时的庄稼作为一个古老的名词，如同我身体的一部分，一直存在于我的生命里。我知道，不是庄稼背弃了我，而是我疏离了庄稼。当车窗外那飞掠而过的绿色闯入我的视线时，是那些叫作庄稼的作物，触痛了我的灵魂，也打开了隐匿在我灵魂深处的与庄稼有关的记忆。

年少时，关心庄稼的长势与收成，是大人们的事情，与我们无关。我们仅凭着自己稚嫩的欲望，嗅着季节的味道，搜寻隐藏在庄稼背后的童真童趣。

譬如小麦。在不同的生长期，我们对它给予不同的希望。抽穗时，我们就把目光聚焦到它日渐饱满的穗包上。先是大麦，后是小麦。把那些演绎小麦生命精彩的穗包，像拔茅草穗与拔蒜薹一样悠然拔出，然后剥开那些鲜嫩的穗包，将穗芽贪婪地塞到嘴里，津津有味地咀嚼起来，仿若咀嚼着人间美味。对于年幼的我们而言，那种味道是语言难以描述的。等小麦灌满浆后，我们便在上学或放学的路上，趁大人们不在或不注意的时候，潜入麦田，揪一把麦穗置于掌心，而后双手合拢，用不大不小的韧劲来回揉搓，直至搓得麦粒与麦壳分离，再鼓起腮帮，大口大口地连续吹气，将麦壳分离而出，再将滞留于掌心的干净的麦粒吞进嘴里，美美地咀嚼，让清香馥郁的麦香盈满唇齿间。于如今的孩子而言，面对那些长满麦芒的麦穗，他们会避而远之，可对于生活在“地瓜世界”的我们那一代孩子而言，自播下小麦种子，搓食麦粒的欲望便开始滋长。那时，我们忘情地坐在麦垄间，搓啊搓，揉啊揉，直至把自己的小手搓得绿垢斑斑，把自己小小的胃填满，以至老师检查手时，都不敢伸出手来。

又譬如玉米。播下玉米种子，也就播下了我们内心日益膨胀的渴盼，盼着玉米一天天长大，玉米的籽粒一点点饱满，盼着能弄几个玉米棒子，烧着吃或烤着吃，以此来稀释一下胃里浓浓的地瓜的味道。不管是烧着吃还是烤着吃，我们都百吃不厌；盼着那被我们称之为

“甜树秆”的不结棒子的玉米秆填补没有甘蔗的缺憾。一有机会，我们就溜进玉米地里，满地里穿梭搜寻。找到后，一种无以言说的喜悦盈满心头，迅速地将其剥去包叶，折成一段一段的，当甘蔗吃，尽管它没有甘蔗那种纯正的甜，可我们依然咀嚼得满口生津……

再譬如大豆。当大豆在我们扳着手指头数日子的期待里成熟后，我们将成熟的大豆棵连根拔起，然后放在事先捡拾成堆的柴草上架火烧。烟雾袅袅升腾，烈火熊熊燃烧，豆荚在烈焰里噼里啪啦地炸裂。那情那景，成为我记忆里优美的风景。空气中弥漫着烧豆子的馥郁芳香，引得我们垂涎欲滴。等不到那些明明灭灭的火星熄尽，不管是男孩还是女孩，都会毫无顾忌地掂着自己早已脱下的上衣，卖力地上下扇动，吹出烧豆里的灰烬，然后围着那些烧熟的豆粒，蹲成一个不规则的圆圈，一只只弹簧似的小手来回伸缩着，以最快的速度捡拾着烧熟的豆粒，再以最快的速度抛进嘴里，咯嘣咯嘣地咀嚼着，嚼得满口留香，直至把大大小小的豆粒都收纳腹中，我们才顾得抬起头，将目光从那烧豆子的地方移开。当我们的目光掠过小伙伴们的脸时，一个个“花猫脸”便呈现在眼前。那时，我们会相互取笑着，再恶作剧般地用手抹一把地上的灰，趁对方不备时，赏其一个“包公脸”。

……

童年时，那些与庄稼有关的趣事数不胜数，如同一部部回味无穷的黑白大片，储存在我们的记忆空间，却永远都不会被后来挤进的东西覆盖，反倒一次又一次地跑出来，被我们乐此不疲地晾晒。

随着年龄的增长，庄稼在我的生命里有了不同的内涵。

记得我中考完的那年暑假，父亲看我长了个儿，试图让我亲近庄稼，第一次让我独立完成一项任务——到棉田里给棉花喷洒他前一天没有喷完的农药。望着一望无际的棉田里，一株株棉花手牵着手，绿油油的叶子荷叶般地演绎着“接天莲叶无穷碧”的诗意，浅黄的、淡紫的、纯白的、玫红的……各色的棉花花纵情绽放。夏风阵阵，一株株棉花仿若向我点头致意，感谢我为它们喷药除虫。那情那景，为我徒添了无穷的动力，令我干得不亦乐乎。可是刚干了一会儿，我便吃不消了。再看一眼棉田，仿若早已诗意消退，新鲜感也不知了去向。想起自己给父母信誓旦旦的承诺，一种莫名的委屈于心底蔓延，我不由得坐在棉垄间大哭起来。在那无边无际又无人的棉田里，我哭得悲伤极了，不知道自己哭了多久，竟然哭着哭着就睡着了。

后来听母亲说，父亲回家后，发现早该喷完药回到家的我还没有到家，便慌了神。他发疯似的直奔棉田，随后母亲和家人也尾随其后。在棉田里，家人们边喊边在齐腰深的棉花地里穿梭着寻找，直至我被亲人们的呼喊声惊醒，揉着惺忪的双眼站起来。至今我都记得，父亲在离我十几步远的地方朝我飞奔而来，双手用力地抓着我的双肩与我对面而立，瞪大双眼凝视着我，像是审视着一件价值连城而又失而复得的宝贝，他就那么眼睛眨也不眨地看了好久，才舒了一口气说：“你可把爹吓死了！”从此，父亲不再让我下地干活，直至他生病不能再下地干活。这期间，我与庄稼形同陌路。

父亲去世后，责任田的庄稼像是会变戏法似的肆虐，令母亲手忙脚乱，以往大小姐似的我，到了周末或假日，便与家人一起下地干活。也正是从那之后，我学会了与庄稼对话，从而也读懂了庄稼的术语。

婚后，不但我本人在周末与假日要回家下地干活，而且还要带着丈夫去“支农”。有年迈的祖父与母亲的身体力行，从小不曾干活的丈夫，不得不使出浑身解数去亲近庄稼。婚后第一年的麦收，在打麦场上起场时，有姐夫和妹夫两位“猛将”做参照物标杆，他不得不马不停蹄地翻场、挑麦秸、合垛……或许是用力过度过猛，那个麦收，他累伤了胳膊，以至落下了毛病，这件事被他邀功似的一直说到了现在。

流年似水，无情地冲走了母亲的精气神，也洗白了她满头的青丝。其他姊妹家里都有地，我和丈夫便成了母亲的依靠。春种秋收，一有时间我们就回家，如同地道的农民那般去亲近庄稼与泥土，以至达到废寝忘食的地步，只为能在节假日或礼拜天干完地里的活，以解除母亲的后顾之忧。每年的麦收与秋收之后，若要我们夫妻去饰演包公，肯定无须精心化妆便能登台。

干活时，我从不惜力，可那种体力透支的疲惫无法用语言描述。为此，我侄女还不到三岁的时候，我就命令她：快点儿长大！你结了婚就带着对象来家里干活，那时我就可以解脱了！懵懵懂懂的孩子，面对我的牢骚，瞪着一双茫然的大眼睛不知所措。有时候我还会不耐烦地问母亲：“娘，我什么时候才能不干活？”母亲心烦的时候，就会没好气地回我：“等你没娘了！”

如今，母亲已过世多年，侄女已从一个三岁孩童成长为一个三个孩子的母亲，随着机械化的普及，我早已不用再去地里干活。常年生活在城市，也早已漠视了庄稼，可我总是一次次地梦回田间，播下希望，收获喜悦，享受着有娘有家、累并快乐着的梦中时光。梦醒之后，汹涌的泪水瞬间就淹没了与庄稼有关的记忆……

故乡的胡同

梦里，不知道曾有多少次，我就像穿越了时空一样，回到故乡的胡同里，或疯跑或游戏，或头顶艳阳或脚踏泥泞，或满心欢喜或涕泪横流……那条胡同窄窄长长的，有着平实的烟火，一如一条剪不断的脐带，连接着我和故乡。

那条令我魂牵梦绕的胡同，有着原生态的泥土路面，呈南北走向，两旁各有六户人家，被一条横穿而过的东西大街切割成南北两段，胡同两侧，形成以大街为对称轴的街南街北各三户人家的布局。胡同里，家家户户都是低矮的平房，水墨画一样，静默在时光深处，刻在我的记忆里，令我今生都走不出那条胡同。那便是我祖祖辈辈生活过的胡同，我不知道那条胡同有着怎样的前世，可我知道它今生的盛衰兴废。

我的故乡西时庄有着五百多年的村史，可自我有记忆以来，村里的总人口始终都在 200 人左右徘徊。在一次返程的火车上，恰好与邻村一同学同一包厢，聊起了我们村的发展史，他说我们的村子之所以发展不起来，据说是因为很久以前村里曾出过太监。这个骇人听闻的消息惊得我瞠目结舌，同时，我又顿生狐疑——我是村里土生土长的孩子，四十多年的光阴都与村子息息相关，却从未听说过如此说辞。带着满腹狐疑，我一回到家就往老家打了电话，专门就此事询问了村里上年纪的明白人，得到的答案是那位同学把其他村的史料移花接木般地搬到了我们村里。

我童年时，大概是那条胡同的鼎盛时期，它在好长一段时间内都保持在七十多人的光景，村里三分之一的人口都集中在那条胡同里。那条胡同可谓是整个村子的繁盛之地，也是整个村子的烟火最旺处。赶在做饭的时辰，庄稼秸秆在灶膛里燃烧，化身缕缕轻烟，穿越悠长的烟囱暗道，以炊烟的形式在胡同上空袅袅升腾，继而又被清风吹得四处弥漫，仿若胡同的声息与呼吸。上顿饭的炊烟尚未散尽，下顿饭的炊烟又在胡同上空升起，日复一日，年复一年，层见叠出地重复着炊烟的婀娜多姿，延续胡同生生不息的光阴故事。

胡同里每一家院子的空地上都见缝插针似的栽了树，一棵棵树木带着主人的期望，铆足了劲儿似的生长，虬枝四展地向着高空伸展，靠近胡同的树木的枝丫像是强占公共资源一样掠过墙头，与邻家的树枝在胡同上空握手言欢，交臂缠绵。春天的时候，榆钱、槐花、桐花、枣花等都次第绽放，缕缕清香氤氲弥漫，整条胡同都溢满着清香气息。夏天的时候，穿堂风在胡同里悠然穿行，像是有了思想一样，了解人们的心事，懂得人们的需求，那一阵高过一阵的蝉鸣声也像被穿堂风驱散了一样，不再那么聒耳。夏日的午后，大概是胡同一天当中最热闹的时候，那些探出墙头的树枝用繁茂的身体阻断灼人的阳光，在胡同里形成浓密的树荫。玩耍的孩子、做针线的大姑娘小媳妇、铺着凉席午休的男人们、摇扇纳凉的大妈们……都聚集在胡同的树荫下，在穿堂风的清凉里谈笑风生，构筑胡同旧时光的如画风景。

在那个没有积木、动画与网络的年代里，孩子们也没有繁重的课业负担，只要不上学，胡同里就有孩子们活跃的身影：男孩子打弹珠、滚铁环、打元宝、抽陀螺……女孩子丢沙包、跳房子、抓石子、跳皮筋……那些土里土气的乡村游戏，丰满了一代又一代人的童年，给他们留下足以回味一生的美好记忆。晚上的时候，出了门的孩子，只要见胡同里没有玩伴，就会扯起嗓子大喊："东头的孩儿，西头的孩儿，听到喊声都来玩儿……"那呼朋引伴的喊声仿若一个强大的磁场，瞬间就能把孩子们吸引到胡同里，共享胡同的美好时光，书写胡同的光阴故事。

夜晚的胡同热闹异常，孩子们都聚集到胡同里，百玩不厌地开始一种叫作捉迷藏的游戏，来驱赶黑夜的黑。无论是温度适宜的春秋，还是挥汗如雨的盛夏，抑或是冰天雪地的隆冬，孩子们都以饱满的激情参与到游戏当中，他们那么认真，那么投入，那么尽情，酣畅淋漓地享受着游戏的过程与快乐。往往是玩起来就忘记了疲惫，也忘记了时间，常常被大人们喊几次都不肯回家，陶醉在游戏里乐此不疲。有时候，常常因为有人藏得太隐蔽，再加上长时间疯狂游戏的疲累，还不等找的人找到就睡着了，害得大人们跟着边找边喊。找到之后，总少不了一顿恶狠狠的唠叨与推搡。即使这样，也丝毫不影响第二天疯玩的兴致。

那时候，胡同里和我年纪相仿的孩子就有七八个，大家天天一起玩，起争执闹矛盾是不可避免的。闹了矛盾之后，只要看到对方要从自己家门口经过，就会迅速地从地上捡起随处可得的一截枯树枝，抑或一块土坷垃、碎瓦片之类的东西，在自己家门口画一道线，横贯胡同，而且延伸到自己家与对面人家的墙上，而且边画边念叨："谁踩我的印儿，骂他（她）十八辈……"生活在百善孝为先的国度里，谁会视自己的祖先为儿戏呢？于是，就视那道线为万丈深渊抑或汪洋大海，不敢越雷池半步，天真地贴墙而立，愣在那里，默默地与对方僵持着对峙时间。有时，会迫不得已地用示弱的方式来求得和解，从而令对方擦去那道线，然后才小心翼翼地走过去，唯恐冒犯自己的祖宗，两个小伙伴从此握手言欢，重归于好；有时，会在等不到对方擦线的情况下远远地绕道而行，从而开始谋划对方要从自己家门口经过时的伺机报复。无论孩子们闹得多么不可开交，大人们从不会因为孩子们的吵闹而影响邻里关系。所以碰上孩子们之间的争吵打闹，大人们就会各自拉走自家的孩子，或是安慰别人家的孩子以求维护和睦的邻里关系。

胡同里住的大都是我们时姓五服以内或五服边缘的人家，只有一户杨姓人家，还是老辈的一个亲戚，好像和胡同里的人家都沾亲带故。总之，整个胡同里都是些打断骨头连着筋的本家同族与亲戚，故而大家相处起来和气致祥，其乐融融，整条胡同就像一个大家庭。无论胡同里哪一家有事都是整条胡同的事，只要谁家有了事，整条胡同的人都会全员出动，不请自去，当成自己家的事，倾尽全力地去帮忙，尽心尽力地出主意想办法，不遗余力地去办理。

在我刚有记忆的时候，我家对门的老爷爷生了病，听母亲说因为老爷爷的儿子年纪尚小，女儿远嫁他乡，全是父亲用地排车拉着他寻医问药，而且还管他吃喝。后来父亲生病的时候，我们姊妹们年纪小，全是胡同里的邻居们陪着父亲看病，就连父亲做手术时的签字也是胡同里的堂爷爷代签的。手术后住院期间，胡同里的几个邻居就轮流陪同家人一起照顾病中的父亲。父亲出院后，为了排解他的孤独与寂寞，缓解他的病痛与压力，邻居们一有时间就去陪父亲聊天，而且胡同里无论谁家改善伙食，都会先给父亲送过来一些。虽然邻居们送来的食物非山珍海味，也非鸡鸭鱼肉，可在那个物资紧缺的年代，仅仅那份心意、那份温情，就足以让我们感觉到雪中送炭之暖，令我们感念终生。原本壮实的父亲生病五个月之后就与世长辞了。那时他才 43 岁，可谓是英年早逝。晚上的时候，大家都感觉到那黑漆漆的胡同里，时时有父亲来回走动的身影，无不令胡同里的人惶恐不安。即便是这样，担心我们孤儿寡母走不出悲伤与孤独的两家邻居，硬是让他们的女儿住到我们家里，陪伴我们孤儿寡母。那两个姑娘虽然一到晚上就惶恐不安，但是她们从来没有借故推辞过，一直住在我们家里，直至她们相继出嫁。

在我刚有朦胧记忆的时候，胡同里的那家杨姓人家举家带着全部家当离开了胡同，搬回了老家，他们的院子就空了起来。又过了没多久，我家对门的老爷爷与老奶奶相继去世，他们的儿子儿媳带着孩子们搬出了那条胡同，胡同里又多了一处空院子。

似箭光阴，斑驳了岁月，苍老了容颜，一茬茬、一个个的姑娘们长大之后，就像羽翼丰满的鸟儿展翅飞走了一样，一个个远走高飞地嫁了出去，离开了胡同；胡同里的一些年轻人也携妻带子从胡同搬往了城镇；留守在胡同里的人先是相继被岁月漂白了鬓发，后来又相继变成了一抔抔黄土，胡同里的空院子越来越多……

故乡的胡同走过近半个世纪的光阴，已从鼎盛的巅峰跌到了衰败的谷底。原来的那个生机勃勃的胡同早已物是人非。如今，每当我再回到那条胡同，看到胡同里仅有几个暮年老人依然坚守着胡同时光。望着那一个个空空荡荡的院子，悲凉便油然而生，特别是当我面对祖父母的空院子、父母的空院子和已经搬走的弟弟的空院子时，那种空荡与凄凉，催生我无家可归的悲伤，令我的内心比那一处处空院子更加荒凉……

紫红的桑葚

一座杂草丛生的坟茔沉寂于村南的田间小道边，一棵依坟而生的低矮桑树，枝繁叶茂，做着遮天蔽日的梦。那棵桑树上长满了我儿时的期盼，树荫下留有我美好的记忆，生动的画面时常重现在我的梦里，成为我记忆里永不褪色的风景。

自有记忆起，我就如同祖母甩不掉的小尾巴。或许是这条尾巴长得太结实，或许是祖母不忍心甩掉，她走到哪里，我就跟到哪里。她去村南的农田干活，就把我放在那棵低矮的桑树下，让我和小伙伴们一起在树荫下的小路旁玩耍——丢石子、跳房子、丢沙包、抽陀螺……那些土里土气的乡村游戏，带着浓浓的乡野气息，在那个没有玩具、没有动画、没有网络的年代，带给我们无穷的乐趣，留给我们无边的回忆。

滞留在我记忆里的那棵桑树，是一棵极其普通的低矮桑树，树干大概有小碗口那么粗细。每当春风拂动树梢，树上刚有绿芽萌动，我们就对那棵桑树寄托了无限的期望，常常仰起头，望着一片片渐渐长大的树叶，望着绿叶间若隐若现的桑葚，一点点长大，一点点变色，痴痴地放飞心中的梦想，仿佛闭了眼，树上就有无数紫红的桑葚摇曳于绿叶间，令我们垂涎欲滴。

是的，是紫红的桑葚。正如鲁迅先生的《从百草园到三味书屋》里描述的那样："不必说碧绿的菜畦，光滑的石井栏，高大的皂荚树，紫红的桑葚，也不必说鸣蝉在树叶里长吟……"正是因了鲁迅先生这样的描述，才让我对记忆中的那棵低矮的桑树以及那紫红的桑葚，多了一份深深的眷恋。

清晨或是雨后，桑叶上的露珠晶莹剔透，就像是谁忘了收回的眼神，在初升的太阳的照耀下，折射出七彩光芒，把我们稚嫩的梦想镀上一层神秘的色彩。

攀爬那棵低矮的桑树是记忆里的一件趣事。或许是那棵桑树不堪重负的缘故，树冠上的枝杈都趋于平缓。斜躺在平缓的枝杈间，就像躺在摇椅上一样，舒适而惬意。有时会斜躺在树上聚精会神地看一本小人书，有时会斜躺着抓紧树枝、蹬牢枝杈，用尽全身的力气摇晃，让那棵低矮的桑树随着我们的摇晃而颤动，疯狂地弹跳我们欢快的童年。

阳光像一支神奇的画笔，用神奇的魔力轻轻地为一个个桑葚着色，由黄绿色一点点变得青绿，一点点长大，然后再涂上红色来遮掩青涩，继而又把浅红涂成深红，而后再加重色调涂抹成紫红色。

馋嘴的我们常常望着树上刚刚脱去绿衫、尚未换成红袍的桑葚，更等不到它们穿上紫色的外套，就急不可耐地伸出贪欲的小手，夺去阳光着色的画笔，让它们打了牙祭。

桑葚成熟的季节，那棵桑树就如同打出了招魂伞一样，用无穷的魔力吸引着我们的魂魄，牵动着我们的脚步。咀嚼着紫红的桑葚，满口生津，汁液晕染着唇齿，有时会把脸和手也染成紫红色。那一块块深紫、浅紫的色痕涂染在脸上，就像京剧里小丑的滑稽脸谱。有时候，我们还会趁小伙伴不注意时，恶作剧般地把他们脸上或身上涂上桑葚汁液，开心地嬉戏着，打闹着，追逐着……

即使我们用尽爬树的本领，依然摘不到树梢上那些紫红的桑葚，而那些桑葚则成了鸟雀们觅食的目标。于空中盘旋的鸟雀们停落在枝头，以胜利者的姿态，一边叽喳喳地叫着，一边美美地啄食那些紫红的桑葚，像是对我们炫耀，又像是和我们挑衅。面对此情此景，我们气愤地捡起地上的土坷垃或碎瓦片，瞄准那些"嘲笑"我们的"挑衅者"，用力投去……

桑树生长于荒草丛生的坟茔旁。尽管我们时常肆无忌惮地攀爬那棵桑树，可我们却从来没有做过对那座坟茔不敬的事——我们知道，那里面埋着过世已久的老爷爷和老奶奶，我们用自己的实际行动，昭示着对他们的无比尊敬，我们无论怎样口无遮拦地说笑，却从不敢说有关他们半个不敬的字。虽然到今天，我都不知道那座坟茔里埋的是谁，或是谁家的祖先。

当时因为贪玩与贪恋桑葚的美味，常常忘记回家的时间。大人们总是告诫我们：吃了坟头旁生长的东西会长白头发！吃了桑葚的我们唯恐自己将会变成白发苍苍、丑陋不堪的模样。为了让自己保住一头浓密的青丝，我曾一次次暗暗发誓：永生不再吃那棵桑树上的桑葚！可是，每当我们面对那些肥硕鲜美的紫红桑葚时，总会将大人们的告诫与自己的誓言都置于脑后而不顾，和小伙伴们一起津津有味地咀嚼着紫红的桑葚，任凭汁液渲染唇齿，任凭快乐淹没童年……

如今，青春早已不再，每当我对镜梳妆时，望着镜中华发泛滥于青丝间的自己，我总会联想到那棵低矮的桑树，以及那些紫红的桑葚，还有大人们的那些警告。我常想：或许是因为我当时没有听从大人们的忠告，吃了坟头旁生长的桑葚，而令那些潜伏于体内多年的白发因子，如今再也忍不住寂寞，就悠然地生发开来，热热闹闹地渲染我的乌丝。

每当桑葚成熟的季节，看到小贩们从乡下贩来的鲜美而肥硕的紫红桑葚，我都会买一些。可我却吃不出那座坟茔旁的那棵低矮桑树结出的紫红桑葚的甜美味道。

时光流转，那座荒草丛生的坟茔早已不知迁往何处，那棵低矮的桑树也早已不复存在，可往事点滴的画面，以及紫红的桑葚，依然时常清晰地出现在我的眼前……

辛卯年五月一日的日记

凌晨一时：失眠

我躺在床上，把黑夜关在眼睑之外，翻来覆去地数着连续的数字催眠。好不容易从 1 数到了 5889，稍不注意，往事便像幽灵一样闯入了我的脑海，把那个叫作“睡眠”的东西赶得更远了。

年少时，我们常在作文里用“伸手不见五指”来形容乡村之夜的黑，在那种纯粹的黑夜里，只有星月淡淡的清辉流泻，没有灯光的闪烁，没有霓虹的妖娆，纯粹的黑构筑了夜的底色。在那原汁原味的黑夜里，没有大人们的带领或小伙伴的结伴而行，我们是断然不敢独自出门的，唯恐撞见鬼故事里的妖魔鬼怪。偶尔的一声犬吠，整个村子都能听到。乡村之夜的黑与静，为人们的睡眠提供了舒适的温床。

人说来真怪，在学生时代，求知若渴的我们总觉得时间不够用，可无论是白天用功，还是挑灯夜战，睡眠都不分时宜地纠缠着我们，任凭我们怎么赶都赶不走。那时我们最大的愿望就是能美美地睡上一觉，睡得昏天黑地。可是现在有了时间，别说再睡得昏天黑地，就是维持身体正常运行的基本睡眠都不能保证。此时，我的睡眠仿若一段浮木似的，无论我怎么用力地往下按，它都别具肺肠地漂浮于我意识的表面，和我对峙着，仿若在与我玩躲猫猫的游戏似的，不肯下沉。

既然躺在床上辗转反侧，倒不如看看书，以驱散内心的焦躁。打开床头灯，一转身看见酣睡的丈夫眯着双眼，嘴角上扬，脸上荡着酣然的笑意，仿若正徜徉在甜美的梦乡。凝视着他，在羡慕他睡眠深沉的同时，又唯恐惊扰他的美梦，我便又小心翼翼地关上了灯。

悄悄下床，踱步阳台。置身五楼，也可谓是登高望远了。极目远眺，欣赏着城市的夜景——整个城市灯火辉煌，霓虹闪烁，亮如白昼，川流不息的夜车轰然碾过坚实的大地，碾碎夜的宁静；卡拉OK、歌舞厅、烧烤摊、麻将馆、咖啡馆……如同昼伏夜出的动物，通宵达旦地活跃在这不夜城。

夜不再深沉，睡眠不再深沉，我们早已经失去了真正的夜。

无眠的夜，让我怀念故乡那简单的、静寂的、纯粹的夜。

凌晨二时：梦中惊魂

时针指向了凌晨两点，我依然没有睡意，干脆打开床头灯，随手从床头上拿起一本杂志，漫无目的地翻阅起来。

杂志看不到两页，上眼皮和下眼皮便打起架来，双眼在不知不觉里悄然闭上了，手里的杂志滑落下来，紧接着便“铁马冰河入梦来”。

睡梦里，我又回到了我的中学时代，我依然是二十多年前那个头扎两条羊角辫的清纯少女，依然患有当年的考前紧张综合征，每一次考试之前总是那么紧张兮兮，又胆战心惊。

决定命运的考试很快到了。关于英语，所有的英语单词我既不会读，也不会写，更不用说英语语法和英文写作了；关于地理，我依然是那个被老师视为“不会看地图的女同学”，不管怎么用心去看，面对地图的各色版块，我还是色盲一般，更不用说去了解各地的地容地貌与风土人情了；关于历史，什么夏商周与元明清，什么三皇五帝与唐宗宋祖，在我的意念里，根本就没有朝代之分，所有的历史人物和历史事件，都在时空的长河里天马行空地往返穿梭，不分朝代，不分古今……

尽管我什么都不会，但是面对父母“盼女成凤”的殷切期盼，我还要硬着头皮参加考试。第一场考的是我最头疼的史地生，拿到考卷的那一刻，黑色的字迹如同黑压压的蚂蚁在考卷上排兵布阵，弄得我眼花缭乱，头昏脑涨。恍惚中，那数以万计的我叫不出名字的昆虫，不顾我的左躲右闪，纷飞着、爬行着向我袭来，恐龙、鳄鱼、狮子、老虎……张着血盆大口，毒蛇吐着鲜红的舌信，猛兽凄厉地怪叫着，纷纷向我一步步逼近；分不清是哪朝哪代的疆场武士，披盔戴甲，兵戈相见，从四面八方向我包剿厮杀而来，躲闪中，随着一声轰然巨响，脚下的大山猛然出现了山崩，我随着纷乱的石头旋即被抛入高空，而后又随着纷飞的乱石飞速坠入无底的深渊……

我在惊叫声里被丈夫轻轻地推醒，睁开双眼，努力地摇摇头，确定是一场噩梦之后，依然沉浸在惊魂未定的惶恐里，久久地走不出那噩梦的恐惧与困扰。

虽然是应试制度的考试改变了我的命运，把我由一个农家女变成了今日的国家公务员，但是二十多年前的那一场场考试，在我心灵深处投下的阴影却挥之不去，纠结在我的梦里梦外，困扰着我疲惫的心灵。

人生如梦。在人生的道路上，升学、就业、婚姻、购房、升迁……又有哪一样不是令我们惊魂不定的考试呢？面对一张张考卷，不知道有多少人像我一样，于梦中惊魂。

早上八时：早餐

几乎是经历了彻夜失眠，天亮时刚闭上眼睛，又被一个莫名的电话惊醒了。之后，我再也没有了睡意，头昏沉沉的，脑袋涨得像要爆炸似的。难得一家三口吃顿团圆饭，我便强打着精神准备了早餐。

女儿很快就要实习了。当她由“公主”变空姐后，节假日应该是她最忙的时候，这个五一节很可能是她最后一个自由支配的假日。想到与女儿相处的时间越来越少，我的鼻子蓦然一酸，眼睛湿润了。

三口人围坐在餐桌旁，幸福感瞬间驱赶了我平日的孤寂和落寞。偌大的餐桌三面坐人，一面靠墙，颇具圆满。餐桌上的饭菜如同一道风景一样，较往日丰盛了很多。鸡蛋面饼热气腾腾，香气氤氲；西红柿炒鸡蛋，红黄相衬，鲜艳明快；蒜薹炒肉里的新鲜蒜薹的绿色与瘦肉的浅褐色辉映着素荤搭配的韵致；一朵朵润白的槐花，被一层面粉包裹得若隐若现，渲染着蒸槐花的乡土韵味，清香扑鼻；滋腻的甜面酱衬托得生菜叶更加青翠欲滴，叶面上的晶莹水珠映出一家人的幸福与和美……

女儿还未来得及坐下，便被丰盛的早餐诱惑得垂涎欲滴，她伸手拿起鸡蛋面饼塞进嘴里，一边咀嚼着一边含混不清地连连赞叹："妈妈的味道！真好吃！"紧接着掂起筷子，一样菜接一样菜地轮流"开工"，看着平素饭量较小的女儿此时狼吞虎咽的吃相，我和丈夫爱怜地看着她，五味杂陈于内心蔓延。

仿佛还在昨天，女儿还是一个咿呀学语的女婴，坐在小童车里"咿咿呀呀"地把玩具扔得满地都是。吃饭时，尽管我和丈夫轮流喂她，但她还是调皮地或贪玩或哭闹，眼泪汪汪地伸着两只小手让我们抱她。那时我和丈夫在同一个机关单位上班，鉴于种种原因，我们只请了十个月的保姆，平时既要带孩子，又要上班，整天忙得不亦乐乎。但是一家人在一起的日子，即便是清苦，也把每一个日子都咀嚼得有滋有味；即便是粗茶淡饭，我们也吃得满口生津；即便是劳累，我们也感到了幸福与充实。如今，我和丈夫的工作都几经调动。缘于工作性质，丈夫大多时间都不在家吃饭。女儿也由原来的那个"小不点儿"成长为一个大学生，自上高中住校就很少在家吃饭。生活条件越来越好，可是我一个人守着一个偌大的家，坐在一个大大的餐桌旁吃饭，即使是山珍海味，我也食之无味，更何况我习惯凑合呢。仔细想想，原来一直盼望着孩子长大，日子富足。可如今孩子长大了，经济宽裕了，却又留恋起昔日一家三口平安相守的清贫日子。

听着丈夫和女儿对我厨艺的褒赏，看着他们狼吞虎咽的吃相，感受着举家团圆的幸福，我的鼻子再一次蓦然一酸，眼睛又一次湿润了，真想留住这美妙的画面，直到永远。

上午十时：看望母亲

女儿这个五一节回来，婉言谢绝了同学聚餐的邀请，跟我回老家去看望母亲。她说她和同学一起玩的机会还有很多，姥姥年纪大了，身体又不好，看望老人的机会错过一次就会少一次。

在女儿的提议下，我们这次回老家，既没有让丈夫开车接送，也没有乘坐公交车，而是选择让我骑电瓶车带着她去。慢慢走出钢筋水泥丛林的禁锢，离开城市的喧嚣与困扰，远离废气废水污染的环境，穿行在乡间的柏油路上，女儿乖乖地坐在我的身后，一如小时候我接送她上下学时，坐在我的自行车后座上紧紧地搂着我的腰，伏在我的背上，我们感受着彼此相依相偎的温暖与幸福，重温旧时光的温馨。春风拂面，花草与庄稼的混合清香，弥漫在空气里，清爽怡人。田野里满目的绿给人一种回归大自然的清新，令人心旷神怡。

母亲习惯了乡村生活，过不惯噪音废气、爬上爬下、阁楼斗室、关门闭户的城市生活，她说农村的空气新鲜，又有老邻居们一起拉家常，日子过得清净而舒心，便坚守在家里。

离村庄还有老远，远远地就看到母亲站在村口的身影——她在接我们。我知道，自接到我说要回去的电话，母亲就走出了家门。在望眼欲穿的期盼里，等待着我和女儿一点点地走近她，直至出现在她的面前，才让她此次的翘首以盼画上句号。母亲一如祖母在世的时候一样，她不是接我们的礼物，而是接一种血浓于水的亲情，接儿孙绕膝的天伦之乐，同时，她也是用这种迎来送往的方式来排遣一个人的孤寂。

回到家里，女儿乖乖地讨着母亲的欢心，把我们带去的礼品一一拿给她。母亲疼爱地搂着外孙女问长问短，亲热不够，好像忘记了我这个女儿的存在。或许母亲觉得她怀里搂着的不是她的外孙女，而是昔日尚未长大的我。或许，她是想在这样的爱抚里，弥补她当年没有抚养我的遗憾。

久久地凝视着母亲，她佝偻着身子，像是比原来矮了一截，再加上偏瘫留下的后遗症，走起路来一颠一颠的，头发像枯草一样，几乎全白了，脸上深深浅浅的皱纹里写满了沧桑，眼窝深陷，双眼浑浊……母亲真的老了，她已不再是当年那个容光焕发的母亲了，望着她，我的眼睛湿润了。此刻蓦然意识到，我原来对母亲未抚养我的记恨早已随着时光的流逝而烟消云散了。

我打开从家里带来的盛满排骨的保温盒，虽然跟我们走了二十多里路，依然热气腾腾、香气四溢。我把排骨盛在一个碗里，剔除骨头，把瘦肉端给母亲。母亲慢慢地咀嚼着，开心地笑了，那深深浅浅的沟壑里溢满了幸福与满足。

母亲如同一条源远流长的大河，而我就是那条河里的一条吞日饮月、顺流而下的小鱼，我取一滴小水珠的恩情回报她，就能让她如获至宝，眉开眼笑。母亲的满足原来是如此简单，简单到只要儿女们一点甚微的关爱，或是一句暖心的话语，抑或一个凝望的眼神……依母亲的付出，她应该得到的不只是一滴水的恩情，而是大江大海的容水量。可是，缘于母爱的伟大力量，她从不计较得失，面对女儿的点滴回报就感到满足，感到欣慰。

“妈妈，等您老了，我也给您炖排骨吃！”女儿望着我湿润的眼眸，机智地把我的思绪拉回到了现实。凝望着风烛残年的母亲，我如同穿越了时空，看到了多年之后的自己……

上午十一时：瞻仰老屋

无论岁月怎样流逝，无论你置身何处，无论你职位高低，一个人的童年记忆与故乡情结，都无法抹去。在我家的老屋里，盛满了我童年的记忆与故乡情结，盛满了祖父母对我的疼爱……

老屋在岁月里走过了近半个世纪的风雨，一如一个垂垂老矣的暮年老人，静默在时光深处。望着它那老态龙钟的样子，我逆着时光的印迹，走近它的前世今生。

建筑老屋时，打地基、垒砖、和泥、打墙……这些主题工程，全由祖父母领着子女们亲力亲为，只在上梁和棚上盖的时候，找了几个人帮忙。

自祖父去世后，老屋就闲置了起来。可是我每一次回老家，都习惯性地去瞻仰一下那垂垂老矣的老屋，触摸一下我满屋的记忆。

我自幼就跟随祖父母生活在老屋里。那时候，我家的老屋是我们村最气派的一座房子，高端、大气、上档次。从外观上看，全是蓝砖青瓦，独领风骚。随着上学住校，后来参加工作，再后来结婚生子，我一步一步远离了老屋。可她就像刻在了我的脑海里一样，早已成了我生命的一部分，贯穿着我生命的始终，今生今世都与我息息相关。

走进空空的院落，一种莫名的荒凉袭上心头。这是我生活过多年的地方吗？这里没有了祖父母，没有了昔日的温馨，没有了往日的欢笑……岁月侵蚀了往日的故事，门前台阶上的苔藓早已尘封了过往的日子。房顶上的瓦松和杂草，摇曳着岁月的轨迹，诉说着老屋的沧桑。木门和窗格子早已陈腐不堪，推开屋门，屋顶已经有两处塌落，土墙满壁斑驳，上面的泥灰几近脱落，门前的甬道上布满了岁月的青苔，院子里长满了蒿草，一副人迹罕至的样子……

祖父母的遗像安然地挂在客厅的墙上。他们慈祥地看着我和女儿微笑，笑得那么慈祥，那么亲切，那么开心。祖父嘴唇微启，笑容可掬地翘起了八字胡，他是在招呼我吗？祖母喜笑颜开地看着我，眼神里流露出慈爱，仿佛有一种要揽我入怀的亲切……与女儿一道去瞻仰老屋的时候，我带着祖父母喜欢吃的无水蛋糕、香蕉、草莓等食品。虽然老人家早已与我们生死相隔，可我还是习惯性地带去一些食品，摆在他们的遗像前。多想让他们走出相框，尝一尝我带去的食品，可这一切都只能出现在我泪光的幻化中……他们笑得那么亲切，为什么却不肯回应我悲切的呼唤？他们看着我流眼泪，想必一定会很心疼。再也不会伸出温暖的大手为我拭去长流的热泪。我知道，在他们心里，自我跟了他们的那一天起，毋庸置疑，我就是他们的孩子，是他们的心肝宝贝，在他们眼里我胜过任何人。

怎能忘记，一年四季，我放学的时候，祖父就会端着一大瓷碗热饭到村口接我放学，冬天的时候，让我一边捧着热饭暖着冻得冰冷的小手，一边吃着热饭暖身子。自我上学那天起，祖父就开始用这种方式接我，一直坚持到我初中毕业。每天三次，雷打不动，他整整坚持了八年。这样默默无闻的付出，恐怕世间唯独我的祖父能够做到。以至他晚年患了阿尔茨海默病后，女儿、儿媳、孙子、孙媳、曾孙、亲戚、朋友、邻居……他全都不认识，唯独只认识我。

又怎能忘记，祖母把我们儿时不可多得的炒花生和一些好吃的东西，买回家之后都藏起来，留着让我独自享用。磨道里的那个角落，便是祖父母让我“吃独食”的隐蔽处所。正是那个角落见证了祖父母对我的偏爱，也正是那个角落留下了我刻骨铭心的记忆，令我终生铭记。祖母直到去世都十分偏爱我，她把自己认为最好的东西都毫无保留地留给我，还爱屋及乌地偏爱我的女儿。我奔涌的泪水是对他们深深的怀念，更是我不能为之尽孝的遗憾。我把深深的思念置于心底，不知道祖父母能否感应得到？

女儿拉着我走出老屋，泪光朦胧里，我仿佛看到祖父慈祥地笑着送我们出门；思绪恍惚里，我像是听到祖母亲切地唤着我的乳名，我情不自禁地回过头，满目的荒凉惊醒了我的白日梦，老屋在我的视线里缥缈成一帧苍凉的风景……

下午两时：又是槐花飘香时

置身老家的院子里，偶尔一抬头，蓦然发现一串串洁白的槐花缀满枝头，在绿叶间摇曳成一道靓丽的风景。它预示着在季节的轮回里，此时又是槐花飘香时。

母亲见我久久地凝视着槐花，悄悄地拿起一根长长的竹竿，绑上一个铁钩，喊着我和女儿一起去摘槐花。

我慢慢地转动竹竿，把细小的槐枝慢慢折断，母亲却不以为然，让我把开满槐花的大树枝用力拉断。枝繁叶茂的槐树用满身的刺来保护自己，我想折断树枝时，它肯定会痛，会流泪……

当我仰面折槐枝时，一只小飞虫忽然飞进眼里，我放下竹竿揉着眼睛，不知不觉中泪湿了双眼，朦胧中，一位慈祥的老太太，一手端着碗，一手拄着拐杖，挪动着三寸金莲，笑盈盈地一步一步向我走来，而且画面越来越清晰。当我正要大声喊奶奶的时候，一缕春光照射过来，不见了祖母的踪影。

那恍惚的画面让我疑似回到了 1992 年，那时我正怀着女儿。我和丈夫的工资微薄，而丈夫又处于工作调动期间，被暂停了工资，生活十分拮据。祖母知道后十分心疼，我每一次回去，她都把好吃的东西留给我。见我推托，她却说是给我肚里的孩子增加营养的。

那年五一下午两点多的时候，猛然仰头看见树上的槐花开了，我便梦呓般地说想吃蒸槐花。于是，祖父折断开满槐花的枝条，祖母摘、洗、拌、蒸、炒、调，好一阵忙活之后，一碗清香四溢的蒸槐花就递到了我的面前，正如刚才恍惚中的那一幕。

祖母蒸的槐花，色、香、味俱全，嚼在嘴里，满嘴的清香直抵嗅觉神经，那天，我吃了满满一大碗。临走的时候，祖母塞给我满满一包槐花，一再嘱咐我回家后好好摘干净再吃，并把她蒸菜的全套工序都详细地教给了我。回到家，我摘槐花的时候，发现槐花里有个小纸包，打开一层层包裹甚严的纸包，里面一张百元大钞呈现在眼前。那一刻，我哭了。我知道，那是祖母攥出水来都舍不得花的积蓄，她却偷偷地给了我。这哪里是钱啊，分明就是一颗慈爱之心。

如今，带着乡土气息的蒸槐花已走向了高档酒店的餐桌。每年槐花盛开时，不知道是出于对祖母的怀念，还是出于对她蒸的槐花的留恋，只要在饭店吃饭，每一次我都会有意地第一个点一道叫作“蒸槐花”的菜。或许餐桌上的蒸槐花是出自星级大厨之手，可我却怎么都吃不出当年祖母蒸的槐花的味道，远远没有祖母当年蒸的槐花好吃。想起祖母的蒸槐花就让我留恋，那是我今生吃到的最好的美味佳肴。

我望着槐花，泪湿了双眼，多想再吃一碗祖母蒸的槐花，可是我知道这一切都是枉然，她已经离开我们九年了。如果她在世，看到我带着她的曾外孙女来看她，不知道她会有多开心。

摘下串串洁白的槐花，收藏起我对祖母的深深思念。

下午四时：走进田野

对于城市长大的女儿而言，田野、庄稼是一个神秘而模糊的概念。

弟媳知道我要回去，特意在蒜地里给我留了些蒜薹。她喊着我和女儿一同去拔蒜薹，让女儿在这个五一劳动节里，感受一下劳动的辛苦，体会一下“粒粒皆辛苦”的内涵。

时值小麦抽穗的季节，蒜地旁是一望无际的麦田，微风拂动，如同平静的海面上掀起层层绿浪，波澜壮阔，蔚为壮观。女儿哪里见过此等景象，她禁不住惊讶道：“呀！舅妈，怎么种这么多的韭菜呀？！还长这么高，村里的人天天吃韭菜馅水饺、包韭菜馅包子也吃不完啊？！”

面对女儿这个城市娃对庄稼的迷茫，我和弟媳一阵哈哈大笑。狂笑之余，我不免又愧疚起来，女儿闹出这样的笑话，难道不是我忽视了对她的教育引导的结果吗？我是看着《朝阳沟》长大的一代，一直对剧情里的银环分不清麦苗韭菜而嗤之以鼻，如今我的女儿却成了剧中人，难道这不是教育的缺失吗？这么想着，我的心不免疼痛起来。

看着弟媳利索地一手轻握蒜薹，一手用铁钩轻轻钩断，动作敏捷娴熟，轻盈优雅，那情那景，像是在表演舞蹈一样。女儿见此情景，跃跃欲试地接过舅妈手里的工具，学着她的姿势，模仿了半天却拔断了蒜薹，于是不得不“缴枪投降”。

我接过女儿手里的工具，想替平日辛勤劳作的弟媳干一会儿，可是一个连柄儿才半尺长的小铁钩，在我的手里却笨拙不堪，好似有千斤之重。我看了看自己胖乎乎的双手，十指尖尖，柔若无骨，握笔能潇洒自如，敲击键盘也能灵韵生风。此时握着这个小小的工具，却仿佛中风患者一样，双手不受神经系统的支配。我费了好大劲，用了好长时间才钩出几根蒜薹，反倒让拔过蒜薹的蒜棵遭殃地瘫倒一片。

弟媳微笑着接过我手里的铁钩，一边和我拉着家常，一边利索地舞动双手，演绎着黄土地上的精彩舞蹈。

看一眼弟媳，这个和我没有血缘关系的张姓女子——婚前是十里八乡出了名的美女，自 19 岁嫁到我们家，二十多年如一日，任劳任怨地恪尽一个女人的职守，生儿育女，相夫教子，赡养老人，把青春毫无保留地奉献殆尽。看着她沧桑的容颜，青丝间隐现的白发，我柔软的内心不免疼痛起来——心疼这个和我没有血缘的亲人。试想，如果弟媳嫁入权贵之家，理一款新潮的发型，着一身时尚的衣装，再经常到美容院做做美容……想必她定是一个优雅且出众的女人，将不知道让多少庸脂俗粉自愧不如。可是造化弄人，偏偏让她和黄土地结下了不解之缘……

“舅妈，您真了不起！干活像表演舞蹈一样。等我上班了，带您到飞机上去表演。”望着弟媳双手轻盈地舞动，女儿用承诺给了她一个欣慰的肯定。弟媳咯咯地笑着，眼角的鱼尾纹凝成一朵若隐若现的花朵……

晚上九时：卧读

夜幕降临，一天的喧嚣归于沉寂，当忙碌了一天的人们宽衣解带准备休息时，我便开启了捧书卧读的悠然时光。

无须铁观音、龙井与碧螺春，倒一杯白开水，扭亮床头灯，随意拿一本书，嗅着书香，扶着书页，走进沉静而不枯燥、宁静而不寂寞、没有浮躁与喧嚣、没有世俗与纷扰的文字世界，让时光在书页的翻动里悄然流逝，让一天的疲惫与烦忧在文字里纵然释放。那时，灵魂仿佛不再属于自己，像是飘到了另一个世界。

我读书，不为黄金屋，不为颜如玉，更不为万斛粟，只为“听书语，悟人生”。

徜徉在小说的故事情节里，我总是身不由己地“入戏”，随着故事情节的跌宕起伏或悲或喜，或哭或笑。开心时，我会随着主人公一起欣然陶醉，时而抿嘴窃笑，时而喜笑颜开，时而捧腹大笑；伤心处，我会在虚拟的情节里，用自己最真实的情感，随着文字营造的氛围，悲情伤怀，流淌最真实的泪水；潜心字里行间流连忘返，看行云流水，感鸟语花香，悟人间真情，观世间万象；揣想着作者创作时的心理，在或优美或凄凉的意境里，把文字的韵味无限拉长……

读书，有隐忍的心疼，有开怀的欢笑，有心灵的洗礼，更有重回现实的空虚！读书，一如美丽的流星，划过夜空，陨落之后散落一地的凄凉，抑或残美……

在当今这个物欲横流的社会，我自认为我的内心深处依然向往诗与远方，这都源于读书对我心灵的净化与升华，也得益于在写作过程中的自我修养、自我教育、自我完善的结果。

又一阵寒风袭来，一片片飘零的落叶划过眼眸，噼里啪啦地砸在车窗上，砸醒了我的梦……

第一辑 那枚飘零的叶子

不曾远去的祖父

喊醒自己的梦

父亲节悄然而至，在现实与网络里，处处弥漫着祝福的气息。然而，我满满的祝福却在这个没有父亲的父亲节里找不到出口，取而代之的是一种莫名的落寞与哀伤。

午休是我每天的必修课。可今天的午休却被父亲节的落寞与哀伤纷扰得难以入眠。无奈，我只得用儿时祖母教我的催眠法——机械地数绵羊——1 只羊，2 只羊，3 只羊……好不容易，我数到了 3989 只绵羊。那些被我数过的绵羊像似被人赶上了山坡，于漫山遍野里汇成一片飘逸的白云，来来回回地变换着形状浮动。尽管我一直很用心地数着绵羊，可我那不听话的泪水却如同两条小溪，顺着我的眼角无声地流淌……尽管头疼得要命，可我依然坚持数着绵羊，慢慢地，我终于在那羊群如云的飘逸中轻轻地闭上了眼睛。

刚一打盹，祖父便闯入了我的梦乡。他一如生前那样，慈祥地看着我，开心地笑着，古铜色的脸上，深深浅浅的皱纹凝成一朵绽放的菊花，翘着八字胡，嘴角上扬，笑容里写满慈祥、亲切与关爱。他不说话，就那么慈爱地看着我，开心地笑……

当我正欲走向祖父时，我们之间的距离却倏然魔幻般地拉大了，一如影视剧里的特写镜头，而且距离变得越来越大，老祖父也离我越来越远，我大声地喊着："爷爷，爷爷……"祖父看着我，也不回应。随着距离越来越远，最后祖父像一个小黑点一样消失了。

望着祖父魔幻般地消失，我声嘶力竭地哭喊着："爷爷，爷爷……"

我没有喊回远去的祖父，却喊醒了自己的梦。

我还没有从梦中完全清醒过来，泪水就一如决堤的洪水，汹涌地泛滥开来……

或许，是生前一向宠爱我的祖父特意来到我梦里，来抚慰我这个没有父亲的父亲节的落寞和孤寂。不知不觉，一场泪雨变得越来越急，模糊的泪光里，我走回到有祖父的往昔……

黄土地情结

祖父是个典型的农民，和黄土地打了一辈子交道，可称得上是地地道道的老庄稼把式。

祖父从小就和曾祖母寄居在他的外祖父母家里，直到祖父 14 岁。母子俩才回到自己的家，定居下来。也正是从那时起，祖父以一个男子汉的雄姿，为寡居的母亲撑起一片蓝天，用稚嫩的臂膀撑起了一个风雨飘摇的家。也正是他坚强的一撑，从此与黄土地结下了不解之缘，不辍劳作贯穿了他的一生，直到他暮年干不动农活之后，才离开了他亲近一生的黄土地。

在我的记忆里，祖父似乎只有吃饭、睡觉的时间才在家里，其余的时间大都荷锄行走在田间阡陌，用生命与汗水谱写着黄土地不朽的篇章。

在土地联产承包责任制之前，生产劳动以生产队为单位进行，整个村里的农业生产全都由身为生产队长的祖父安排定夺。村西的土地地势高，适合种玉米；村东的土地采光好，适合种棉花；村南的土地沙窝，适合种地瓜，村北的土地地层深，适合种小麦……祖父对村里的每一块土地都了如指掌，充满了深厚的感情。在他的眼里，每一块土地都是良田沃土；每一块土地，他都能根据地质情况合理种植，达到高产多收的目的，因此他对每一块土地都寄托了极大的期望。

祖父不识字，却谙熟二十四节气与庄稼的关联，精通庄稼的语言，听懂庄稼开花与拔节的声音。他总是从容地在光阴里行走，根据季节的变换，适时合理地安排每一块土地的种植与收获。冰融燕归，他带领乡亲们在浩荡的春风里抡起镢头，敲醒沉睡的大地，让春光抚慰墒情。当五月的风拂动滚滚麦浪，嗅着麦香的乡亲们便视祖父为黄土地上的旗帜，在他的引领下，满怀希望，朝圣般地奔赴麦田。

祖父于风尘弥漫里躬身扬场的场景，如同一帧朦朦胧胧的水墨画，时常在我眼前浮现。他就那么低着头，迅速地铲起一掀麦子，又仰头迅速地将麦子扬撒在风里，在低头与仰头之间，将麦子于铲扬之中，应着他“会扬一条线，不会扬一大片”的格言，用一把场锨潇洒地舞动着麦粒，舞动着汗水，舞动着夏风，直至干净饱满的麦粒堆积如山。

在祖父去世的十几年间，每当看到躬身扬场的画面，我就会触景生情，将那风尘弥漫中的忙碌身影，幻化成我记忆中的祖父。不知不觉间，泪水就蓄满双眼，潮湿了那扬场的画面，也潮湿了我的思念。

等所有的麦子都颗粒归仓之后，容不得乡亲们喘口气，不知疲倦的祖父不等天亮就敲响了上工的大钟。那悠扬的钟声阵阵催促，把乡亲们从酣梦中催到了到田地间，在空旷的原野里播种插秧。几天的忙活之后，苍茫空寂的原野又现勃勃生机。

头戴八角草帽，赤裸着脊背，浅灰色的长裤高高挽起，赤脚穿一双黑色的浅口鞋——祖父夏日的形象深深地刻在我的记忆里。阳光下，他躬身大地，晶莹的汗珠从古铜色的脊背上披滚而下，闪闪熠熠地折射出七彩光芒。即便是烈日当头，他也从来不怕热，不怕晒，就那么虔诚地躬身大地，播种、间苗、除草、喷药、施肥……让脚下的黄土地尽情地滋育生命，让遍野的庄稼谱写出希望之歌。

“立了秋，挂锄钩。”这是挂在祖父嘴边的农谚。立秋之后，本该是人们在门前树下摇扇喘息之时，可此时的祖父却马不停蹄地带领乡亲们大搞积肥活动——把秸秆、杂草、树叶、黄土等都混合堆积成一座座小山，而后再把那些混合物浇透水分，然后再用水、麦糠与泥土混成的泥巴将那一堆堆如山的混合物严严实实地密封起来，让它们在“秋老虎”的炎热里发酵。积肥时，红旗插在肥堆上。秋风阵阵，红旗招展。哪里有飘扬的红旗，哪里就有祖父带领乡亲们积肥的身影。那场面轰轰烈烈，惊心动魄。在那个物资紧缺的年代，那些在时间里发酵的一座座“山”，便是来年上好的农家土杂肥。它将承载着人们的希望，孕育一季的丰收。

走向秋天的深处，祖父的欣喜与秋色一起在秋风里荡漾——高粱红了，谷子黄了，棉花白了，玉米该掰了，芝麻该割了，地瓜该刨了……整个秋天，祖父都会沉醉在丰收的喜悦里，乐此不疲，忙个不停。

土地尚未结冻的冬天，祖父便和乡亲们一道套上膘肥体壮的马、牛、驴、骡之类的大牲畜，手扶木犁，大声吆喝着牲口，手里挥舞的长鞭不时在空中甩出一声声脆响，震慑得牲畜们服服帖帖地拉着犁，将沉睡的黄土地翻滚出大海般的波浪。那是季节写给大地的情诗，在那些长长短短的诗行间写下来年的希望。湿润的泥土，散发着黄土地的芳香，一如千年佳酿，令祖父和乡邻们沉醉在黄土地的情韵里，耕耘不休，快乐不止。

土地联产承包责任制，使得大规模的集体化生产走向了一家一户的农耕模式。虽然祖父和全国人民一样渴盼生产责任制，但是这种生产方式的转变，让身为生产队长几十年的祖父失落不已——他耕作的地域由全村的几百亩土地变成了他和祖母两个人的两亩多的土地，他带领的队伍也有全村的男女劳力变成了祖母一人，心理的落差让他一时难以承受。虽然依然天天荷锄田间，但显然耕种两亩多土地不能满足他对黄土地的钟情，也大大局限了他对农业技术的施展。于是，祖父变得郁郁寡欢，梦想在“分久必合，合久必分”的社会发展规律之下，让农业生产能再度回到集体化生产的模式里。

父母看到祖父的失落之后，便从我们家的责任田里划拨出两亩交于祖父耕种。不难看出，多了两亩土地的祖父心里又多了一份安慰，脸上也添了一份笑容。他依然每天早出晚归，没白没黑，甚至披星戴月地躬耕田间，他对土地依然那么的钟情与虔诚，依然与季节联手，与土地对话，与庄稼交谈，不知疲倦地辛勤劳作。但四亩多的土地对于祖父来说，显然还不够。于是，他常常不声不响地独自到我们家的责任田里播种、除草、间苗、喷药、施肥……我们家的责任田与祖父家的责任田的庄稼异常茂盛，寸草不生，收成也在村里遥遥领先。

土地联产承包责任制初期，农业生产机械化尚未推行开来，原始的牛耕模式依然占据着农业生产的主导地位。那时，祖父养了两头大黄牛，父亲养了一匹枣红大马，后来枣红马又生了一个可爱的小马驹。耕地的时候，祖父就套上那三头膘肥体壮的大牲畜，让两头大黄牛位居枣红大马的两侧。马与牛搭配在一起，说不上是绝配，可让急性子的马带动慢性子的牛，让慢性子的牛拖着急性子的马，这一快一慢的互补式搭配也是一种不错的选择。小马驹跟在后面活蹦乱跳，一帧人欢马叫的水墨图悠扬在天地之间，让祖父又找回了以前的扶犁耕作的快乐与充实，他那躬身扶犁的姿态，那甩响空鞭的洒脱，那高声吆喝牲口的吟哦，把一个农人对黄土地的虔诚与钟情泼洒得淋漓尽致。祖父凭着对黄土地的虔诚，犁耙十几亩土地显然不足以让他尽兴。村里没有牲畜的邻居们，无须再三请求，无须准备饭菜，无须交款付费，只要给他打声招呼，他便会慨然应允，备好犁耙，套上牲畜，像犁自己家的土地那样，虔诚地翻开他扬鞭躬耕田间的一页。

1988 年的五一前夕，真国色的牡丹正绚丽绽放，父亲却在他 43

岁的壮年时查出了身患食道癌晚期。这个检查结果如同晴天霹雳，一下子就击垮了一个原本美满幸福的家庭。

在那个天空阴郁的深秋，父亲随着最后一片落叶的飘零归于泥土。一个失去顶梁柱的家开始在风雨中飘摇。然而，我那年逾七旬的祖父将痛失独子的眼泪都吞进了肚里，忍着撕心裂肺之痛，用坚韧的毅力，扛起一个八口之家的大家庭——地里的农活，他来包揽；修房盖屋，他亲临一线；我们姊妹成婚嫁娶，他操心铺排……也正是因为祖父的坚强支撑，才让一个摇摇欲坠的家安定下来。

每每雨雪之后，不能到田间干活的那段时间，应该是人们喝茶听雨或是围炉赏雪之时，然而，离不开黄土地的祖父在这段时间却异常忙碌。他总是拿把铁锨从院子里开始，沿着胡同、大街、道路，一锨锨、一点点，不知疲倦地铲泥平路，一路修修补补，一路平平踩踩，把凹凸不平的泥泞路归于平整。自我有记忆时起，祖父就有雨后平路的习惯，直到他暮年依然坚持义务平路。在祖父的感召下，父亲、弟弟及一些乡亲们也都加入到了平路的行列。直到祖父老得再也掂不动铁锨了，雨雪一停，他依然指挥弟弟们披挂上阵。

我常常想，如果把祖父一生平过的路都连接起来，或许能绕地球一圈或多圈。他总是说他是修子孙路。或许，我们今天的通往美好生活的幸福之路都源自祖父一生的平路修行。

天梯

祖父母含辛茹苦把我从一个咿呀学语的幼儿养大成人。或许，他们从父母手中接过我的那一天起，就把我当成了他们自己的“闺女”。在我很小的时候，我就不止一次地听祖母说起，等我出嫁的时候，她和祖父就像我的姑妈出嫁那样，给我陪嫁当时当地时兴的“四大件”——桌、椅、橱、柜，风风光光地把我嫁出去。不善言辞的祖父听了之后，总是慈爱地看着我，翘起八字胡，嘿嘿地笑着说，只能多！只能多！可见，在祖父母的心里，他们对我比亲生闺女还亲。

在我最初的记忆里，祖母做好了饭，就让我到大门口去接下地干活的祖父回家吃饭。望着祖父扛着犁、耧、锄、耙等之类的农具健步如飞地走来，我总是兴奋地大声喊着爷爷，朝他飞奔而去。那时的祖父总是精神抖擞，没有一点疲惫的样子，他总是喜笑颜开地看着我，嘿嘿地笑着，一种掩饰不住的幸福与满足感溢于言表。当我快奔到祖父跟前时，他就放下手里的农具，伸出双手接住飞奔过去的我，继而，迅速地将我高高举过头顶，在半空旋上几圈，然后放下咯咯笑的我，一手拿农具，一手将我抱在怀里，抑或是一手拿农具，一手牵着我，大步流星地朝家走去……事隔多年，祖父那温暖的怀抱与那大手牵小手的情景，依然清晰如昨。

祖父母对我常常是在含嘴里怕化了，捧在手上怕摔了。于是，就把我装在心里，用心暖，用心爱，用心疼。老人家虽然对我宠爱有加，但从不溺爱。我虽然乖巧听话，却也常犯错。面对我的缺点错误，祖父总是怒目圆睁，一副凶巴巴的样子，高高扬起的巴掌高过头顶，可无论举得多高的巴掌却从来都未曾落下过。起初，这样的恐吓对我的确很奏效，如一剂良药医好了我的不少坏毛病。慢慢地，随着年龄的增长，经验告诉我，不管我多淘气，他都不舍得打我。之后，不管他怎样怒目圆睁，不管他将巴掌举多高，对我都不再起任何作用。就在我暗自庆幸老人家拿我没办法的时候，想不到祖父母却变换了管教我的方式——让我视为陌路人而又望而生畏的父母来管教我。不过，这种方法他们轻易不用。因为父母对我管教轻了无济于事，重了他们心疼。只有当我的任性与调皮触及他们的忍耐底线时，他们才会搬出我的父母。当时，父母对我无须说教，无须指责，也无须打骂，仅仅是一袭严厉的目光，就足以令我胆战心惊，并让眼里掉出的“金豆子”，将所有缺点和陋习全都“砸死”。

大概是我六岁的那年冬天，我和祖父母正吃着早饭，门外大雪纷飞，厚厚的积雪漂白了整个世界。记得当时我正咀嚼着从玉米粥里捞出来的地瓜，不知道受了哪根神经的指令，忽然间就想起了炒花生。那喷香喷香的味道诱惑着我，让我像着了魔一样地闹着非要吃炒花生不可。

当时，在那个物资匮乏的年代，炒花生对于我们那一代的孩子来说，无疑就是不可多得的奢侈品，它要比如今的山珍海味、猴头燕窝还要珍贵。祖母一边哄着我，一边许诺等天晴了就让祖父给我去买。可当时的我就像着了魔一样，一门心思想吃炒花生，放下手里的粥碗，撅着小嘴，眼泪啪嗒啪嗒地滴落在粥碗里，被捞得像清水一样的稀粥顿时四溅，激起一圈又一圈的涟漪在饭碗里荡漾着向外扩展，又在与碗的触碰里慢慢地消失……

祖父见状，不声不响地放下饭碗，披上他那古董般的蓑衣就出去了——他沿冰过河到离家两里地以外的邻村去给我买炒花生。望着祖父渐渐消失在风雪迷茫里的身影，祖母便忍不住开始唠叨：“你和你爹小时候一样，都是被你爷爷惯坏了，无论说想吃啥，你爷爷都得立马去买！”

父亲有四个姐妹，是祖父四个儿子当中唯一成活下来的儿子，自然会对他宠爱有加。而我却在祖父那里有幸得到了与父亲同样的待遇。

祖父出门不大一会儿，我就到村外去接他，严格说来，我是去接他买的炒花生。在我的翘首以待里，祖父在风雪迷茫中的身影，蹒跚着一点点由远及近，他的头上、身上、蓑衣上全是雪，白花花的，走起路来像个移动的雪球。近了，才看清他累得气喘吁吁，他喘出的气在睫毛上、眉毛上凝成一层似雾非雾的小冰晶。他来不及拍拍身上的雪，就从腋下取出一兜炒花生递给我。

我开心地吃着炒花生，那种喷香喷香的味道无以形容，我只知道那是我当时吃到的最好的美味。我一边吃，一边高兴地蹦蹦跳跳，快乐得像个天使。当我把炒花生递到祖父母的面前让他们吃的时候，他们却异口同声地说自己不喜欢吃。当时的我不明白是他们舍不得吃，却傻傻地疑惑不解，甚至怀疑他们的味觉神经出了问题。

我七岁那年秋天，一次上午放学后，见村里有几个十七八岁的姑娘买了花绒布做上衣。我见了之后，就飞快地跑回家，非让祖母也到集市上去给我去扯花绒布。祖母哄我说，集都快散了，她还要做饭，等下一个集她再去给我买。可我哪里听得进去，不依不饶地撅着小嘴生气，一看到祖父扛着农具回来，便哇的一声大哭起来。祖父见状，翻出他存放的一叠零零碎碎的毛票递给祖母，让她即刻去集市上给我买花绒布。

“她要是要天上的星星，你也给她去摘啊？”祖母没好气地埋怨祖父对我的娇宠。

“只要我能够得着，我就给她去摘！”祖父慈爱地看着我，不假思索地看着我微笑道。

“爷爷，我想要星星，您给我摘下来呗！”我不知道那是一种比喻，更听不出祖母话里的弦外之音，便幻想着自己手捧着星星玩的情景，天真地望着祖父，扯着他的衣襟央求。

“好，你好好听话！等爷爷再赶集时，让卖梯子的人给做一个很高很高的天梯，爷爷蹬着天梯上天去给你摘星星！”虽然祖父的回答是一句哄我的玩笑话，可它却带给我美好的憧憬，温暖了我的童年，照亮了我的人生。

祖父、我和春联

春节前，那满街的红春联温润的时光，就会把我的思绪拽回到童年。

在我的记忆里，祖父是一位乐观向上而热爱生活的慈善老人，他对过年贴春联像是情有独钟似的。每年腊月初十过后，他便开始操办春联的事——忙活着买红纸、毛笔和墨汁。

我们村里，只有我的一个远房堂叔的毛笔字能叫得响，家家户户的春联大都是出自他的笔下。祖父一生最不愿意求人。他认为父亲有文化，我们姊妹几个都是学生，像写春联这样的事情，就不应该再去麻烦别人，所以见了父亲就逼着他写春联。虽然父亲的钢笔字刚劲飘逸，力透纸背，可我从没见他写过毛笔字。面对祖父的“命令”，他总是推说自己忙或是远远地避开。无奈，祖父便让姐姐来写，姐姐也溜了。于是，他就把写春联的光荣任务强加给我。

那年我只有十岁，读小学三年级。不就是写春联吗？这有什么难的！我心里思筹着，暗自庆幸自己有了一展身手的机会。于是我以握铅笔的姿势手握毛笔，对照着祖父从集市上买来的年历本，一笔一画、认认真真地把春联抄写在祖父备好的红纸上。

望着我涂抹在红纸上的墨迹，嗅着浓浓的墨香，不识字的祖父翘起八字胡，乐得合不拢嘴，连连点着头说："中！中！这就中！"

自我写的春联贴到门上之后，只要是识字的人，无论谁看了春联，都要问春联是谁写的。不认识我的人，还会专门让家人把我喊出来，看看写出如此春联的人究竟是一个怎样的小姑娘，然后笑着鼓励我以后要好好练字。

或许是祖父从众人的窃笑与评论里品出了弦外之音，自此再也不提让我写春联的事了，而是早早地买好笔墨纸张送给堂叔，并耐心地等待。

自我记事以来，贴春联仿若就是祖父的"专利"。三十那天早早地吃过早饭，祖母熬好的糨糊在降温的过程中，祖父先把旧春联揭掉，再用湿布把门擦干净，接着用刷子把糨糊均匀地涂抹在门上，继而把春联贴正，然后用干毛巾从中间开始慢慢地向四周把气泡赶出。这样祖父贴出来的春联既平整又美观。

祖父不识字，分不清字体上下与春联的上下联，他总是让我指挥着他贴。我 11 岁那年，当我们贴到只剩下一幅写有"槽头兴旺"的竖幅时，我理解不了"槽头"的含义，再加上有小伙伴急等着我出去玩，我又不愿意为此去查字典耽误出去玩的时间，于是，就急不可耐地指挥着祖父把那副春联贴到压水井上。幸亏父亲及时赶到，一进门就看到“槽头兴旺”贴在压水井上，忙小心翼翼地揭下来，贴在牛屋的拴牛柱上，避免了让我再一次被贻笑大方。

有关祖父、我和春联的故事，一晃走过了40年的过眼云烟，又将到贴春联时，而祖父却被一层薄薄的黄土阻断了回家贴春联的路。然而，那留在记忆里的温馨，却让我记忆犹新。

痴呆暮年

“十年修得同船渡，百年修得共枕眠。”依着《增广贤文》里这句诗句来推断，祖父母在人生的轮回里，不知道前世修炼了百年，还是千年，才使得他们相伴走过了七十多年的婚姻。七十多年的共同生活，让祖父母彼此都把对方视为生命里不可分割的一部分，也难怪祖父会将祖母的去世比作天塌一般。

祖母去世之后，悲伤、凄凉、孤独、落寞、无助、思念、抑郁等众多的情愫朝祖父包剿而来，占据了他的思维与生活，也加速了他的衰老，以至他的小脑迅速萎缩，令他患上了一种比死亡更可怕、更痛苦的阿尔茨海默病，也就是我们通常所说的老年痴呆症。

患了老年痴呆症的祖父，终日生活在一个混沌的世界里，行动迟缓，思维混乱，双目浑浊，双耳失聪，不知所言……在很大程度上，他的智力还不如一个三岁孩童，与原来那个思维敏捷、精明强干的祖父判若两人。

每当有人问起站在他面前的人是谁的时候，他都会瞪大浑浊的双眼，很认真很努力地想，可想来想去，依然在记忆的长河里痛苦地挣扎，却什么都记不起来，只得无奈又无助地摇摇头，抑或是胡言乱语一通……为此，他闹出了好多笑话，以至让在场的人无不捧腹大笑，且笑得前仰后合。越是这样，好奇的邻居们越是不依不饶地问来问去，在他的痴呆与茫然里找乐子，却忽略了一个老人的痛苦与无奈。不过也好，无形之中训练了祖父小脑的活动能力。每当看到那样的情景，我也会附和着笑，笑着笑着就笑出了眼泪，也笑疼了心。

祖父常常坐在胡同口晒太阳，每当有人问他怎么吃饭的时候，他总是瞪着浑浊的双眼苦思冥想良久，才茫然地指着母亲家说："高门楼子那家开饭店的老太太心眼儿特好，一天三顿饭都是她送给我吃！"

当有人告诉祖父，给他送饭的老太太是他的儿媳妇（我的母亲）的时候，他就瞪着茫然的眼睛左思右想，可最终还是什么都没有想起来。偶尔，他又像是想起来什么似的，悠悠地接着别人的话茬，又像是自言自语："老时庄还有俺的家哩，有儿子、儿媳妇，还有一大家子人呢。哎！也不知道他们现在都过成啥样了……"说着说着，他便会黯然伤神，甚至还会伤感得流泪。

对于祖父那没头没脑的话，我很茫然。可母亲和几个上了年纪的邻家奶奶们都说，祖父说话的口气，像是出自他那当兵未归的父亲之口。或许是离家近一个世纪的曾祖父的灵魂又山一程水一程地跋涉而来，回归到了故里，附体在他年迈痴呆的儿子身上，诉说着自己的无奈与愧疚。老人们的这种说法，带着浓重的迷信色彩。

"那开饭店的老太太给你送饭，你给她钱吗？"面对祖父的痴呆，一些人总是心存好奇。"先不给，记着账呗，等家里来人了一块给！"祖父用粗糙而迟缓的双手一边摸着他空空的口袋，一边无奈地说道。

“那就让您家小香还饭店的账吧！她有钱！”邻居们总是喜欢与痴呆的祖父逗乐子。

“我不能给俺小香钱，才不让她还账哩！她有个小孩儿，还得花钱！那个小孩儿可精了！”听邻居们说起我，祖父嘿嘿地笑着，掩饰不住的欣喜溢于言表。

每当母亲端着饭送到祖父跟前时，他总是重复着那句不变的话：“多少钱一碗？”

“不贵！连馍带菜，还有饭，总共五毛钱！不够吃，再要的话，馍、饭、菜都不要钱！”善良的母亲知道祖父节俭了一辈子，饭量又大，总是玩笑般地接应着他的话茬，以善意的谎言哄着暮年的祖父多吃饭，用饮食的能量来延长老人家的生命。

每当我去看望祖父时，他总是满心欢喜地迎接我，高兴得合不拢嘴，眼睛笑得眯成一条缝儿，却把眼神聚集到我的身上，像是怕他稍一不留神我就会变戏法似的在他面前消失。他凝望着我，脸上愉快的表情全调动起来，喜悦填平了他脸上深深浅浅的皱纹。他笑得那么开心，又那么发自肺腑。每当邻居问他我是谁的时候，他总是喜笑颜开、不假思索而又不耐烦地回应道：“自己家的闺女——俺家小香，我还能不认识？！”

没想到，我那风烛残年的痴呆祖父，在连自己的三个亲生女儿、儿媳妇、孙子及一些亲朋好友和邻居都不认识的情况下，竟然唯独认得我，记得我的乳名，还知道我有个孩子，一个劲儿地说不能花我的钱，而且自始至终他都将我视为他生命里的“闺女”。或许，在他的潜意识里，自从父母把一岁零八个月大的我交到他和祖母手里的时候，他就以强烈的责任感与无私的爱把我植入了他的生命里，把我看成了他生命里不可分割的一部分。

每当我问起祖父想吃点什么的时候，他从来没有说过自己想吃什么，如果我替他点出水果或食品的名字，譬如：牛肉、牛奶、饼干、橘子、香蕉、菠萝、苹果等之类的食物时，他总是说："那多贵啊！我一个大人，能吃饱就行呗！好吃的都留给小孩吃！"我可怜的祖父啊，尽管自己患上了老年痴呆，生命的红烛即将燃尽，可他依然想用自身的燃烧来照亮子孙，依然为子孙们着想，为子孙们节俭，心里永远装着子孙，却唯独没有他自己。

那棵灵枣树

不管岁月怎样流逝，不管时代如何变迁，祖父院子里的那棵灵枣树都茂盛在我的心里，上面结满了脆甜无比的灵枣，还有祖父母对我无私的爱。

那棵灵枣树不知道要比我年长多少岁。自我有记忆时起，它就倔强地挺立在院子南端，在四季的轮回里历经风雨，啜饮朝露，沐浴阳光。我小时候，物资还十分贫乏，自从枣树冒出第一颗绿芽，我们就对它寄托了无限期望。五月，当密密匝匝的细碎枣花布满枝头，引得蜂蝶蹁跹，给人一种"一枝独秀不是春，百花齐放春满园"的感觉。那时，我就会仰望着枝头，纷披着细碎的落花，咀嚼着淡淡的花香，做着满树红枣摇曳的梦。晴朗的夏夜，月华如水。枣树下，我跟祖母躺在竹床上，祖父躺在苇席上席地而睡，流泻的月光透过那些密密匝匝的枣叶的缝隙，斑驳了我们祖孙三人海阔天空的世界。也正是那时，在祖母摇扇的惬意里，从祖父母反反复复的讲述中，我知道了北斗星、牛郎星和织女星，知道了怎样看云识天气，也知道了许多美丽的传说故事……或许，正是那时，我最初的文学之梦开始启航。

等枣稍微长大一点儿，便有小孩子开始偷枣吃。于是，祖父母便开始了看枣。看着那些光滑圆润的枣于绿叶间随风摇曳，祖父母悉心看护，不允许任何人摘。然而，这里所说的任何人，严格来说，应该是除我之外的任何人。在祖父母的眼里，我就是例外，往往从枣有黄豆般大小的时候我就开始摘枣，祖父母虽然会劝我等枣熟了再摘，但绝对不会像对待其他孩子那样绝对禁止，以至我的姊妹与表姊妹们一次又一次地质问他们，为什么我能摘枣而她们不能？面对再多的质疑，祖父母也总是笑而不答。时隔多年，我终于知道，这是爱！这是他们用一种特别的爱对我网开一面！

祖父暮年患了老年痴呆之后，依然知道看护着那棵枣树，更是不允许任何人摘一颗枣，哪怕是他幼小的曾孙子、曾孙女——他已经不知道他们是何人。那是一个枣熟蒂落的季节，我去看望祖父。老人家一看到我，就喜笑颜开地一手拄着拐杖，一手拉着我往院子里挪步。那时的祖父已经迈不动步子，我不知道年迈的祖父要去做什么，只好扶着他一点点地挪着步子。他颤巍巍地挪到枣树下，扔下拐杖，两只手一上一下地抓住枣树，用尽全身的力气摇晃枣树。可那棵老枣树像是在与风烛残年的祖父做着最后的较量，貌似幸灾乐祸地与他较着劲儿，纹丝不动地立在那里，而我可怜的祖父已累得气喘吁吁。我见状，急忙扶他斜躺在置放于枣树下的躺椅上休息。

“你帮帮忙把枣都给我卸下来吧！让俺‘闺女’都拿走！她从小就喜欢吃灵枣，这是我专门给她留的！”祖父一边喘气，一边指着走过来的他不知道是何人的大孙子（我弟弟）央求。

“姐，你看爷爷一生都偏爱你。患了老年痴呆后，家里的人、亲戚和邻居他一个都不认识，却唯独认识你，知道你的乳名，还知道你有个小孩，总说不能花你的钱，连树上的枣他都不让摘一颗，却都给你留着……”听着弟弟絮絮叨叨地说着，祖父瞪着浑浊的双眼望着他，仿若听他说天书一样，一脸茫然。

看着祖父的举动，听着弟弟的诉说，我的内心五味杂陈，簌簌的泪水止不住地流淌……

祖父木讷地看着泪流满面的我，先是惊奇地看了又看，继而他也湿润了眼眶，这让我的眼泪更加汹涌。

对照弟弟的话，我忽然想起，祖父曾告诉我，一个老太太用三轮车把他带到她家里去住。祖父说怕我来了找不到他会急哭，他就用拐杖使劲打那个老太太，她才肯把自己送回了家。后来，我才知道，祖父所说的那个老太太是他的大女儿——我的大姑妈。

那时，我真想一如小时候受了委屈一样，搂住我风烛残年的祖父，伏在他的肩头痛痛快快地大哭一场，让我簌簌的泪水抚平他岁月的沧桑，冲走他满眼的浑浊，医好他的老年痴呆，还我一个聪敏而健康的祖父。

不曾远去

自我有记忆以来，祖父母都将我视为生命里的“闺女”，他们用最无私的“隔辈亲”将我抚养、关爱与呵护。然而，在他们生命的最后时日里，我却没有尽到一个“闺女”应尽的义务，陪伴他们走过暮年的孤独，从而令我在“树欲静而风不止，子欲养而亲不待”的疼痛里遗憾终生。

祖母的突然去世，令我心痛不已。本想在祖父最后的时日里，将未能对祖母尽孝的遗憾加倍地补偿给他，抽时间多陪伴他，消除他晚年的孤独与寂寞，抚慰他日渐痴呆的灵魂。我虽然目睹了不少的死亡，但是我依然奢望他的生命会有很长很长，还曾痴痴地幻想着他能步入百岁老人的行列，幻想着自己尽孝的机会还有很多很多。于是，我总是以工作忙为由、以孩子小为借口，把赡养祖父的义务全都没头没脑地推给了年迈的母亲和姑妈们，自私地忙着上班，围绕着自己的小家庭忙得不亦乐乎。每每抽时间去看望祖父的时候，也总是来也匆匆，去也匆匆，在来去匆匆的往返里抚慰祖父翘首以待的孤寂。

永远都忘不了2004年农历正月初十的那个黑暗的日子。那天下午三点多的时候，同事有事喊我帮忙，当我匆匆忙忙地出去的时候，竟然将手机忘在了办公室里。当办公室的工作人员慌慌张张地找到我的时候，说我丈夫打电话找我都急疯了，让我赶快到一楼办公室里去接他的电话。

当丈夫告诉我祖父病危的那一瞬间，一种不祥的预感袭上心头，我立马意识到丈夫的话里定是隐藏着善意的谎言，悲伤蓦然击碎了我所有的神经，我忘记了置身何处，竟然张着嘴大哭起来。

当我和丈夫以最快的速度赶到家里的时候，我没有看到痴痴呆呆的祖父，取而代之的是灵棚肃穆，经幡高挑，哭声震天，迎门便是一口安放着祖父遗体的棺木……我悲痛欲绝地长跪在祖父棺木前失声痛哭，自责与遗憾无情地撕咬着我的心灵，悲伤的神经碎裂一地……

任何一个人的消失，于这个世界来说，就如同茫茫大海蒸发掉一滴小小的水滴一样不足挂齿，又平淡如常。可祖父的去世，对我而言却仿若是一种毁灭性的摧残。面对安放着祖父的那口棺木，我唯有声嘶力竭的痛哭，除此之外，我不知道还有什么方式能表达我内心的悲痛、哀伤与绝望！

祖父走了，永远地走了，带走了我的思念，留下了我一生都享用不完的爱与不能尽孝的遗憾。

“今人不见古时月，今月曾经照古人。”

在祖父去世后的十多年里，每当我看到一个痴呆的老人、一个做生意的老人、一个老人的身影、一件老人的衣服、一个扬场的画面、一棵经年的枣树、一粒平常的枣、一种祖父爱吃的食物……都能勾起我对祖父的无垠思念，轻易就会邀来一场浩荡而哀伤的泪雨……

这十多年里，我一直都感觉祖父未曾走远，他好像就在我的身边，尽管他一辈子都未曾到过我家，但我相信他的灵魂一直跟着我，无所不在。有时感觉他好像就站在我的旁边，好奇地看着我敲打键盘；有时感觉他就坐在我家客厅的沙发上，不声不响，目光随着我的身影移动；有时感觉他就置身我家阳台，来来回回地慢慢挪着步，一如他暮年那样地行动迟缓；更多的时候，感觉他还是那个身板硬朗的祖父，还在田间辛勤地躬耕。祖父的一生受尽了人间的苦，可我宁愿他永远受苦，只要他在！只要他还活着！

我常想，如果人生能够重来，我会竭尽全力，全心全意地对待我的祖父母、父母与其他已故去的亲人，可人生里“如果”这样的假设永远都不能成立。人生如戏，这场戏自始至终都没有彩排，全部是现场直播。单曲尚能循环播放，可人生却只有一次，始终都是单程路线。远去的永远远去了，再也无法追回，我们只有抓住现在，抓住今日，珍惜身边的亲人，善待生命里的每一个人，才能减少遗憾。

祖父在另一个世界里，不管是清醒还是痴呆，他对我的爱永远都清醒着，永远都不会褪色！要不，他怎么会闯到我的梦里，来抚慰我的没有父亲的父亲节的落寞呢？

祖母的味道

那枚飘零的叶子

一场寒流来袭，北风横扫落叶。树上稀疏的叶子从枝头纷飞飘零，地上飘落的叶子打着旋儿纷飞，如同数以亿计的褐色蝴蝶在遍地的低温里随风舞蹈，又一个“满城尽带黄金甲”的画面挂在了季节的枝头。

路上行人稀少，他们一个个身着冬装、缩着脖子行色匆匆，呼出的气体瞬间凝成白雾，再随风飘散而逝。挪动着小脚的老太太衣衫单薄，挥动着大扫帚，将满地的落叶堆积如山……

一阵风吹来，树上飘零的叶子，老太太堆积的叶子，还有地上的叶子仿若一下子都有了生命，有了动感，肆无忌惮地纷飞狂舞。在老太太的眼里，这满地的落叶便是遍地的黄金，令她欣喜，令她兴奋，她不停地挥舞着手中的大扫帚，扫着地上的落叶。虽然身着与季节不符的单衣，她却挥汗如雨，被汗水浸湿的花白发髻散落开来，在风里飘成一面旗帜……

“奶奶，我来帮您……”望着老人在寒风里忙碌的身影，我不禁脱口而出。

又一阵寒风袭来，一片片飘零的落叶划过眼眸，噼里啪啦地砸在车窗上，砸醒了我的梦……

梦醒了，车窗外的落叶还在飞舞，我的眼泪却在无声地流淌……

不知道为什么，多年以来，我总是把寒霜满地的落叶与我的祖母联系在一起。如今，又是这满地的落叶随着那虚幻的梦境，把我带到了有祖母的往昔……

20 世纪 70 年代初，生产力还比较落后，物质还十分匮乏。那时候，不等树上的叶子落下来，但凡有树的地方，就被人们用玉米秆、秫秸之类的东西撒在地上，以“画地为牢”的形式圈占起来，预定树上的叶子，随时恭候它们的飘零。一场寒风，树叶纷飞，人们把各自圈占的落叶收集起来，运回家里，用来烧火，或喂羊，就连那些带着土坷垃的碎叶屑儿也宝贝似的运回家，用来积肥，或垫牲口圈。

那时候，每当寒流来袭、北风四起的夜晚，不管天多黑，风多大，气温多低，祖母从不贪恋被窝的温暖，带上篮子、耙子之类的工具就匆匆出发了——只为把一些落叶带回家。每一次，她都起得很早，可当她回到家里，还是忍不住对着祖父，抑或自言自语地哀叹，她没有邻家老奶奶起得早，仿若人家抢走了本该属于她的落叶。

祖母 60 岁的那年初冬，一场寒霜冻蔫了树叶，只是没有寒风的催促，那些冻枯的树叶如同枯死的蝴蝶，依然痴情地抱紧枝头。等不及树叶飘落的人们便爬上树，用力摇晃，或用长杆敲打，让那些贪恋枝头的树叶飘零落地……

望着邻居们满载而归，急得团团转的祖母跃跃欲试，她找来梯子，在别人的帮助下，她爬到一棵低矮的桐树上。当站在枝丫间的那一刻，她兴奋得仿佛一下子忘却了自己的年龄，忘却了自己置身何处，忘却了自己有一双站立不稳的小脚，祖母抓住树枝，用尽全身的力气摇动树枝，树叶纷纷落地，一种成就感让她兴奋不已。然而，就在她陶醉得忘乎所以的时候，“三寸金莲”不慎一滑，随着咔嚓一声脆响，祖母手里握着一根折断的树枝从树上摔了下来。尽管树下是新翻的土地，还有一层树叶，可她当时还是好长时间都没有爬起来。尽管她千叮咛万嘱咐，不让在场的邻居们把她从树上摔下来的事告诉家人，可最终还是传到了父亲的耳朵里。

“您知不知道自己多大年纪了？！您知不知道，您不是去晃树叶，您是去打您儿子的脸！您就是不去拾一片树叶，看看您儿子会不会断您的柴烧……”当平素以孝顺出名的父亲得知祖母从树上摔下来的消息之后，竟勃然大怒，一刻都没有迟缓，立马找到了祖母，对她好一阵连珠炮似的咆哮。

祖母听任儿子对自己发飙发怒，如同一个犯了错的孩子，沉默不语，眼中委屈的泪水无声地流淌，咆哮的父亲的眼泪也在忍不住地流淌……

如今好多年过去了，那往事的画面清晰如昨，可画面里的亲人却都越走越远，越走越远……远得与我生死相隔……

人生是一条单程线，容不得有如果之类的假设，可每当我看到落叶满地的情景，总忍不住地想：假如，我亲爱的祖母能活到今天——衣食无忧的当下，面对这铺天盖地的落叶，她还会不会上演我梦里的一幕？

手擀长寿面

一大早在丈夫与女儿的祝福声中醒来，才知道今天是我的生日。不知从什么时候起，我变得渴盼长寿。于是，我决定为自己做一次长寿面，以告慰自己的心理渴盼。

我固执地认为，长寿面应该是地地道道的手擀面。在经济飞速发展的当下，机器轧出来的宽窄厚薄不一的面条应有尽有，老祖宗流传下来的手擀面只得躲到时光的角落里闭目养神，早已没人再劳心费力地去做手擀面了。再者说来，如今的生日宴也早已从家庭走向了饭店。故而，手擀长寿面也就退出了历史舞台。细细想来，我做手擀长寿面的次数屈指可数。在娘家做饭时，我一直是帮着家人打下手，即便是家里有人过生日要做手擀长寿面也轮不上我插手。我只给丈夫和女儿做过为数不多的几次手擀长寿面。

我把适量的水与面搅拌均匀之后，双手用力地和着面，前倾的身体随着揉面的力度一颤一颤的，脑后的马尾辫也随之颤动起来。仅凭这种和面的姿势，即使说不上娴熟，也不能说生疏吧。我们这一代人中的大多数女子早在十多岁的时候，就已学会了熬稀饭、擀面条、蒸馒头之类的家常便饭，我便是这大多数女子当中的一员。我对自己这种自如和面的姿势颇感满意的同时，又将自己此时和面的情景与往昔祖母躬身和面的情景联系在一起。

祖母在世的时候，只要家里有人过生日，哪怕是生活再艰难的时候，她也总会想方设法、亲力亲为地为家人做一碗手擀长寿面，来祝福亲人们的生日。我是祖母带大的孩子，又是她最疼爱的孙女，我在家过的每一个生日，她都会早早地为我做好手擀长寿面。她说她希望自己的子孙们能借助她亲手做的长寿面而长命百岁，幸福安康。

在我的记忆里，祖母和面的时候，身子总也那么微微前倾着，揉面时一颤一颤的。我如今和面的姿势就在临摹祖母昔日的情形，就连我头上马尾辫的颤动也是祖母往昔发髻颤动的翻版。我拌面、揉面的细节与姿势，都是祖母手把手教的。她那悠然的姿势与神情，清晰如昨，涂抹成我记忆里永恒的风景。

祖母教我和面的时候，总是要求我做到“三光”——面光、盆光、手光。她说只有做到了“三光”，才能称得上会和面。多年来，每一次和面我都按照老人家的要求，尽力做到“三光”。

要想擀出细腻柔滑的面条，就必须将和好的面静置一段时间，这个过程叫饧面，多则需要几个小时，少也要十几分钟，可根据实际情况适当掌握，灵活运用。饧面的时候，还可以做一些其他辅助工作。譬如：准备好锅、面板、擀面杖等之类的东西。通过饧面，面团中的蛋白质在外力的作用下，被扭曲及破坏的网状结构得到重塑，重新恢复了应有的空间结构，从而得到舒展。面饧得好，擀出来的面条就会更加筋道、柔软、细腻和顺滑。

待面饧好之后，我便开始在面板上揉面，一如祖母揉面时的姿势那般倾斜着身子，左手不停地叠加着面团，右手不停地用力揉，由重到轻地用力揉啊揉，直到揉得面团柔韧光滑，细如凝脂，再用擀杖把面团擀成圆片，继而再用那圆圆的面片包裹住擀面杖，双手用力推动擀面杖，擀一会儿变换一次面皮的角度，使得面片一点点儿增大，一点点儿变薄，一点点儿变圆。把面片擀得厚薄适中后，稍微晾一会儿之后，再将面片叠起来。

每次动手切手擀面之前，我都会想起祖母的教诲——长寿面不能断刀。故而，每一次做手擀面，我都会很细致地想想当天家里是否有人过生日，即便是像祖父母、父母等这些故去亲人的生日，我也会按照祖母的说法，将手擀面连续均匀地从头切到尾，且一气呵成。今天是我的生日，我学着祖母当年的样子，耐心地切着长寿面，就像用心书写着对长寿的期盼。

望着多星锅闪亮的电源指示灯，我像是看到了熊熊燃烧的火苗。那火苗来自我记忆里祖母的大地锅的灶膛，它正激情地舔着锅底。与此同时，我分明看到祖父坐在灶膛里忙着烧火的情形。他还是那么须发雪染，慈眉善目，全神贯注地烧着火，右手时不时地往锅底添柴，左手不停地拉动风箱。风箱发出呱嗒呱嗒的声音，和着木材燃烧发出噼里啪啦的声音，像是在弹奏一曲人间烟火的乐曲。在我的记忆里，我家的男人们都十分大男子主义，平日里都是不做家务的。祖父一生所做的家务就是打扫庭院和在冬天里烧火，而且这两样他都做得十分专业。当时虽然是泥土庭院，一年四季，每天都被老人家打扫得干干净净，烧火也烧得恰到火候。我的生日在隆冬季节，恰在祖父烧火的时段里，故而我的长寿面每一次都由祖父母两人合作完成。

看着锅里热气腾腾、翻滚的汤水簇拥着面条上下翻腾，我的心也随之翻腾。雾气缭绕里，我的思绪依然沉浸在过往的记忆里，仿若此时的我身处祖父母往昔的厨房里，祖父母依然在忙忙碌碌，他们一个烧火，一个掌勺，正忙前忙后地为我做长寿面，满面春风地又是煮鸡蛋，又是下长寿面，有说有笑，那说笑的声音仿若还回响在我的耳畔。他们就那么乐此不疲地忙得不亦乐乎，只为给他们的宝贝孙女庆祝一年一度的生日。

锅里散发着煮面的清香，让我在淡淡的乡愁里，闻到了祖母的味道。不知道是袅袅烟雾缭绕的缘故，还是我浓浓思念的使然，不知不觉，我泪湿了双眸。这一生，我只吃过祖父母为我做的长寿面，而且不知道究竟吃过多少次。但是我却从来没有给两位老人家做过一次长寿面，无论是手擀长寿面，还是其他长寿面，一次都没有做过。我和祖母的生日在同一个月，她先我五天过生日。祖父和我丈夫同一天生日。祖父的生日其实比丈夫的生日晚三天，因那年我外祖父恰在那天去世，以后的忌日，母亲就不能参加祖父的生日宴会，故而祖母就自作主张将祖父的生日提前三天。我想，如若祖父母还在世，我能亲手给他们做一次手擀长寿面，不知道他们该有多么高兴，多么开心！即便是我做得不好，他们也一定会很开心、很幸福、很满足，还会很认真地夸我做得好吃。可是，祖母已经去世 17 年，祖父也已去世 15 年，我今生今世都不会再有机会了。

长寿面出锅后，我多盛了两碗，并且都整整齐齐地摆放好筷子。女儿疑惑地望着我湿润的眼睛，又看看那两碗长寿面。当她知道那两碗长寿面，是盛给两位已故去的老人家时，懂事的女儿虔诚地祈祷着，祈愿两位老人家保佑子孙后代开心快乐，幸福安康！

看着碗里的长寿面，我多想像小时候那样，头也不抬头地扒拉着将满满的一碗面一口气吃完。可挑两根面条放进嘴里，漫不经心地嚼着，无论怎样都嚼不出祖母的味道，却嚼出了两行奔涌的泪水。漫漶的泪光里，祖父母的身影越走越远，越走越远……

另类爱情

我一直认为祖父母之间既没有花前月下的浪漫，也没有卿卿我我的亲密，即使相伴走过了七十多年的婚姻，也不过是两个人在同一屋檐下生活，在同一个锅里吃饭，在没有爱情可言的传统婚姻里繁衍后代而已。

祖父耿直、暴躁、偏执、霸道，是典型的大男子主义，而祖母却温柔、贤淑、文静、懦弱，可谓是典型的小女人。自我有记忆时起，祖母只管忙里忙外地干活、做家务，家里大大小小的事情，都是祖父说了算。祖父指向哪里，祖母就打到哪里，从来不违背，不抵触，不反抗，以逆来顺受之势追随了祖父一生。可在生活的饮食起居方面，祖父却是一切听任祖母的安排。

祖父是个一辈子不知道锅里的水何时烧开的人。自我有记忆时起，每一顿饭，他都等祖母做好、盛好、端好、筷子放好，才款款落座就餐。他吃完一碗，祖母就接过碗来盛好，恭恭敬敬地端过去，放到面前。祖父每天的喝水喝茶亦是如此。在我的意念里，祖父是不会盛饭、不会倒水、更不会做饭的人。祖母对待祖父就像对待有恩于她的主人一样。以至祖母突然去世后，再也没有一个人能像祖母那样一心一意、体贴周到他伺候他了，于是，祖父的生活规律一下子被打破了，他茫然不知所措。

祖父在地里不辞劳作，回到家里却过着一种衣来伸手、饭来张口的生活。他需要什么只管张口，祖母就会恭恭敬敬地迅速递到他的手里，稍有怠慢，他便会对她吹胡子瞪眼，大喊大叫，可祖母却从未曾有过一句怨言，更没有丝毫的反抗，甚至连一点反抗的意识都没有，默默地忍受着她该忍受与不该忍受的一切，把一个东方传统女人的温柔、善良、贤惠、勤劳、简朴、宽厚、坚韧、包容等美德体现得淋漓尽致。

记得那是一个初秋的午后，秋老虎疯狂肆虐，烈日炎炎，酷热难耐，秋蝉声嘶力竭地嘶鸣，声声躁耳，令人焦躁不安。祖母因忙于手中的针线活，将祖父要的毛巾递得迟了一点儿。于是，焦躁不安的祖父便对祖母大喊大叫起来。面对狂躁的祖父，祖母就像没听见一样，安之若素地继续着手里的针线活。祖父的火气却莫名其妙地越来越大，由大喊大叫变成了骂骂咧咧，随着他火势的烈焰越来越猛，他甚至用祖母递到他手里的那条毛巾劈头盖脸地抽打祖母。可怜的祖母用双臂护着头，依然不声不响。这样的场面，我们早已司空见惯，也见怪不怪了。对丈夫打不还手骂不还口已成为她的人生信条。

祖父发够了火就甩门而去了。他走后，祖母委屈得抽泣起来，哭着哭着，忽然想起小姑姑捎口信让她去她家一趟。

小姑姑家的村子与我们的村子中间仅隔着一方田地。祖母知道自己泪痕未干，苦于面子，她决定径直穿过那方玉米田，抄小道去小姑姑家。要径直穿过那方不足一里地的玉米田，最多也不过十分钟。

祖父的无名之火着实让祖母深感委屈，不听话的泪水止不住地流淌。祖母边哭边走，走着哭着，不知不觉，竟然走进了一个“迷魂阵”。她越走越快，越走越急，在那方玉米田里足足走了一个下午，汗水与泪水浸透了衣衫，可无论怎么行走，都走不出那方玉米田，心急如焚的祖母竟然无奈地由抽泣变成了号啕大哭。

在玉米地里干活的邻居大嫂听到祖母的哭声，在那个夕照如血的黄昏里将精疲力竭的祖母领回了家。我不敢想象，如果没有遇到邻居大嫂，我不知道祖母将怎样走出那方玉米田，她的命运又将会怎样改写？

祖母回到家里，往床上一躺就闭上了眼睛。家里人以为她累了，谁知道，她竟然发起了高烧，先是胡话连篇，而后昏迷了过去。家里人都匆匆忙忙地赶过来，前前后后地伺候着。祖父就像个犯了错的孩子一样，不知所措，他不时地透过子孙们的身影，怯怯地朝着祖母投去关切的目光，却不敢靠前，早已不见了他那大男子主义的凛凛威风。

看着最疼爱我的祖母昏迷不醒，我的心里难受极了。懵懂青涩的我开始为祖母喊屈叫冤鸣不平，哀叹可怜的祖母怎么嫁了这么个不知道怜香惜玉的男人？于是，一个让祖母跟祖父离婚的念头在我脑海里倏然闪现，它如同一头不安分的小鹿一样，在我的心里横冲直撞，任凭我怎么压抑都按捺不住，最终我还是开口向姑姑和母亲提议：“爷爷对奶奶一点儿都不好，他们之间根本就没有爱情，干脆让奶奶跟爷爷离婚算了！”

“傻孩子，你根本不懂！他们俩好着呢！以后不许再说这种傻话！让你爹知道了看怎么收拾你！”不等母亲开口，姑姑就一脸严肃地警告我。

“这事都怪我！你也别装了！也别吓唬我了！你乖乖地给我好起来！明天就起来给我做饭！”看着祖母一连昏迷了两天，祖父像实在忍受不了没有祖母前后左右伺候他的日子，他抓着她的手，本来是想给她道歉，可他说话依然那么霸道，就连道歉的语气都那么生硬。

说来也怪，第二天早上，祖母竟然奇迹般地清醒过来，也不再发烧了，她强打起精神起了床。虽然走起路来晕晕乎乎的还有些头重脚轻，她却不听母亲和姑妈的劝说，忍着身体的不适坚持给祖父做了早饭，接着又给祖父端碗递筷，拿馍盛菜，还是祖父吃一碗，她就盛一碗，好像一切都不曾发生过。

后来，祖母恢复了健康，可我的心情却没有随着她身体的康复而好转，恰恰相反，我的心情反而更加沉重。我一直在想，祖父是何等的残忍，即使在祖母昏迷中，他依然不懂怜惜，依然那么霸道而强硬地命令祖母好起来，祖母身体稍微好一点儿，他便心安理得享受着祖母仆人般的伺候与照顾。于是，我从内心开始憎恨他的“残忍”，同时也为祖母的忍耐与懦弱而揪心，更为她在“无爱”的婚姻里的“卑微”而痛心。

“奶奶，爷爷对您一点儿都不好，您干脆跟他离婚吧！等将来我参加了工作我来养您！”遭遇了姑姑和母亲对祖母无爱的婚姻与仆人般的生活无动于衷之后，为祖母揪心得惶惶不可终日的我，终于鼓起了勇气，向祖母开口直言她的婚姻。

“谁说你爷爷对我不好？好着呢！这一辈子，我和你爷爷谁都离不开谁！你小孩子家懂啥？！”我做梦也没想到，我站在祖母的一边替她说话，她却不领情，反倒显得有些生气。我苦思冥想着，疑惑得百思不得其解，为什么祖父整天对祖母呼来唤去，把她当成仆人般地使唤，而祖母反倒甘心情愿地被使唤、被压迫、被奴役？那时我甚至认为祖母是害怕祖父或是顾及面子而不敢直言才扭曲事实，自欺欺人地以求心理安慰。

祖父母主仆般的婚姻在时光里平静如水，我为他们爱情缺失的忧伤逐渐变得麻木起来。然而，祖母的一场大病，彻底扭转了我对他们婚姻的定论。

那是 1995 年的春天，82 岁高龄的祖母因支气管哮喘严重复发而住进了医院。老人家一直昏迷不醒，一家人在忙前忙后、寸步不离地伺候她的同时，竟然忽略了年迈的祖父。第二天天刚蒙蒙亮，80 岁高龄的祖父就蹬着他的脚踏三轮车，心急火燎地一路蹬车，一路打听，行程四十多里赶到了医院。

祖父赶到医院的时候，热得汗流浃背，他的眼睛红红的，肿肿的，像是刚哭过一样。我们平时谁都没有见过祖父流过一滴泪，更不会认为他会为他的妻子而流泪，而且当时一家人都把注意力放在祖母身上，没有人注意他。

“你们都出去一下，我有话要单独给你娘说！”看着祖母昏迷不醒地躺在床上，祖父扯扯伺候在病榻前的小姑妈的衣袖，单刀直入地示意她带我们都出去。

祖父的命令，令家人退出了病房，而我当时正给祖母做腿部按摩而行动迟缓了一些，见祖父没有刻意要赶我走的意思，我就继续给祖母按摩。没想到，祖父竟然半蹲半跪在祖母的病床前，单膝着地，颇有点儿影视剧里求婚的味道。他右手抓着祖母的手，左手轻轻地捋着祖母前额散乱的银发，动作是那么的生硬，却又那么的轻柔——我从来都不知道祖父还有温柔的一面。

“二欣，你睁开眼看看我，我蹬三轮车蹬了四十多里地跑过来看你，你不能给我拿条毛巾擦擦汗，总得睁开眼睛看我一眼吧！”有生以来，我第一次见祖父那么柔声细语地喊着祖母的乳名，说着如同不像从他嘴里说出的情话，“咱俩说好了要白头到老的！我离不开你！你可不能撇下我不管啊！你肯定不会撇下我的！再说了，你也不忍心不舍得撇下我，对吗？！你还得给我做饭，给我洗衣服，给我端茶，给我倒水……”祖父一边在昏迷的祖母耳边絮叨着他的情话，一边老泪纵横地抽泣。那是我有生以来第一次见祖父流泪。那时，我终于明白，其实祖父刚烈而冷漠的外表之下，始终都有一颗火热的心。正是从那一刻起，我才扭转了我一直认为他们婚姻里没有爱情的观念，明白了他们看似平淡的婚姻里一直都住着爱情，而且祖父爱祖母爱得很深很深……

闻听祖父的爱情絮语，令我感动得热泪盈眶，那情那景，让我感觉空气都暖融融的，仿若停止了流动一样，以凝结的方式记录着一个老人的真情告白。那时，我真怕会因为我的存在而破坏了那份美好，我一边流泪，一边悄悄地退出了病房，为已至暮年的老人家营造一个真情告白的独立空间。

时间一分一秒地过去，我们偶尔隔窗看看病房里的祖父母。祖父依然那样伏在祖母的耳边絮语。等我们再次走进病房的时候，我们惊奇地发现，祖母竟然从昏迷中苏醒了，她睁着无神的双眼，腮边满是泪痕，看了看走在前面的我，疲惫而又断断续续地说道：“我……给……你……爷爷……说了……半……晌……话，累……了，想……歇……歇！”说着说着，又疲惫地闭上了双眼。

考虑到祖父年事已高，家里人分成了两班，一班回家照顾年迈的祖父，一班留在医院照顾生病的祖母。然而，分开的两个老人，虽然都有家人的照顾与陪伴，可天各一方，一个在家里将牵挂拉长，一个在医院里任思念疯长，彼此的牵挂与思念都悄然飞向对方……

祖母住院期间，她稍一清醒，就问祖父的情况，而且闹着要回家给祖父去做饭，她说她回到家病就好了。在医院住了二十多天，祖母的病情始终没见好转，医院却给我们下了五次病危通知书。

我永远都忘不了那个漆黑的夜晚，院方说祖母挨不到天明，在给我们下了第五次的病危通知书之后，强行把我们赶出了医院，让我们回家为老人家准备后事。我们一家人泪流满面、伤心欲绝地带着医院下达的五张病危通知书，把打着点滴、输着氧气依然昏迷不醒的祖母拉回了家。

屋里屋外，院子里，胡同里，前来帮忙料理祖母后事的邻居们人头攒动。

赶在殡葬改革的特殊时期，我们决定按照祖母的嘱咐将老人家土葬。祖母到家之前，家里就准备好了棺木、经幡、白烛、纸钱、孝布……就连祖母下葬所用的铁锨都齐刷刷地立在了院子里。总之，为祖母办后事的所有东西都准备得一应俱全，只等昏迷不醒的祖母咽下最后一口气。

一家人眼睁睁地望着奄奄一息的祖母在生与死的边沿挣扎徘徊，却无力给她注入生命的活力，只得一边无奈地流泪，一边紧盯着她的呼吸，唯恐一不留神，祖母就咽下最后一口气，与我们生死两隔。

此时，祖父镇定地紧紧地抓着祖母的手，轻轻地呼唤着她的乳名，一边慢声细语地在她耳旁说着他的情话，一边用汤匙一点一滴地往她嘴里喂葡萄糖水，那粗糙的大手还时不时地轻轻地抚摸她的前额。他的动作轻轻地，缓缓地，仿若是在抚摸着一个娇柔的婴儿，又像是抚摸一个价值连城的易碎瓷器，当时的他与平日里那个冷漠、暴躁、嚣张、霸道、不可一世又大男子主义十足的祖父完全判若两人，让我们小辈们简直不敢相信自己的眼睛。那情那景，简直让人怀疑他是否将自己与祖母颠倒了位置，他怎么居然放下“主人”的架子，去关心、呵护、伺候平素被他呼来唤去的“仆人”呢？那情那景，令人震惊的同时，更令人为之感动。

一家人眼睛眨也不眨地好不容易挨到了天明，祖母竟然奇迹般地睁开了疲惫的双眼。她定神看了看祖父，目光又飞快地掠过每一个人的脸，接着又环顾了一下四周，当她清楚地知道自己回到家时，她又把目光聚集到了祖父的脸上，眼泪瞬间盈满了眼眶，继而沿着她的眼角恣意流淌……

“我就知道你不会丢下我不管的！你说过你要伺候我一辈子的！你还得给我洗衣服做饭呢，你怎么舍得走呢？！”祖父一边用他那粗糙的大手给祖母擦拭着眼泪，一边看着他那“起死回生”的妻子哽咽道。不经意间，祖父俯身将祖母拥在怀里，旁若无人地放声大哭起来。我们知道，那哭声里蕴藏着一个老人的悲喜交加与多年隐忍的爱情。

“你……在，我……就……不……能……走！回……到……家……我……就……好……了……”祖母吃力地哽咽道。

在祖母卧床其间，只要祖父在家，他都会用汤匙一勺一勺地给她喂饭。虽然动作十分笨拙，但是十分用心，他一手端着碗，一手拿着勺子，一匙一匙地将饭舀好，慢慢地放到自己的嘴边，轻轻地吹吹勺里的饭，然后用嘴唇试试温度。热了，他继续吹，凉了就重新从碗里盛一勺。每一勺饭都恰恰是爱情刚好的温度。有了祖父与家人的精心照顾，再加上乡村医生按时给祖母输青霉素，被当地权威医院下过五次病危通知书，并预言挨不到午夜的祖母竟奇迹般慢慢地恢复了健康，后来，她又坚强地生活了六年多。在这六年多的时间里，她的身体甚至比生病之前还硬朗。

2002 年正月初五凌晨两点的时候，祖母在和祖父说了大半夜话之后，因一口气没上来而停止了呼吸，最终还是撇下了她曾发誓要伺候一辈子并与之白头偕老的丈夫，撒手人寰，走完了她 88 个春秋的人生历程。

当堂祖父劝说一直守在祖母身边默默流泪的祖父去后院休息的时候，不承想，我那 86 岁高龄的祖父竟然又一次号啕大哭起来，一边哭一边用颤抖的双手拉着站在他面前的堂弟的手说：“哎呀！我的天塌了！我以后该咋活啊……”

祖父那悲伤而凄厉的哭声，划破了宁静的夜空；那悲伤无助的容颜，令所有在场的人都为之动容，为之落泪。

后来，每当我去看望患老年痴呆症的祖父时，他总是不厌其烦地来回问我同样的问题："你从老时庄经过的时候，看见你奶奶了吗？她咋还不回来给我做饭……"他开始这么问我的时候，我被问得一头雾水，茫然不知如何作答。后来母亲和邻家祖母说祖父知道祖母葬入了祖坟，看见我从祖坟的那个方向过来，他所说的老时庄大概就是我家的祖坟吧！当我谎称祖母在那里有事、过一段时间就回来的时候，我的眼里蓄满了泪水。对于我的谎言，我不知道痴痴呆呆的祖父将会在怎样的煎熬里等待他视为青天的妻子回来……

祖母的生病与去世，让我对祖父母的婚姻有了全新的认识——原来，他们看似平淡无爱的婚姻里一直都住着爱情，他们彼此都深爱着对方，而且爱得很深很深，可与天齐，比海深，植入了骨髓，融入了血液，深入到了生命的内核。只是，他们的爱情一直隐藏在平淡的柴米油盐里，令我们不易发觉。

又是泡桐花开时

“更无人饯春行色，犹有桐花管领渠。”吟诵着南宋诗人杨万里《道旁桐花》里的诗句，咀嚼着桐花馥郁的清香，漫步乡野，沉醉在暮春深处，赏一树花开，不知道该是多少人崇尚的悠然时光。

暮春时节，是泡桐花盛开的季节，循着空气里氤氲弥漫的阵阵清香，遥望蓝天下那一树树桐花凌空绽放，那一串串、一簇簇喇叭似的紫色花朵缤纷在花事落下的帷幕上，仿若一串串紫色的风铃摇曳在风里，打破了季节的沉寂，令人心旷神怡。

时光辗转，苍老了岁月，唯有用记忆串起往昔的时光碎片，才能让曾经的美好鲜活起来，以填补日子的苍白。我已记不清初识桐花的具体时间，只知道尚在童年时，祖母家大门里面有两棵树，一棵是黑槐树，另一棵是泡桐树。我最初知道泡桐花就来自于那棵泡桐树。那棵树上盛开的一树紫色的喇叭花是我今生最早见过的泡桐花。

每年泡桐花开的季节，我和小伙伴们就会嗅着桐花的芬芳，仰望着满树紫色的喇叭花，倾听它奏响的春天恋曲。那时候，我们不懂赏花，只渴盼那些盛开的花朵早些零落。面对缤纷的落英，我们没有“花谢花飞花满天，红消香断有谁怜”的多愁善感，反倒满心欢喜地争相抢拾地上的落花。揪掉凋零的喇叭花，把花蒂用针线串成长串儿当蛇耍。拎着花蒂串儿摇晃摆动，那条花蒂串儿就在我们手里像蛇一样地来回扭动，一种征服的感觉令我们心满意足。在那个没有积木、没有动画的年代，那一串串自制的“长蛇”，便是我们最好的玩具。它让我们玩起来就忘记了时间，在我们苍白的童年画布上涂下了浓重的一笔。

每年盛夏的月夜，祖母总会在桐树下铺一张苇席，带着我在那纳凉。那一个个美好的夜晚，在月光透过泡桐树的枝叶间洒下的斑驳光晕里，我陶醉在祖母绘声绘色讲述的牛郎织女、嫦娥奔月、精卫填海、女娲补天等一个个神话故事里，让想象插上飞翔的翅膀，让最初的文学之梦在那里启航。

在我很小的时候，祖母就许诺等我出嫁的时候，砍掉那棵泡桐树给我打嫁妆。那时候，养育我的祖父母是我生命的根基，更是我生活的全部。泡桐树的年轮在岁月里一圈圈扩展，我的心理恐惧也与日俱增。幼小的我总怕那棵泡桐树长大了，就做成嫁妆让我出嫁，与祖父母生生分离。于是，惶恐的我常常在祖父母不在的时候，想尽各种办法偷偷欺负那棵泡桐树：往它身上抹鼻涕，用脚踹它，用砖头砸它，用刀子划它，甚至爬上去折它的枝，揪它的花，拽它的叶……所做的一切，都莫过于想阻止它的生长，留住自己与祖父母在一起的快乐时光。谁知那棵泡桐树，就像停止了生长一样，在年轮的扩展里始终都长不粗，也长不高。我常想：或许是我儿时的诅咒有了灵性，也长了魔性，让它中了魔咒。直至我出嫁，祖父母像忘却了曾经的许诺一样，再也没提过要砍掉泡桐树给我打嫁妆的事。

那棵泡桐树在祖父母的小院里沐日月，历风雨，悠然地挺立了三十多年，最终却没有挺过 1993 年夏季的那场洪涝之灾，于院子长时间积水的浸泡里慢慢枯萎而死。祖父母或许早已习惯了那棵泡桐树的存在，即便是死了，也不允许人将它砍掉。时光悠悠，树枝慢慢干枯，树皮渐渐脱落，就连原来时常光顾的小鸟和鸣蝉都嫌弃它，像躲避瘟疫一样，从那棵枯死的泡桐树上搬了家，远远地避开了。干枯的枝丫经风一吹，相互碰撞着，发出噼里啪啦的枯燥声，一些干透了的树枝在碰撞中随风而落。雨是枯树的天敌，每一场雨都会不同程度地缩短它们凌空展望的历程，那些经受不住风雨摧残的细小枝丫前赴后继地投身大地。最后，只有三两枝比较粗壮的枝丫被树干托举着，在空中寂寥地对峙着苍茫的时间。泡桐树的根却依然抓紧脚下的大地，不敢放松，也不敢懈怠。

我已记不清那棵枯死的泡桐树在院子里伫立了多久，究竟是三年，还是五年？只知道多年之后，于某一年的春天，竟然奇迹般地从根部发出了两枝鲜嫩的枝条。那两根同根而生的枝条，一年就窜出两米多高，纤纤弱弱，却还算葳蕤葱茏。人们都说枯木发芽是吉祥的征兆，这令祖父母十分欣喜。有一次，我回娘家，年过八旬的祖母神神秘秘地将我拉进屋里，压低声音告诉我说，那两根嫩枝和她的两个孙子——我的两个弟弟有关。要不，怎么会是两枝？大一点儿的枝条代表她的大孙子，小一点儿的枝条代表她的小孙子。听着老人家喜不自禁的陈词，望着她那饱经风霜的脸因欣喜而神采飞扬，我的鼻子蓦然一酸，顿时泪湿了双眸。可怜的祖母生育了四个儿子，其中三个儿子尚未成年就相继夭折，只有我的父亲结婚生子，可他却在 43 岁时就英年早逝离她而去。令祖父母一次又一次地领略了白发人送黑发人的撕心裂肺般的痛楚。可想而知，他们的两个孙子在他们的生命里是何等的重要！他们将两个孙子视为生命的全部、精神的寄托。想着枯木发出的两根嫩枝与孙子有关，于是，他们对其格外关注起来，恨不得一天 24 小时都不闭眼睛来呵护着。

枯木发出的那两根新枝还未曾长大，祖父母就在相隔两年的时间里相继去世，他们居住的院子也就空了起来。后来，弟弟把空院子还耕，种植了庄稼和蔬菜。那棵在院子里挺立了三十多年的泡桐枯树连同那两根未曾长大的新芽，也随着祖父母的离去在清理院子时被连根拔起。

一阵阵带着药香的芬芳掠窗而入，沁人心扉。我知道，此时已是人间四月天，又是泡桐花开时，而此时的泡桐花已非我记忆里的泡桐花。可这缕缕香韵却带着我走回到有祖父母的往昔……

清明时节

自 1988 年父亲去世后，每年的清明时节，我都会推掉所有的事务回老家扫墓。起先的十几年里，是给父亲和曾祖父母扫墓，接着是给父亲、祖母与曾祖父母，再接着是给父亲、祖父母和曾祖父母，然后是给父母、祖父母和曾祖父母扫墓。

“清明时节雨纷纷，路上行人欲断魂。”小时候，我们就会背诵这伤感的诗句，那时不过是一种机械的记忆。可是，自父亲去世后，我才理解了这句诗的真正内涵，理解了在这阴阳交隔的日子里，作者把对故去亲人的哀思化作了一种文字的寄托。

清明时节，原野上到处都有一团一团的火苗在燃烧，宛若一个个着地的红灯笼在清风里摇曳；坟前，一堆一堆的纸钱燃烧后的灰烬，一片一片黑色的纸屑灰在风中飘飞，如同一只只黑色的蝴蝶随风而舞。空气中弥漫着纸钱燃烧的焦煳气息。清明时节，虽然春天早已勃发盎然生机，但是我们非但未领略到春暖花开的诗意，反倒随着杜牧的思绪在“欲断魂”的哀伤里徘徊。

以往的清明节，我总是早早地赶回故乡，几乎每一次都是我第一个赶到老家。为此，祖母和母亲总是欢喜地说 ：“你离家最远，却总是到家最早。”每一次到家后，我总是一边帮老人们做家务，一边陪着他们聊天，听他们絮絮叨叨地说着村里的人和事，度过一段快乐的扫墓之前的时光。

每一次给父亲扫墓的时候，我们都发现坟前总有一堆燃烧过的纸钱灰烬。我们知道那是母亲赶在我们回家之前留下的，她只想在那个不被人惊扰的、只属于她和父亲的时空里，和父亲说一些悄悄话，倾诉她对父亲的思念，也唠叨一些红尘的烦恼。等我们姊妹和姑妈们去扫墓的时候，她便忙前忙后地为我们张罗一桌饭菜。

我们去扫墓的时候，祖父母怕我们悲伤而哭泣不止，在家坐立不安，祖父就催促着祖母去喊我们回家，祖母便挪动“三寸金莲”循着我们的去路赶过去。后来，祖母走不动了，她就拄着拐杖慢慢地挪到村口，大声地喊着我们的乳名。我们的乳名从祖母没牙齿的唇齿间走出，在风中飘散成一串串颤音。当我们看到了祖母的身影出现在地头，或是清风把她的喊声送入我们的耳膜时，我们即便是再难过，也会迅速停止哭泣，抹着眼泪离开父亲的坟茔。在回去的路上，我们总是故作轻松地和祖母聊天，因为我们深知父亲——她唯一的儿子在她内心的分量。

祖母去世后的清明时节，我们再扫墓又多了一座坟茔，带去的纸钱和冥币都增加了许多。因为父亲去世的时候，祖父母都健在，依照当地的风俗寄埋别处。祖母去世后，则按照老人家的遗愿葬入了老坟。患老年痴呆的祖父，在清明时节却不知道我们何故回家，甚至已不知道除我之外的家人是谁，也不再心疼我们因悲伤而哭泣，见到我时反倒会冷不丁地问："你从老时庄来的时候看见你奶奶了吗？见了她让她赶快回来给我做饭，老吃开饭店那个老太太（我母亲）送来的饭，多贵啊！"面对暮年痴呆的祖父的胡言乱语的时候，我的鼻子蓦然一酸，眼泪便夺眶而出，不知道怎样来安抚一个痴呆老人茫然的内心。我知道祖父是想念陪他走过七十多年婚姻的祖母，在他的潜意识里，他依然秉承着节俭的习惯，或许嘴里的老时庄就是我家的祖坟吧！

祖母去世两年零五天，祖父也走了。两位老人都在世上走过了88个春秋，可谓是寿终正寝。对于他们的去世，我们虽然都很悲伤，却能坦然面对这生老病死的自然规律，已没有了父亲去世时的切肤之痛。

记得小时候的一个清明节，我跟祖母去给曾祖母扫墓。当刚有记忆的我问祖母那个土堆里面埋着什么的时候，祖母告诉我说那里面是曾祖母的家。接着她又指了指曾祖母坟前偏东的地方说，以后这个地方就是她和祖父的家。我当时听不懂她的话，疑惑地睁大迷茫的眼睛，呆呆地望着她纳闷：曾祖母的家怎么用土埋起来，连个门都没有呢？祖父母有好好的家，怎么说以后那里就是他们的家？这个问题一直困惑了我好多年。

我长大后终于明白了——坟墓总有一天会成为所有人的家。生死是自然规律，正如季节的轮回、昼夜的交替一样，谁也改变不了，谁也幸免不了。祖母的那句话，很长时间，我都没有感觉到有什么特别，直到祖父母和母亲都相继去世后，我才忽然感觉到那句话是多么悲凉！

以往的清明时节，一来是去给父亲扫墓，二来去看望老人。去的时候心情虽然沉重，却总有一种浓浓的亲情牵引着我们的脚步。老人们都相继去世之后，剩下的就只有悲伤了。在这特殊的日子里，让我们更加感到，老人们是挡在我们面前的一堵堵坚实的墙，在苍茫的红尘里为我们遮风挡雨，甚至为我们抵挡死亡。如今，挡在我们面前的那一堵堵的墙都一一倒塌了，无情地把我们推到了死亡的风口浪尖，让我们直面生死，让我们感受着没有疼爱、没有牵挂的苍凉。

在清明的哀思里，透过纸钱燃烧的火光，让我们感到了人的生命是多么的脆弱，多么的短暂，就像燃烧的纸钱一样，很快就会随着风的流转而灰飞烟灭。在人们扫墓、添坟、焚烧纸钱等方式的祭奠里，又让我们感到了生命的延续是多么的坚韧，她就像一个长长的链条，由无数个紧紧相连的生命组成，一个生命逝去了，新的生命还将会持续，而活着的人，总会对逝去的生命充满怀念，在岁月的长河里延续着人类生生不息的生命规律。

古井沧桑

许多记忆都如同渐去渐远的日子，愈来愈模糊起来，可我对古井的有关记忆，却仿若经过它清冽的井水淘洗过一样，在记忆的行板里愈发清晰起来。

老家的村里有两口井，一口村东的小井，另一口就是位于村子南侧的古井。古井由青砖垒砌而成，成圆筒状，大概有十多米深，直径约有一米，井口的四周铺着青石板。那些青石板早已被汲水人踩得油光可鉴，在阳光下闪着幽幽寒光。井壁上长满了茵茵苔藓。那些苍苍青苔与光滑的青石，被井水与日子一遍遍洗过，寻觅着地心里的蛙鸣，默默地记下日子的沧桑，静静地诉说着光阴的故事。

古井是我爷爷的爷爷带领他的两个弟弟，于 1912 年出资为村里挖掘的一眼水井，如今已有百余年的历史。

有了这口井之后，祖先三兄弟们开起了粉坊，制作粉条。据说他们的生意曾一度做得风生水起，为以后的发展积攒了第一桶金。虽然如今已没人知道当初的情况究竟如何，但是可以想象得出，从洗地瓜到制作成淀粉，再到下成粉条的过程中，所有的用水都来自那口古井，可以说是那口古井成就了他们。当初的那些粉条想必也一架架、一排排地被撑开，千丝万缕，婀娜如柳，摇曳着“一帘幽梦”，把“万条垂下白丝绦”的景致招展在清风里，让那些粉条抖落岁月的风尘，走出深闺人尽知，引爆了祖先们积聚的力量，圆了他们的致富梦。

也正是这口祖先挖掘的古井，以汩汩不息的流淌，养育了村里一代又一代的人。在我的记忆里，每天东方的天空刚一破晓，村里的男人们便成群结队地挑着水桶到古井里去汲水。他们一个个依着先后的顺序来到井旁，熟稔地岔开两腿，稳站井旁，将一端铁钩上连着井绳的水桶一点点快速下到井里，直至水桶触到水面。此时，那映着一小块天空与汲水人影子的平静水面，被探下去的水桶瞬间击碎，荡出一圈圈涟漪，天空与人影也随之被荡皱了，搅碎了，那看似无边荡漾开的涟漪最终还是消隐在井壁处。汲水人左右摇摆着井绳，那平日软巴巴的井绳在水桶的牵引下，像是被驯服了一样，有了魔性，也有了刚性，笔直笔直地立在井中。汲水人左右摇摆三两下便巧妙地双手向下微探，井中的水桶便灌了满满一桶水。在水桶提升的过程里，盛满水的水桶学着水井的样子映照出天空和人影，在提拉的动荡里破碎地荡漾开来，那水桶里荡漾的圈圈涟漪也终将消隐在桶壁处。

井壁上的幽幽苔藓，因井内颇似恒温的呵护与井水的滋养，一年四季都生机勃勃，郁郁葱葱。当青苔上积蓄的水珠聚集到一定程度时，便像扯着长线滴答落下，击碎了平静的水面……

村里的男人们颤颤悠悠挑水的画面，带着唯美的诗意，至今都浮现在我的眼前。他们的姿态那么优美，他们的身影那么挺拔，他们的步伐那么矫健，一根磨得油光铮亮的枣木扁担呈微弯的弓形架在肩头，两端吊着的两只盛满水的水桶，诗意而富有节奏地一路晃晃悠悠，水在水桶里颤动荡漾，仿佛要逃回水井似的，可终将还是在起起落落的荡漾里落回水桶。父亲踏着晨曦与鸟鸣挑水的矫健身影一直生动在我记忆的深处，那么诗意，那么清晰，那么美好，一如一幅优美的水墨画挂在我的眼前。每天天一亮，父亲就把家里的大水缸挑得满满的，然后再挑一挑水，把两个盛满水的水桶放在水缸旁。如此一来，像是两个孪生子，幸福地依偎着母亲。

每当我想起父亲挑水的画面，就感觉自己好像变成了一滴水，走进了幽深的时光，走进父亲挑着的水桶里，在时空的交叠里，走近了父亲。尽管我知道那诗意的背后隐藏着生活的艰辛，但是，每每想到父亲挑水的情景，我就感觉自己又走近了他，又做回了孩子，幸福便会从心底溢出。

厨房里有了缸满桶溢的水，一家人的生活就有了保障，主妇们便能让原本枯燥无味的生活，在她们巧手的蒸、煮、炒、熘、炸、煎、烧、闷等烹饪方式之下，变得活色生香，有滋有味。

或许是老井的水含碱量高的缘故吧，在它调剂出的众多餐饮中，再普通不过的玉米粥是我今生难忘的珍馐美味。那种黏滑、香甜、爽口的味道令我今生都回味无穷。姐姐刚结婚的那几年，只要姐夫跟着姐姐回娘家，他唯一的要求就是让母亲熬玉米粥，甚至还曾多次提出要从老井里汲水带回家去熬粥，可说归说，最终还是没有付诸行动。

以至于老井废弃之后，每每说起这件事来，他都不无遗憾。

干旱年代，那口古井成了半枯焦庄稼的救星。在我刚有记忆的时候，人们给古井安装上水车，人们像推磨似的推着水车，绕着古井一圈圈地推，清冽的井水便源源不断地从带有水槽的传输带上奔腾而出。随着时代的进步，后来有了抽水机。抽水机昼夜不停地轰鸣，井水在水渠里欢快地追逐奔腾，流向干枯的庄稼地，去滋润蔫巴巴的庄稼，让那些半枯焦的庄稼在久旱逢甘露的知遇里勃发生机。或许是古井老了，抽水机抽不了几天，古井里的水就会断流，可人们不等断流就会停止抽水，让老井在时光里积蓄能量，重现琼浆玉波。

无论是水车推出的水，还是抽水机抽出的水，都那么清澈而碧澄，引得一拨一拨的大姑娘、小媳妇们端着盆子到井边去洗衣服。她们一边说说笑笑，一边或搓洗衣服，或抡起棒槌将衣物锤得乒乒乓乓地响个不停，溅起一串串水花，荡起一波波的涟漪，一幅农家乐洗衣图在岁月深处，演绎着时代的精彩。

那口古井冬暖夏凉。冬天的时候，刚刚汲出来的水，会在天寒地冻的气温里，蒸腾着微微的烟雾，就像人们在零度以下低温里哈出的气体，瞬间就消散在严寒里。天晴的日子，妇女们便端着盆子到井边汲水洗衣，即使她们搓洗衣服的双手冻得发红，她们也总说不冷。衣服晾在阳光下的晾衣绳上，瞬间就凝结成硬邦邦的冰片，衣角处滴下的水也会凝成愈来愈长的冰溜子。她们还不等晾完衣服，便会快速跑到水盆边，把双手伸到水里取暖。

夏天的时候，古井之水给人以凉爽的感觉。刚从庄稼地里钻出来的农人，总会跑到老井边，汲出一桶水，先是洗把头脸，然后捧起水桶，从头顶浇下来，舒爽地大口大口地喘几口气，像是经过那酣畅淋漓的一浇，把夏天集聚在他体内的暑气都逼了出来，而后拖着水淋淋的身体满意地向家走去。

西瓜是夏天解暑的时令佳品。那个时代，如若非自己家的土地产出，即使西瓜的价格再便宜，能吃到嘴里的西瓜，也会一如星月那般稀少。放暑假的日子里，每当家里买了西瓜，大人们总会在下地之前，把泡有西瓜的水桶吊在水井里，让水桶半截淹没在水中，半截露出水面，井绳的一端拴在井旁的大树上。老井里，往往会以同样的方法同时放着好几个西瓜。在井边的树荫下看西瓜的事，就非我们这些放暑假赋闲在家的孩子莫属了。等父母从地里干活回来的时候，把井里的西瓜抱回家。一家人开开心心地围在一起吃西瓜，那从口而入的一阵阵凉爽，会瞬间驱散夏日的酷暑。我们还会以同样的方法吃到一些凉爽的食物，这大概就是我们那个年代的孩子最早吃到的冰镇食物吧。

老井还是我们儿时最好的玩伴。尽管父母会千叮咛万嘱咐不让我们去井边玩，可年幼的我们总会将那些叮嘱与训诫当成耳旁风，常常或结伴或独自地跑到井边去玩，每一次都好奇地将头探向井里，望着井水映出的或自己或小伙伴们的倒影，要么傻傻地笑，要么恶作剧，而后对着自己或小伙伴的倒影，大声地喊话，拼命地叫嚣，一种无以言说的快乐与满足，溢满美好的童年。我们还常常用打了结的毛线或尼龙绳，拴着啤酒瓶到井里去汲水。等汲出满满一瓶井水，我们会仰起脖子，将瓶里的凉水一饮而尽。倘若能有些醋或是糖精，便是我们那个年代的奢望品了。那种用井水和醋或糖精勾兑出来的醋凉水或糖精水，是我们儿时最好的饮料。倘若有一瓶醋凉水或糖精水，我们谁都不会吃独食，在场的小伙伴们你一口我一口地轮着喝，还会为谁喝的口大或口小而斤斤计较。如今几十年过去了，想起来那种美好的情景，我依然会兴奋不已；想起那种“饮料”的味道，我依然会垂涎欲滴，真想再回到童年，邀来自己的伙伴，捧着当年的那种老井水勾兑的“饮料”，喝个酣畅淋漓，喝得直打饱嗝儿。

尽管老井是村里人安身立命的根本，可一些人总想把一些莫须有的罪名谬妄地强加给老井。每每遇到夫妻反目、婆媳战争、妯娌不和、邻里争吵等矛盾升级到无回天之力时，便会因一时想不开，以跳井的方式来寻死觅活。尽管到老井去寻死觅活的人不计其数，不论他（她）是跳入井中，还是栽入井中，老井都一如慈善的老人那样，用浮力全力托举着他（她），用清凉浇灭他（她）急剧攻心的内火。近百年以来，这口老井从来没有淹死过一个人。再者，村里曾有人患癌症，某些人就不负责任地推说老井的水质有问题。生老病死是自然规律，人吃五谷杂粮，哪有不生病的。将莫须有的罪名无端地强加给养育我们的老井，是不公平的！

时间一如白驹过隙，老井在时空里已走过了百余年的风雨沧桑。随着科技的发展，时代的进步，老井已先后被压水井与自来水取而代之，退却了历史舞台，村里那些当年挑起水来健步如飞的男子们，如今都在历经沧桑之后，大多数都已与我们阴阳两隔……

第二辑 季节之外的温暖

陶醉在花的海洋里，忘情地做着深呼吸，沁心入肺的缕缕香韵，瞬间令我忘却了时空，忘却了环境的陌生……

十年记忆

不知道曾有多少个幽深的静夜，思绪会穿越城市的闪烁霓虹，回到那个盛满我十年记忆的乡间小院里，或静，或动；或忙碌，或闲逸；或种菜，或赏花……我和丈夫都还是那么年轻，女儿还是那个可爱的孩童。我们依然那么认真地用心临摹着日子，书写着我们三口之家的光阴故事。一切都是那么真实。

每当我从梦中醒来，都久久地枕着一帘幽梦，不愿睁开眼睛，温存在梦境的春意阑珊里，想让幸福与温馨在朦胧中孵化出更多的幸福与温馨。

常常出现在我梦里的那个乡间小院，是某乡政府机关的一个家属院。虽然它没有山间茅屋的古朴典雅，没有小桥流水人家的诗情画意，也没有高楼大厦的宏伟壮观，但它却是我和丈夫最初的家。在那里，我们一住就是十年。

人生是一场现场直播，没有彩排和预演。如果人生能够重来，我相信很多人都会尽自己所能去修正曾经的失误，弥补过往的不足，把自己的人生版图描画得更加绚烂而美好。但是这种假设永远都不能成立。人们只有在虚拟的环境中，借助梦境来填补现实的缺憾。我之所以常常梦里回到那个曾居住了十年之久的乡间小院，大概也正是如此之故吧。

我和丈夫婚前是同事，结婚后，我的一桌一椅一床一橱的一间办公室，添置了煤火炉和简单的锅碗瓢盆，就成了我们临时的家。虽然十分简陋，却记录了我们新婚燕尔的快乐时光，承载了我十月怀胎的艰辛与初生小女的喜悦与幸福。

那时，我和丈夫都那么年轻，尚未沾染世俗的色彩，没有禁忌，于 1993 年农历三月随便撞了个日子，就搬进了那个乡间小院，以至我始终都不知道那次搬家的具体日期。

那个乡间小院是当时还很流行的红砖大瓦的砖木结构的家属院，一排四家，位居于乡政府大院西侧，由一条东西胡同贯穿起来。正是那悠长的胡同让我们感觉：在当时，我们的家属院虽然说不上高大上，却足以与城市的家属院媲美。用邻居的话说："咱这家属院和小胡同，咋看咋和城里的家属院一样！"她一遍遍自豪地说着，心底的满足溢于言表。

阴雨天，每当看到有人撑着伞悠然地在胡同里行走，我就会想起戴望舒的《雨巷》里那个"撑着油纸伞，独自 / 彷徨在悠长，悠长 / 又寂寥的雨巷"，那个"结着愁怨"的"丁香姑娘"，诗意渲染着我们的庸常生活。

我家的小院大门朝南，由两间前出一厦的正房、一间厨房和一个南北狭长的小院组成。两间正房坐北朝南，厨房坐落在院子的西南角。

小院虽然不大，可源于我们当时从一间普通的办公室搬进两间正房带厨房的独立小院，相比而言，可谓是质的飞跃，这让我们不免有点沾沾自喜，又恬然自足。我们从老家拉来了我的嫁妆，又添置了一些生活用品，一个不算很大的地方却足以安放我们的疲惫与灵魂的家就这么“落地生根”了。它如同一个博大的容器，盛放了我们日常的欢愉、欣慰与美好，也收纳了来自生活的艰辛、无奈和忧伤。在那里，我们可以酣畅地饮一杯茶，也可以入心地听一支曲。

春天的时候，我们在院子里松土、播种，种植黄瓜、西红柿、豆角、芸豆等蔬菜，并在院墙的四周种上丝瓜、梅豆和木耳菜。播下种子，就像种下了希望。我每天起床后的第一件事就是跑到院子里观察那些蔬菜的破土与生长情况，看着长势茂盛的绿油油的蔬菜就像看到自己的孩子一样，心里有说不出的喜悦，一天的好心情就拉开了序幕。

那时候，我们对雨雪天气既心存渴盼又害怕纠结，十分矛盾。之所以渴盼，是因为倘若雨雪下得不大，这样的日子就成了终年没有节假日的乡镇干部不言而喻的“节假日”。只有在这个时候，我们才能让一场雨或一场雪洗尽身心的疲惫，让绷紧的神经在听雨或赏雪中得以调整，让灵魂在雨雪里得以荡涤。倘若雨雪下得大了，成灾成患，我们便会冒着雨蹚着水，抑或踏着厚厚的积雪，到自己所负责的村子查看灾情，指导救灾。之所以害怕，是因为我们家属院的房子尽管每年都揭瓦维修，可每逢下雨化雪都必漏无疑。常常是外面下大雨，屋里下小雨，外面不下了，屋里还在滴答。每每遇上这样的天气，我们就把家里所有的盆盆罐罐都派上用场。雨滴滴落在不同的容器里发出不同的声音，各种滴滴答答的声音融合在一起，奏响了那段岁月独有的交响曲。那交响曲说不上悦耳动听，却也涂抹了苍凉的日子。多雨的季节，邻居们都格外关注天气预报。每当看到有大雨或暴雨的天气预报，大家就纷纷奔走相告，开始忙着修筑雨前的防御工程——在屋门口堆上泥土，打一道坚实的堰，避免积水泄洪般的入侵，又在防震床顶或地面上放好接雨的盆盆罐罐。只有这样，下雨的时候才能悠然地躺在床上，无所事事地听雨。

当时，我们家属院的修缮工作一直由当地的一个建筑队承办。对于每年必修始终都漏的房子，领导很是恼火。尽管很严肃地不止一次地与包工头交涉，却大都无济于事。

每当维修到自己家的房屋，每一家都会备好上好的茶与烟款待建筑工人，并讨好般地说尽好话，只希望他们能动动冷漠的恻隐之心，给好好修缮，让房子不再漏雨。记得有一次修到我家的房子，我告诉他们哪里是床的位置，请他们多放些柴草与泥土。他们嘻嘻哈哈地满口答应着，依旧漫不经心又像是故意地将揭下来的瓦片挪了挪位置，再随意摆放，这一幕恰恰被“从天而降”的包工头看到。或许他当时想起了揽活时的承诺，抑或想起了讨要修缮款时的艰辛，当场调换了其他建筑工人将揭过瓦的房屋全部翻工重修。在我的记忆里，那一次维修的效果最好，竟然两年都没有漏雨。原本是理所当然的结果，竟然让我们对那个包工头感恩戴德。

从春到夏，从夏到秋，院子里的植物都努力地将生命招展到极致。无须搭架，无须牵引，那些丝瓜、梅豆与木耳菜就会靠着小小的丝足沿墙一路攀爬，在院子的周围繁茂成一道道绿色的屏障，演绎着生命的精彩。丝瓜的黄花，梅豆的紫花，木耳菜的白花，与院子里月季与石榴的红花点缀在绿毯之上，把小院装扮得如诗如画，生机盎然。如果说小院是一首诗，那么这些绿植就是诗的韵脚，营构了一个烟火而诗意的家园。

每年夏秋很长一段时间，我们用院子里产出的丝瓜、梅豆、木耳菜，或炒菜，或做汤，调剂我们的生活。在我的记忆里，那些丝瓜，头一天傍晚还比毛毛虫大不了多少，第二天一早便长出了该摘食的个儿。它们一个个头顶着黄花，水嫩嫩的，像头顶黄色小帽悬空贴墙倒立的小姑娘，煞是惹人喜爱。我家小院东面的院子是办公场所，没有大门，所以南面与东面墙外所结的丝瓜就成了公共资源，谁见了都会心生怜爱，忍不住伸手摘下。等机关大院里的人热闹起来，墙外鲜嫩的丝瓜也就无踪可寻了。尽管我有赖床的习惯，可每年丝瓜上市的季节，我几乎每天都会早早起床，赶在上班之前采摘下头顶黄花的鲜嫩丝瓜。猪肉、丝瓜、粉条佐以辣椒与调料，或炒或炖，香、辣、滑、粘的味道至今都令我满口生津，回味无穷。那段时间，我家的餐桌上，几乎每天都有一道丝瓜炖粉条。尽管女儿小时候十分挑食，可她唯独对猪肉炖丝瓜百吃不厌。

落雪的日子，在漫天飞雪里，红衣红帽的小女儿双手执一把大扫帚，东一下西一下扫雪的情景，至今依然清晰生动地烙印在我记忆的荧屏上。她就那么兴奋地扫啊扫，只为堆起一个雪人。记得一次大雪之后，我和丈夫给女儿堆了一个大大的雪人，她高兴得手舞足蹈地与雪人对话，绕着雪人奔跑，她怕雪人冷，还给它披上她的棉袄，戴上她的帽子，系上她的围巾，吃饭的时候还问我雪人会不会饿。雪后天晴，积雪开始融化，看到雪人一点点消融，女儿睁着大眼睛望着那个渐渐消瘦的雪人伤心地哭了。雪人渐渐化为一摊雪水，最后了无痕迹。女儿说她不想让雪人死去，想让雪人做她的妹妹，陪着她玩耍……我们一边哄她开心，一边给她讲有关雪的童话，让雪的纯洁在一个幼小的心灵里生根发芽。

女儿读小学三年级的时候，从城里的寄宿式私立学校转到了公办小学，我们开始在城里租房。每到星期天，我们就带着女儿回到那个小院里去过周末。那时，只有回到那里，我们才感觉像真正回到了自己的家，心情格外舒爽，心里有一种说不出的踏实感。那段候鸟式的生活一直持续了两年之久，直至我们所买的楼房交付使用，我们才依依不舍地彻底搬离了那个小院。之后有好长一段时间，女儿还会梦呓般地闹着要回乡政府的那个家。

时间犹如白驹过隙，多年一晃而过，可根植于那个乡间小院的记忆一如我那些年种下的丝瓜的茂盛藤蔓，葳蕤在我记忆的深处，在岁月的荒原上努力地生长……

对不起，我弄丢了你最初的记忆

时光回溯到我刚完婚的那个午后，闲暇里，我随手拿起婆婆家沙发上的一本影集，饶有兴趣地翻阅起来，想从那些或黑白或彩色的相片里解读我的新婚丈夫。

我坐在沙发上，聚精会神地翻阅着影集，不知何时婆婆已坐在我的身旁，她不厌其烦地滔滔讲解着每一张照片背后的故事。

一张一寸见方的黑白照片牢牢吸引住了我的目光——照片上是一个七八个月大的男婴，虎头虎脑的，身上穿着的背心被人工上色涂成了绿色，光着屁股卡坐在一个木制座椅上。男孩裸露着的四肢胖乎乎的，圆润润的，如同刚刚出水的莲藕，一节一节的，煞是可爱。座椅前端的木板上有个诱人的苹果，被涂成了红色，小男孩胖乎乎的双手捧着那个看似捧也捧不动的大苹果，高昂着头，瞪着圆圆的大眼睛盯着前方，嘴角一滴摇摇欲坠的口水恰到好处地装饰着他的顽皮可爱。

可以想象当时的情景，他望着那个诱人的红苹果正欲下嘴去啃的时候，恰好从被黑布遮蔽的防曝光装置里探出头的摄影师，用一阵猛烈的摇铃声抑或是带响声的玩具的声音惊得猛然挺胸抬头，随之这一美妙的瞬间被摄影师快速地定格成了永恒。

当我正沉浸在自己的想象中的时候，婆婆告诉我：照片上的男婴是她当年八个月大的小儿子——我的丈夫。那是他人生中的第一张照片。我简直不敢相信，身材魁梧的新婚丈夫婴儿期时竟然如此可爱！

见我久久地凝视着那张照片出神，婆婆像是看穿了我的心事，小心翼翼地将照片从影集里取出来，递到我的手里，像是递给了我一件价值连城的易碎瓷器，那种小心像是怕她或我稍一疏忽就会摔得粉碎。她语重心长地对我说："这张照片我保存23年了，现在我把它交给你，你可要保管好啊！"

我郑重其事地接过婆婆递来的那张一寸见方的黑白照片，细细地品味着婆婆语重心长的双关之语，感觉那张小小的照片似乎有千斤之重。她托付给我的岂止仅是一张照片？她是将她心爱的小儿子与连接着他最初记忆的信物一并托付给了我！毋庸置疑，那是一颗母亲的心，那是母爱的佐证，那是一个女人对另一个女人的信任与重托！

我把丈夫婴儿时的照片放在影集扉页的显要位置。每当我拿出来与丈夫一起欣赏的时候，他总是一边欣喜地看着照片，一边给我讲述他的成长故事……

丈夫是公婆最小的儿子。人们常说，皇帝老儿，独爱小儿。连皇帝老儿都偏爱自己最小的儿子，更何况身为凡夫俗子的公婆呢？他们自然会对自己的小儿子宠爱有加。

丈夫小时候偏爱甜食，最喜欢吃糕点。

20世纪70年代初期，物质还相当紧缺，生活条件十分有限，糕点还是不可多得的美食。虽然每一个孩子都是父母的心头肉，但在当时要想让六个孩子都能美美地吃到糕点，公婆尚心有余而力不足。但是只要小儿子说要吃果果（糕点），他们就会立马从高高悬挂在房梁上的馍篮里取出存放的糕点，让他独自享用，而其他的几个孩子只能望着小弟弟津津有味地吃着糕点而垂涎欲滴……

小时候，婆婆为丈夫与其姊妹穿衣服与鞋袜的时候，被父母娇宠的丈夫每一次都要让母亲先给他穿，否则他会一直哭闹，直到母亲脱掉已给姊妹们穿好的衣服或是鞋袜，给他穿戴好之后，他才停止哭泣……丈夫看着他那张小小的照片，总是那么悠然地徜徉在美好记忆里，自责的同时，更多的是陶醉在记忆的温馨里……

后来有了女儿。当女儿与照片中的丈夫年纪相仿时，他总是一边欣赏着那张小小的照片中的自己，一边与女儿的相貌做比较，同时也免不了对我哀叹："哎！可惜你没有几个月大时的照片，不知道女儿是像你多一点儿，还是像我多一点儿……"

"也难怪别人会夸我女儿漂亮，你看她那脸蛋，那眼睛，那鼻子，那嘴巴，显然就是我的再版……"得到我说像他更多一些的肯定之后，他便陶醉在一种自我欣赏里，幸福地津津乐道。

女儿咿呀学语的时候，当我指着丈夫的婴儿照，教她喊爸爸的时候，她却瞪着一双茫然的大眼睛指着那张照片连连纠正我道："弟弟！弟弟！"面对天真无邪的女儿，丈夫被逗得哈哈大笑的同时，又沉醉在温馨的记忆里……

后来，丈夫的那张婴儿照在几经搬家中不慎遗失，每每想起，我内心都会泛起愧疚与惋惜，虽然他未曾埋怨过我，可我总感觉自己既辜负了婆婆，又对不起他，愧疚之情常常泛起。

对不起，我弄丢了你最初的记忆！

我的生日在路上

曾听祖母与母亲不止一次地说过，四十多年前的今天，即将临盆的母亲不顾我在她腹中频繁的胎动，依然与父亲一起去参加她的大伯母三周年的祭奠。还未等到祭奠开始，我就更加不安分地踢腾起来，甚至横冲直撞，令母亲在阵痛里不安起来。于是，她便与父亲提前回家。

一路上，母亲忍着一阵阵的疼痛走走停停，好不容易才走回了距娘家两里多地的家。母亲到家大约十分钟后的正午时分，我就在全家人的期盼里降生了。我的第一声啼哭一如止痛剂一样，止住了母亲撕心裂肺的疼痛，她幸福地笑了。从此，每年农历的十一月二十七日，既是母亲的受难日，也是我的生日。

父亲在世的时候，每当我问起自己的生辰八字，他总是十分肯定地说我子时出生。尽管有祖母与母亲的一再否定，可我却依然固执地相信父亲的言辞，坚信一向疼爱自己的父亲将女儿的生辰八字刻入了记忆。以至父亲去世多年之后，我都一直坚信自己是子时出生的，同时，也期待着命运之神时时带给我好运。

“不当家不知柴米贵，不养儿不知报娘恩。”当我经历了十月怀胎的艰辛与一朝分娩的疼痛生下女儿之后，再听母亲说起她生我时的情形，即便母亲说得轻描淡写，我也会于不知不觉里泪湿双眸。我坚信母亲生我如同我生女儿一样，将每一个细节都融入了血液，植入了骨髓，刻入了记忆，她怎么会将我的生辰八字记错呢？她给我提供的生辰八字必定准确无误，丝毫不差。虽然也曾因非子时出生而失落过，但是细细想来，仅仅是一个出生的时辰，怎么能决定一个人的命运呢？午时出生，一出世就有阳光相伴，岂不是更好吗？或许，我的心地善良、乐天达观、率真坦然、豪放不羁的性格，正源于我出生时的阳光相伴。

我是祖母带大的孩子。小时候生活还相当困难，可每当我过生日的时候，祖母总是想方设法地给我做一碗长寿面，再煮几个鸡蛋。长寿面是祖母亲手擀的，鸡蛋是家里喂养的母鸡下的。鸡蛋多的时候，姊妹们与我一起分享；鸡蛋少的时候，我就独自享用。祖母还会在那些生日鸡蛋上扎出几个孔，然后在我的头上滚动几下，才让我吃。据说这样能给我滚来好运，并让我以后多长几个心眼儿。我这一生不知道究竟吃了多少个祖母给我扎了孔的生日鸡蛋，毋庸置疑，它饱含了一个老人对孙女儿最朴实的爱与祝福，但是我却没有多长心眼儿。

参加工作之后，工作的压力与生活的琐碎，我于忙忙碌碌中年复一年地复制着单调的日子度过似水流年，也曾一度忘记了自己的生日。

有一次，我正巧赶在自己的生日那天回了娘家，年过八旬的祖母一如我小时候那样，亲自给我做了一碗手擀长寿面，还煮了一些鸡蛋，并将那些鸡蛋都扎了孔，又在我头上滚过之后才让我吃。当我满心欢喜地接过祖母递来的长寿面与生日鸡蛋的那一瞬间，我竟然情不自禁地大哭起来，而且哭得一塌糊涂。是激动？是委屈？是伤心？是感动？是感恩？还是惭愧？……我自己都说不清楚，却一直伤感地哭，矫情地哭，大声地哭，弄得祖母一边陪我落泪，一边安慰我说忘记生日好。

那是我自 1987 年离开家读师范之后的十多年里唯一一次过生日。

女儿上班后的那年冬天，我在女儿的住处小住了几天，其间适逢我的生日。那天，当我还在梦中时，女儿的轻轻柔柔的一声“生日快乐”把我从梦中惊醒。

睁开惺忪的睡眼，女儿微笑着站在我的面前，此时的她已化好淡妆，一袭空姐工装穿戴整齐，准备去机场上早班。感受着蓦然来临的幸福与温馨，身处三九寒天的我内心蓦然泛起春天般的温暖。

万家灯火初上时，女儿提着一个偌大的生日蛋糕与大包小包的东西回到了家，让因忙碌又淡忘了生日的我再度想起了自己的生日。听着女儿甜甜的“生日快乐”的祝福声，望着那个偌大而别致的生日蛋糕与生日礼物，突如其来的幸福与温馨一如一坛千年佳酿，无须品尝，仅仅轻轻一嗅，就足以令我欣然沉醉。

女儿顾不得脱下工装，就郑重其事地给我带上寿星帽，接着点燃了生日蜡烛，然后又关掉房间内所有的灯，拍着手欢快而动情地为我唱起生日歌。

听着女儿悠扬悦耳的歌声，望着荧荧烛光营造出的满屋浪漫，我的心醉了。醉在那悠扬的歌声里，醉在那亲情的温馨里，如痴如醉。当我闭上眼睛双手合十许愿的时候，女儿手持相机，咔嚓咔嚓地用镜头记录着我的生日感动。我感觉一向低调的自己忽然间就变成了生活的主角，变成了高贵的女王，感觉那时的自己就是天下最幸福的女人。

那是我有生以来在异乡度过的第一个生日，我终生难忘。

同学情谊建立在真诚的基础之上，带着纯洁，携着温情。一场看似简单的同学聚会，恰似一场心灵的盛宴。大家聚在一起，没有商道的诡秘，没有官场的矜持，在一种放松与愉悦的氛围里，畅所欲言地诉说曾经与现在的感动，还原一个真实的自己。这样的聚会犹如人生旅途的加油站，缓解了来自工作与生活的压力，为人生下一站的旅途加足马力。

同学小聚的席间，当我正欲落座之时，坐在我旁边的闺蜜像发现新大陆似的猛然站起来，不由分说就往我手中的酒杯里斟了大半杯干红葡萄酒，继而又端起自己的酒杯，与我的酒杯在半空中一碰，彼此杯中的干红葡萄酒在高脚杯里溅起，又落下。那干红葡萄酒晃荡的过程，犹如一朵盛开的玫瑰花，优雅地绽放在高脚杯里。

“生日快乐！”正当我为之纳闷的时候，闺蜜爽快地道出了与我碰杯的理由。一阵茫然之后，我才想起了那天是我的生日，一股暖流袭上心头，在遍地的低温里开出花来。

前段时间的聊天中，我们约定一起过生日。健忘的我对于彼此的约定，很快就忘在了脑后，一如清风刮过一样了无痕迹。

手执杯盏，我抬头望着闺蜜——中学时代的校花。于她而言，“美女”这个词不再是性别的代名词，而是对她容貌清丽、身材高挑、气质高雅的肯定。就她的美貌而言，我感觉我苍白的语言无以形容，故而借来曹植在《杂诗·南国有佳人》中的“南国有佳人，容华若桃李”与白居易在《长恨歌》里写杨贵妃的“回眸一笑百媚生，六宫粉黛无颜色”的诗句来诠释她的美。再低头看看杯里的干红葡萄酒，有意将杯子晃了晃，殷红透亮的液体在高脚杯里优雅地荡漾，令我蓦然想起王翰《凉州词》中“葡萄美酒夜光杯，欲饮琵琶马上催”的诗句来。和平年代的同学聚会与战争年代将士们于荒凉边塞欢宴的场面迥然不同，比起他们，我们既有充足的时间，又没有“欲饮琵琶马上催”的急迫感，当我与闺蜜四目相对的那一刻，我们相视一笑，昂起头，一如边塞的将士们那般豪爽地将杯中的干红葡萄美酒一饮而尽。

喝下那杯干红葡萄酒，我的心跳开始加速，脸热辣辣地发烧，直觉告诉我——我的脸红了。我知道，我的脸红，一方面源自酒精的作用，一方面感动于闺蜜的温情，另一方面为自己的“失约”而愧疚。

席间，房间里的灯忽然灭了。当我正为这意外的停电纳闷时，另一闺蜜双手捧着点燃了蜡烛的生日蛋糕，与几个同学合唱着《祝你生日快乐》，向我盈盈走来。一种无边的温暖令我的内心泛起阵阵热浪，我旋即被那“幸福来敲门”的场景惊讶得瞠目结舌，继而热泪瞬间盈满了眼眶。这种无以言说的惊喜与感动源于同学们的纯真感情，与物质和金钱无关。

看着生日蜡烛的荧荧烛光，听着已步入中年的同学们拍着手为我合唱的《祝你生日快乐》，我的心醉了，醉在那并不悠扬的歌声里，醉在那令人感动的场景里，醉在同窗真情的温暖里……当我许愿与吹蜡烛的时候，在场的所有同学都手持手机，从不同的角度，咔嚓咔嚓地为我定格下醉人而美妙的幸福时刻。那情那景，顿然让我陶醉在飘飘然的幸福里。

这个生日令我今生今世都为之感动。

我的生日虽然处在三九寒冬的季节，但是有我出生时母亲留下的故事温润我生命的底色，有祖母陪我过生日的情形在我记忆的荧屏上留下的深深烙印，有女儿陪我过生日的画面在我生命的画布上涂下的幸福而浓重的一笔，有同学陪我过生日的温馨场景给我的人生带来的感动……正是这一个个的故事，一个个的记忆，一个个的感动，串联起来，组成了我生命的链条，记录了我生命的精彩片段，令我感受到了季节之外的温暖，令我的人生变得绚烂而美好，令我一生都回味无穷……

漫漫红尘，岁月悠长，我的生日在路上……

夏天的注脚

一

带着夜露的曙色与鸟鸣从窗帘的缝隙里挤进来，唤醒着我的残梦。揉揉蒙眬的睡眼望去，我直对的墙面上有个不规则的黑点映入眼帘。那个黑点就像我两岁的小外孙用碳素笔在墙上随意涂画时的停顿。只是，他太小，个子太矮，画不到那么高的位置。定神细看，发现是一只蚊子。

说到蚊子，它就像是夏天的注脚一样随着炎热而来。

那只肥硕的大蚊子泰然自若地伏在墙上，毋庸置疑，它那饱满的腹腔内，吸食的全是我的血液。或许它忙碌了一个晚上，累了，此时正伏在墙上美美地做着梦；抑或它吸食我的血液太多，超出了它胃部的承受能力，此时正扶着饱鼓鼓的肚皮，回味着我血液的味道呢。

我凝视着那只蚊子，看着它那怡然自得的样子，顿然火冒三丈。顺手拿起床头柜上的电蚊拍，从床上弹跳而起，一个健步蹬在墙边的椅子上，以迅雷不及掩耳之势，向着那只伏在墙上的蚊子拍了过去。尽管我的动作那么迅猛，那么有力，那么势不可挡，可它还是从电蚊拍的缝隙间逃走了。它躲开电蚊拍之后，像是挑衅似的，绕着我左右挥舞着的电蚊拍，在我的眼前嗡嗡地唱着歌，飞了一圈，然后就径直飞走了，愈飞愈远，直至挣脱了我的视线。

我满房间里找啊找，找了好久，始终都未找到这只可恶的蚊子。我知道，到了晚上，它就会故伎重演，甚至会愈演愈烈，变本加厉地横加报复。唉！天刚蒙蒙亮，我就开始为夜晚被蚊子侵袭而忧心，真不知道我和蚊子的战争要持续多久？

二

每当夏日夜幕降临时，躲藏了一天的蚊子便从隐蔽的角落里蜂拥而出，大肆排兵布阵，疯狂吸食人与动物的血液，也正是从那一刻起，又开始了新一轮的人蚊大战。

在我的童年记忆里，村边地头、房前屋后有一种随处可见的野草，有着细细碎碎的叶子，俗称为煞气棵子。不管它是生长着还是被割掉晒干之后，只要碰下，它就会散发出一种异常难闻的气味。在我们割草喂牛羊的童年时代，我们总是对它视而不见，从来都不碰，就连牛羊都会躲得远远的。如今，我已好多年没有见过那种野草了，或许是我远离了土地的缘故，抑或是它的生存条件与土壤成分有关，它只是一个时代的产物，与其他绝迹的物种那样，远离了我们的视野。遗憾的是我至今都不知道它的“尊姓大名”。

每年夏天，祖母就会割很多煞气棵子，晒干了堆放在背阴处，用塑料布盖起来。每当夜幕降临、蚊子出动之时，祖母就会拿出一些晒干的煞气棵子，在屋里点燃。滚滚浓烟，熏得人睁不开眼睛，那刺鼻的苦涩怪味，令人难以忍受。家里人好像都不堪忍受似的躲得远远的，只有祖母不怕。她每天都在那个时辰准时燃草熏蚊，开始她一个人的人蚊大战。人都不堪忍受那种气味，更何况小小的蚊子乎？很快，屋里就没有了蚊子，或许是逃走了，或许是熏死了。我总是“一厢情愿”地选择相信后者。

在我的记忆深处，祖母有一顶自己缝织的稀布蚊帐，白底红格。每到夏天，祖母就把她那张被岁月染成咖啡色的竹床抬到院子里的枣树下，在竹床的四条腿上各绑一根竹竿，撑起那顶蚊帐。光阴荏苒，匆匆流年冲走了过往的岁月，也冲得那顶白底红格蚊帐的粉红色褪去了颜色，白色的底色变得日渐灰暗。一直以来，那顶蚊帐都以灰色的基调隐现在我的记忆里，飘摇在那棵枣树下。

夜晚，祖父就在竹床旁边的地上，铺一张凉席席地而睡，而我和祖母则睡在竹床上的蚊帐里。即使有那顶蚊帐的护佑，我也常在半夜里或天明时被钻进来的蚊子咬醒，一阵接着一阵的难耐奇痒，常常令幼小的我哇哇大哭，每当这时，祖母就会忍着困顿坐起来，掰开她预先放在旁边的蒜瓣，用溢出来的蒜汁涂抹在被蚊子叮咬过的我稚嫩肌肤的大红包上，给我止痒。

祖父听到我的哭声，一骨碌爬起来，在祖母的手电筒的光束指引下，睁大眼睛满蚊帐里找蚊子。当蚊子进入他的视野之后，便轻手轻脚地挪过去，将两只大手猛然一拍，那吸足了我和祖母的血的蚊子，便葬身在祖父粗大的掌心中。殷红的血液如同一对血色花朵，开在祖父粗大的左右掌心里，又像是长在他掌心的一对朱砂痣。

不知道什么缘故，蚊子好像对我情有独钟似的，逢见必叮，而我的皮肤对蚊叮虫咬特别敏感，蚊子每在我身上叮一下，就会起一个好大好大的包，奇痒难耐，令我不停地抓挠揉搓，有时甚至会抓破，尽管祖母用掰开的蒜瓣给我消炎止痒，但是有时还会发炎感染。

那时，每当我被蚊子咬醒，我就会心疼席地而睡的祖父，曾无数次闹着祖母让她给祖父做一顶蚊帐，可祖父总说蚊子不咬他。每每说起，祖父总会炫耀他年轻时曾压死过蝎子的故事，他说自年轻时就有席地而睡的习惯。有一天晚上，一只蝎子在夜幕的掩护下去偷袭祖父，谁知，蝎子没有咬着祖父，反倒被沉睡中的祖父压死在身底了。每当说起这件事，祖母总会抑制不住地叹气，说祖父命苦，血也苦，故而蚊子不叮他，蝎子也不咬他。是啊，祖父的命确实很苦——尚未出生，父亲就去世了，从小与母亲相依为命地寄居在外祖母家里；一生生育四儿子，其中三个儿子未成年便夭折了，只有我的父亲结婚生子，可他又先祖父母十多年去世。究其一生，祖父母没有一个儿子为他们养老送终。这样的命，谁说不苦呢？

三

当祖母点燃煞气棵子烟熏蚊子、用蒜瓣来治疗蚊子叮咬时，父亲就买来敌敌畏杀蚊，用清凉油和风油精来缓解蚊叮虫咬之处。

在我的记忆里，每当夏日的夕阳泣血隐没在地平线时，趁着隐蔽在暗处的蚊子还没有出动，父亲就开始了他的人蚊大战——熟稔地把敌敌畏倒在一个专用碗里，按照一定的比例加水稀释之后，用两根去掉籽粒的高粱穗蘸着敌敌畏溶液，轻轻地挥舞着，一下一下地在半空划着优美的抛物线，将敌敌畏溶液洒在屋里。后来，父亲又买了专用喷瓶，既安全方便，又快捷实用。

敌敌畏甜腻、刺鼻的味道在屋里氤氲弥漫，令人作呕，也令人窒息。如此这般，蚊子就会在门窗封闭的屋内窒息或者中毒身亡吧。

那时候，父亲总想把自己的灭蚊方式强加给祖母，有好多次，他都掂着稀释好的敌敌畏溶液，到祖母家里帮她灭蚊，每一次都被祖母以“是药三分毒”的理由拒绝了。父亲每次都是以败北收场。或许，父亲直至去世，都想试图说服祖母用他的化学方法来灭蚊，可他最终还是带着遗憾先祖母十多年走了，而祖母依然坚持以自己的方式进行灭蚊持久战，直至终老。

虽然祖母与父亲母子俩的观念不同，灭蚊方式有着物理与化学方法之分，不识字的祖母根本不懂物理与化学这两个名词的含义，可这些丝毫都不影响母慈子孝。父亲是祖父母的独子，被祖父母宠爱了一生，而父亲也是出了名的孝子，凡事都为父母着想。父亲之所以想把自己较为先进的化学灭蚊法强加给奶奶，大概也是他为父母着想的方法之一吧。

父亲只要在家，喷药灭蚊的事，都是亲力而为，从不让其他家人动手。

记得有一次父亲出差，大表姐带着孩子到家里去住，我怕蚊子会叮咬表姐的宝宝，故而在黄昏来临之时，掂起父亲稀释好的敌敌畏溶液的喷瓶，在屋里喷了起来。谁知，我刚喷了一下，门外的大表姐就忽然抱起孩子，逃也似的快速跑出了家门。

后来我才知道，大表姐患有严重的间歇性支气管哮喘，敌敌畏刺鼻的气味会刺激她敏感的神经，引发她强烈的哮喘。从此，表姐再来家里住的时候，我们再也没有用过敌敌畏之类的带有刺激性气味的东西。

四

“小荷才露尖尖角，早有蜻蜓立上头。”南宋诗人杨万里的这句千古绝句所勾勒的优美风物图，带给人们诗意与美感的同时，也令我们感受到了大自然的和谐。

或许，那只立在小荷尖尖角上的被我们称之为蛾螂的蜻蜓，既不懂诗意，也不懂和谐，它之所以立在那里，是用它敏锐的复眼寻找捕食的目标——水中的蚊子幼虫——孑孓。

“蜻蜓低，雨迷迷。”在我的记忆深处，每当雨前或烟雨迷蒙的日子，就会有无数的蜻蜓以“低飞模式”云集，形成飞舞的“蜻蜓阵”。它们忽上忽下、忽快忽慢地飞舞着，像是一架架小小的飞机在空中穿云钻雾。看着它们时而滑翔、时而点水、时而如同定格在半空中、时而翅膀倏然一扇就来个急转弯的情形，令人在眼花缭乱中为之陶醉。

每当遇到那样的情景，孩子们便会迅速跑回家，拿出大扫帚，闯入蜻蜓阵营，一边举着扫帚，东一下西一下地挥舞着，一边嘴里念念有词："蛾螂，蛾螂，你来吧！我给你娘买个大甜瓜……" 一旦瞄准了目标，就将举在半空中的扫帚猛然拍下去。

那时，望着年龄稍大的孩子都在饶有兴趣地拍蜻蜓，幼小的我便失落地跑回家，缠着祖父帮我去拍蜻蜓。尽管祖父一再强调蜻蜓是益虫，应该受到保护，不能拍，但是只要我一滴眼泪的冲击，就足以冲垮他高筑的主意大厦，令他立马改变主意答应我的要求，帮我拍到一只又一只的蜻蜓，直至我满意为止。每当此时，就会有一些孩子聚拢过来，缠着祖父帮他们拍。那样的画面构成了我今生最美的风景。

我把捉到的蜻蜓放到蚊帐里，怕它飞走，白天也放下蚊帐。为了验证蜻蜓是否吃蚊子，也怕它会饿死，晚上的时候还会特意放些蚊子进蚊帐，让那些吸足了我们鲜血的蚊子充当蜻蜓美美的大餐。尽管母亲一向忌讳白天放蚊帐，又反对我们将蜻蜓和蚊子放在蚊帐里，可为了满足我们的童真童趣，她总是一再放任我们。

往往，当我们在为蜻蜓吃蚊子的说法得到验证而兴奋得得意忘形时，却发现蚊帐里的蜻蜓已经死了。每当遇到那样的情形，幼小的我们都会很难过，便模仿着当地的人文风俗，为蜻蜓举办一场葬礼，以此来哀叹生命的终止，遗憾它再也不能消灭蚊子。

五

自从我有了自己的家，准确地说是有了孩子之后，很长一段时间，我都以祖母"是药三分毒"的理念来避蚊。

每当夜幕降临蚊子横行之时，我便领着女儿躲在蚊帐里，任蚊子在外面虎视眈眈地飞来飞去，却高枕无忧地一觉到天亮。偶尔也会遇到钻进来的蚊子将女儿咬得啼哭不止。每当这时，我便感觉有一束穿越时空的手电筒的光束牵着我走回到童年，走回到枣树下蚊帐里的夏夜，走回到祖父母为我驱蚊疗伤的情景里，亲情的温暖驱散了我夏日的燥热与烦忧，教会我怎样去安抚孩子的夏夜之梦。

搬入楼房之后，封闭甚严的门窗，把蚊子阻挡在外，我便将陪伴多年的蚊帐束之高阁。可总会有蚊子从窗纱的缝隙里钻进来，或趁着我们开门的时候溜进来。

对蚊子异常敏感的我而言，哪怕只有一只蚊子的惊扰，也会令我的梦时续时断，抑或彻夜难眠。每当我迷迷糊糊地拍打蚊子，抑或梦呓般地说有蚊子时，睡梦中的丈夫仿若随时都做好了为我驱蚊的准备似的，立马起身，电蚊灯、电蚊拍、蚊香、花露水……统统派上用场，开始他的人蚊之战，直至把房间里的蚊子全部消灭。

我曾问丈夫怎么会那么准时，他说他不忍心让蚊子来惊扰我的好梦。

驱蚊灯与电蚊拍在黑夜里闪着幽幽蓝光，如同鬼眼一样，诱惑着蚊子自投罗网。毋庸置疑，蚊子飞过去便如同飞蛾扑火，蚊子被电击时发出的啪啪声，如同一剂催化剂，催得人心花怒放。我暗自庆幸丈夫在人蚊大战里胜出一筹——他又消灭了一只蚊子。

如果天明时分依然还有蚊子嗡嗡地在耳边唱歌，抑或叮咬我们，那么这只或这些蚊子注定将走到生命的尽头。上班走之前，细心的丈夫一准儿会手持或雷达、或枪手、或榄菊等品牌的杀虫气雾剂，在屋里猛喷一通，给梦的滋长营造一个良好的环境。

六

时间一如白驹过隙，几十年一晃而过。那些与蚊子有关的故事，如同一部黑白大片一样，清晰地回放在我记忆的荧屏上，亲情的温暖驱散了岁月的苍凉……

我知道，我与家人的灭蚊活动，仅是人类历史上人蚊大战的一个小小缩影。我们在打响人蚊战争的同时，人们都在积极奋战，群情振奋，激情饱满，从不懈怠。

纵观历史，人蚊战争从来都没有停止过，一波波蚊子被消灭，一代代的人倒下。至今都分不出这场持久战的输赢者。无论是人类，还是蚊子，都在依着自身的发展规律，生生不息、繁衍不止地延续着自身强大的生命链条。或许，这就是自然界里的生态平衡吧。

季节之外的温暖

秋雨淅沥，淋透了整个城市的街衢巷巷，也湿透了我对女儿的思念。此时，女儿像一缕温暖的阳光，穿越风雨，洒进我的心田，带给我季节之外的温暖。我悉心守护着这份情愫，在每一个霜寒凝冻的日子里，靠她来驱赶我的孤寂与寒冷。

当列车载着女儿求学远去的身影，消失在我的目光尽头，一份刻骨铭心的牵挂悄然潜入心头。皓月当空，我常酯一樽思念的烈酒，沉醉在牵挂女儿的星月清辉里。记忆的荧屏上，轮回放映着女儿在我生命深处打下的烙痕：从她在我子宫内作为一个受精卵着床，到她从我的阵痛中分娩而出；从她是一个呱呱坠地的婴儿，到她成长为一个亭亭玉立的少女；从她咿呀学语，到她熟读诗文；从她是一个少不更事的学龄前孩童，到她成为一个知晓天下的大学生……她每一步的成长，都带给我无限的快乐与欣慰，令我在回味无穷里，抚慰着一抹抹记忆的长影，独自沉醉。

她不在我身边的日子，思念随着光阴的流逝潜滋暗长。我把美好的情愫化作文字，去编码我思念与牵挂的程序，以此来作为我心灵的底片，在寂寞中冲影出女儿清晰的身影，然后再把她挂在眼前，用文字一点点临摹出我们母女与共的点滴过往。

空气中氤氲着桂花的缕缕香韵。我咀嚼着满口馥郁的清香，一任我缱绻的思念如同清晨草尖上的露珠，在晨光里闪闪熠熠，照亮我的心灵，触痛我的柔软。

日子染红了枫叶，那是我浓浓的思念凝结在了季节的枝头。思念女儿，是我今生永恒的主题，是我一生幸福的源泉。

那年女儿高考

适逢高考，那年女儿高考的情景又一次浮现在眼前。

那是 2009 年的高考，提前几天，我就查看天气预报，得知整个高考期间都是晴天，我庆幸女儿的高考是个好兆头。

高考第一天一大早，女儿睁开眼睛就一如往常一样，如同一只欢快的小鸟，叽叽喳喳地有说有笑，天南地北，无所不谈，却唯独不谈她的高考。看她没有丝毫的紧张情绪，我悬着的心说不清是如释重负，还是更加紧张。

女儿简单地吃过早饭，哼着小曲背起书包就往外走，出门时，她还不忘习惯性地转过身来扬起了右手，就在她要和我们说“再见”的时候，却发现我们紧随其后，她惊讶地瞪大了眼睛：“不就是去参加个高考吗，至于弄得紧张兮兮的吗？”

“考场离家远，第一场考试，我们还是送送你吧！”我近乎哀求地与她商量，却害怕遭到她的拒绝。

是啊，我真的害怕！她三岁上学前班，四岁读小学一年级，历经十几年的读书生涯，成绩虽然说不上十分出色，却始终都十分尽力地蹒跚在年长她几岁的大孩子中间，积极进取，奋力拼搏；她曾因怕考不上理想大学而央求父母准许她走艺考之路。开始，源于我们对艺术的偏见而不应允。那段时间，看着乐天派的女儿谈及高考就黯然失色。思虑再三，还是答应了她的请求。

她在突击学艺术专业课的时候，蹬上高跟鞋练习走台步，曾因不适应，先被高跟鞋磨破了双脚，接着又经历了流血、化脓、结痂、成茧的洗礼过程。身为母亲，看在眼里，疼在心里，我劝她休息两天，可她却硬是咬着牙坚持了下来。春节刚过，她就冒着严寒，踏着依稀的鞭炮声，来回奔波于济南、青岛、淄博、潍坊四个城市之间，历经半个月的奔波参加艺术考试。

在艺考中，她像渔民捕鱼那样，尽力撒大网，抓住能参加考试的每一次机会。天寒地冻的日子，为了赶赴一场场考试，紧张时，她一天都顾不上吃一口东西，甚至顾不上喝一口热水。功夫不负有心人，最终，她拿到了十二个艺术过关证。最为重要的是，经过初试、复试、面试、军事化体检四大关口，最终于两千多名女孩子当中，女儿以名列前十名的好成绩脱颖而出，拿到了她梦寐以求的中国民航大学定向某航空股份有限公司的艺术过关证。如果高考成绩过关，大学、工作双保险；否则，那张来之不易的艺术过关证就是废纸一张。面对她的高考，我怎么能不害怕、不紧张呢?

通过指纹验证、仪器探测等检测之后，女儿进入了考场区之后，她从容地转过身来，与隔着铁栅栏目送她的父母挥手作别。望着她走向考场的小小身影渐渐消失在熙熙攘攘的考生人流里，我忽然感觉她不是去参加高考，而是攀附着一段浮木被汹涌的波浪卷入了大海，等待她的将是一场“生死未卜”的考验。想到这里，我顿然鼻子一酸，双眸泪湿。

女儿进了考场，我的心更加焦躁起来，忽然感觉全身的神经都像被拉紧了一样，而且到了再也不能拉伸的极限，像是稍有一丝清风吹过，就会碎裂一地。那时，恰好有个疯女人胡言乱语又手舞足蹈地从我面前走过。我真想随她一起疯起来，在一个没有意识的世界里，让我绷紧的神经松弛下来。

整整一上午，焦躁、惶恐、烦闷、忧虑、不安等情绪左右着我，每一分、每一秒都是炼狱般的煎熬。好不容易等到上午考试结束，望着考生陆陆续续地走出来，随着走出来的考生越来越多，渐渐汇成了人流。于人头攒动的人流里，我一眼就看到了女儿，同时，她也看到了我们，挥动着高高扬起的右手朝我们直奔而来，直觉告诉我：她临场发挥不错。

知女莫如母，乐天派的她高调出场，未必是超常发挥使然。

“考场发挥不错？”我小心翼翼地探问道。

“那当然了！也不看看我是谁的女儿?！”她调侃着，一脸的兴奋，转而又一脸认真地转向丈夫，“爸，我今天一睁开眼就想笑，就连考试当中都一直想笑。放心吧！我今天笑，等高考成绩出炉的那天肯定还会笑！”她眉飞色舞地说着，天真而调皮地朝我们眨巴着她那双水汪汪的大眼睛。

望着宝贝女儿，我蓦然感觉自己忧心的高考并非那么重要，重要的是她健康、阳光、快乐、天真、活泼……

午休时，我强行搂着从来不午休的女儿躺在床上，可她却像吃了兴奋剂一样兴奋不已，没有丝毫睡意。当我迷迷糊糊地快要进入梦乡时，被女儿突如其来的一阵大笑声惊得猛然坐了起来，以为潜伏在她内心深处的高考压力突然“爆发”了。我看看她的表情，却没有任何异常；继而又摸了摸她的额头，体温正常，没有半点发烧的迹象。

“高中生活终于要结束了！我一想起来就想大笑。”当我惊讶地瞪大眼睛疑惑不解时，她却眉飞色舞地道出了自己忍俊不禁的缘由。

“我还以为高考压力把你压成神经病了呢！”我忍不住打趣她道。

“放心吧！即便大家都被压成神经病，我也不会！”她悠悠地说着，依然俏皮地眨巴着她那双会说话的大眼睛。

“这一点我绝对相信！”我一语双关地回她道。

她听出了我的话外之音，朝我扮了个鬼脸，算是对我“嘲讽”她的回击。

接下来的考试，她非要坚持自己骑自行车、穿越大半个城市去赶赴考场，参加高考。

不再目睹那高考的人流，考区的警戒线，入场时的各种检测，我的情绪渐渐平静下来……

第二天，女儿依然不睡午觉，嘻嘻哈哈地和我们谈天说地，像是比往常更轻松，更兴奋。我又一次强行将她搂在怀里躺在床上，她却又一次重蹈覆辙。不过那一次，我没有再疑心她是因高考压力过大而发神经。

高考的第三天，仅上午一场基本能力测试。女儿考完试没有回家就和同学一起出去玩了。傍晚时分，我正说让丈夫去接她。话音还未落，就听到钥匙在锁孔里转动的声音。随着沉重的防盗门打开又关上的砰砰声，女儿哼着小曲走了进来，像一个凯旋的将军。我和丈夫谁都没有提及高考一个字，唯恐它破坏了好不容易才轻松下来的氛围。

高考之后，女儿疯狂地上网、看电视、看小说、玩游戏、找同学玩……有人问及她的高考，她总是一副胸有成竹的样子。

高考成绩出炉的那天一早，女儿就一改高考之后的沉稳与平静，早早起来，不停地接打同学的电话，相互咨询着如何查成绩。午饭之后，她接了一个电话之后便匆匆地出去了，我从门缝里目送着她瘦削的身影渐渐消失在楼道拐角处，一种说不出的酸楚顿涌心头，眼眶也随之湿润起来。

女儿走后，我的心跳开始加速，一种心乱如麻的狂躁感令我坐立不安。那天，我一改常年午休的习惯，来来回回地在屋里走动着，从一个房间走到另一个房间，又从另一个房间走到阳台……站在阳台上极目远眺，连连做深呼吸，可无论如何，我都无法平静下来。

好不容易等到了上班的时间，我匆匆忙忙地到招办去查女儿的成绩。老远，从招办的门缝里挤出来的喧嚣声充满了楼道，那里早已经挤满了家有考生的同事们。还未轮到我查成绩，女儿就打来了电话，望着屏幕上那串异常熟悉的号码，我的心蓦然狂跳起来，拿手机的手像中了风一样颤抖不止，呆呆地望着手机，却不敢接听，唯恐电话里传来的信息会击碎我脆弱的神经。

电话铃声自行终止后，我还未缓过神来，紧接着又是一阵急促的电话铃声，依然还是女儿的电话。那一刻，我不再犹豫，随即按下了接听键。

“妈，我考上了——超过高考本科分数线58分！”女儿用高了八度的声音喜不自禁地告诉我。可以想象，电话那端的女儿，必定高兴得眉开眼笑又手舞足蹈。

“什么？我没听清，你再说一遍！”我简直不敢相信自己的耳朵，生怕女儿的好消息会像一场梦一样，梦醒即逝。

当女儿一字一顿地将她金榜题名的喜讯再度送入我的耳膜时，我狠狠地掐了一下自己的脸，好疼！我终于知道那不是一场梦，而是活生生的现实。我的热泪潸然而下……

时光飞逝，一晃九个年头过去了，女儿如今已在某航空公司工作多年，成了一名干练的乘务长，又晋升为一名新生儿的母亲，在烟火红尘里享受着平凡的幸福。不图飞黄腾达与光宗耀祖，只求在平凡的生活中能够幸福安康，这不正是天下父母对孩子一生的祈愿吗？

母亲节的鲜花

俯身缝纫机，偶尔一抬头，母亲躬身缝纫的身影清晰地映现在我眼前的玻璃窗上。我惊愕地瞪大眼睛，凝视了好久，才发现原来是自己的影像模糊成了母亲的样子，心头不免掠过一阵哀伤。

自我有记忆时起，母亲就俯身在缝纫机上劳作。小时候，我们身上的衣服、玩具、零食，以及相对优越的生活，全是她和父亲靠着一台脚踏缝纫机加班加点帮别人缝制衣服换来的。父母的一生与缝纫机结下了不解之缘。家里的这台古董般的缝纫机在历经了几次搬家之后，仍然能保存至今，多亏了母亲的一再叮咛。

转眼之间，母亲已去世多年。所有与母亲有关的事物和话题都能勾起我对母亲的哀思，唤起我对母亲的追忆，引起我无限的哀伤。

一阵清脆的门铃声掩盖了缝纫机哒哒转动的声音。

“阿姨，母亲节快乐！我是您女儿的同学，她委托我帮她订了这束鲜花作为母亲节的礼物送给您，祝您母亲节愉快！”女孩一边给我送上母亲节的祝福，一边简述着女儿的嘱托。

思绪恍惚间，女孩渐去渐远。望着她远去的身影，我忽然想起昨天女儿打电话时一再说她这个星期天不能回来，并安排我没事就在家写作。原来今天是母亲节！

女儿有体面的工作，稳定的收入，给了我莫大的安慰。可我却不忍心让孩子花钱给我买礼物。手捧鲜花，我终于明白：孩子想用自己独特的方式给母亲一份特别的礼物，给母亲一个意外的惊喜。

凝视着那束鲜花，幸福感与鲜花的芬芳将我包围。现实生活里，我一贯奉行勤俭节约的生活习惯，不会浪漫，也不懂浪漫。每当丈夫在一些重要节日或纪念日想给我买花或纪念品的时候，他那“蠢蠢欲动”的设想还未萌动，就被我当头一盆冷水给泼灭了。今天的这束鲜花是我今生第三次收到的鲜花。第一次是女儿上小学时的一个情人节，她用平时积攒的零花钱买了一束鲜花交给丈夫，让他作为情人节的礼物转送给我，可丈夫最终还是没有沉得住气，告诉了我实情；第二次收到的鲜花是女儿高考那年的情人节，我带她在外地参加艺考，她把一束火红的玫瑰花交给我时，说是她爸爸交代让她代买的，作为她爸爸送给我的情人节礼物，后来我知道，她爸爸根本就不知道这件事。

双手捧着那一大束鲜花，感觉好像有千斤之重。这不单单是一束鲜花，而是女儿的一份孝心。久久地沉醉在鲜花的清香里，脸上的笑容与手中的鲜花一起绽放，热泪却忍不住涌了出来，模糊的泪光里，母亲望着手捧鲜花的我，幸福地笑了……

母亲在笑，我也在笑，想必女儿也在笑。笑着笑着，我眼里涌动的热泪扑簌簌地落下来，落到手中的鲜花上……

花缘情结

于时光深处，用爱心与闲适养花种草，以生命滋养生命，静观花开花谢，做一个如梅傲骨、若荷清淡的女子，一直是我崇尚的生活。

每当看阳台上我养的那些花花草草，有关花草的记忆便会汹涌而来。从童年时第一次种下的那盆凤仙花开始，到今天阳台上仿若花园似的花花草草，它们都绽放在我的记忆里，激发着我对美好生活的向往。

毕业那年的一个秋高气爽的日子，我心怀憧憬，手执毕业分配介绍信，到某政府机关报到。走进机关大院的一刹那，我旋即被眼前的景色陶醉了：甬道旁，木槿粉红色的花朵随风摇曳，仿若柔软的粉红丝绸在绿叶间若隐若现；满院的蜀葵竞相绽放枝头，乳白的、粉红的、玫红的、深紫的、浅紫的……姹紫嫣红，争奇斗艳，引得蜜蜂蝴蝶嗡嗡嘤嘤地留恋花间；花坛里，娇艳欲滴的玫瑰绽放枝头，清香馥郁……

陶醉在花的海洋里，忘情地做着深呼吸，沁心入肺的缕缕香韵，瞬间令我忘却了时空，忘却了环境的陌生，忘却了来来往往的行人，忘却了此行的目的……我欣喜若狂地穿梭于花丛，四处采集花种。

第二年，我家的院子和田间地头，都开满了缤纷的蜀葵。

有了一间一桌一椅一床一橱的办公室兼卧室的独立空间，我常常采一朵或一束鲜花，抑或是一束绿草置于室内，以此来装点我的视线，陶冶我的情趣。

女人天生爱做梦。很多女人情愿一辈子都沉醉在梦里，不愿醒来。27 年前的春天，我做了一个诗意的梦。一直以来，那梦中的意境都清晰在我的记忆里，且随时都能重现在眼前：我置身一个百花园，满园万紫千红的鲜花令我眼花缭乱。我正目不暇接地留恋花间，忽然，我被一株火红的水嫩鲜花吸引住目光，她在微风里轻轻摇曳，花瓣上晶莹的露珠，在晨光的照射下闪闪熠熠，来回颤动，一副美不胜收的意境令我屏息凝视。

“喜欢就拿去吧，好生栽培，她将会芬芳你的一生！”一位观音模样的慈祥老人，讲话时的那份亲切就像我的祖母一样，而那声音带着磁性，缥缈悠远，声动梁尘，余音绕梁，令人回味无穷。

我欣喜若狂地接过老人家递过来的那株鲜花，如获至宝，千恩万谢之后，陶醉在赏花的喜悦里。一转身，却见那慈善老人轻甩水袖，仿若影视剧里观音腾云驾雾的特写镜头，缥缈在空中，直至被飘逸的云朵隐匿了身影。

当我把梦境说与祖母听的时候，她喜笑颜开地将我搂在怀里，告诉我那位送花的慈善老人定是送子观音，恭祝我将要做母亲了，并断定我一准儿是怀了个宝贝女儿。

听了祖母的话，我猛然挣脱她的怀抱，弹跳而起。那时，我比任何时候都清楚自己生活在一个“男尊女卑”的环境里，况且自己还没有做好做母亲的准备，我不敢想象祖母阐释的梦境“一语成谶”的后果。涌动的泪水瞬间盈满了眼眶，撑得眼眶饱满而疼痛，继而又潸然滑落。真想让我潸潸的泪水冲净那梦境，也彻底毁灭它将成为现实。我曾无数次想过，如果祖母的话应验了，一朵花将会打破我生活的平静。为此，我忧虑过，焦躁过，彷徨过，哭泣过，心酸过，痛苦过，难过过……然而，事实并不会以我个人的主观愿望为转移。

一朵花的惊艳问世，没有迎来祝福，反倒逼出了前世今生储藏于身体里的一场又一场的腥风血雨。但是母爱的力量，驱使着我终日拖着透支的疲惫身躯，倾尽所有心血与汗水栽培那朵花，让她在时光里一天天长大，一月月茁壮，一年年灿然。望着那朵生命之花，我忘却了所有的荣辱、得失、烦忧、困惑、劳累、伤痛、委屈……如今，她汲取了的日月精华，含苞待放在我的生命里，韬晦待时，绽放成最美的花朵，来芬芳我的生命，装点我的人生。

我把女儿精心栽培成生命里最美的花朵。如今她去读大学不在身边，思念女儿的空虚一度点燃了我对花草的喜爱。我把养花种草当成生活中的一种乐趣，把各种花草置于阳台上，每天早晚闲暇时就去浇水、松土、施肥，精心种养，静待花开。我不计较花的品种，看着她们茂盛，开花，心里有一种说不出的喜悦与欣慰。

在我生命的百花园里，此花开过彼花开。无论哪一种花，都将会扮靓我的视觉，愉悦我的心情，可唯有一朵女儿花构筑成我生命里最美的风景。

盛　开

盛开不是花朵的纵情绽放，而是一个100天大的小男孩。他姓盛名开，出自“你若盛开，清风自来”的经典佳句。父母希望他在人生的路上，通过自己的努力，以达到足够的优秀，从而让该来的都自然而然地出现在他的生命里。

说到盛开，我的眼前旋即就会浮现出一个爱哭、爱笑、爱玩、爱闹的可爱宝宝，他是我女儿的儿子——我的大外孙。虽然只有100天大，但是我们的祖孙情缘仿若已由来已久，或许从女儿怀胎开始，或许从女儿成为我的孩子时已开始，或许早在500年之前，抑或1000年之前，甚至更早之前就已命中注定在我们彼此的生命里，注定在100天前那个最美的时刻让我们遇见。也正是从那一刻起，他的一切都与我息息相关，他的点点滴滴都牵动着我的神经，融入我的生命，成为我后半生关注的焦点，成为我人生里不可或缺的一部分。

得知女儿怀孕的消息，我欣喜的同时，看着原本亭亭玉立的女儿的腹部日渐隆起，身体日益发福，内心有一种说不出的酸楚，真想控制她的饮食而令她保持原本的亭亭玉立。可一想到她体内有个小生命，我便使出浑身的解数变着花样给她做着吃，做着喝，给她与腹中的胎儿增加营养。可见，我疼爱那个尚在女儿腹中的胎儿已超越了疼爱自己的女儿。

源于工作性质，女儿怀孕之后便开始休假。这期间，她隔三岔五地回娘家小住，一住就是十天半个月，填补了平时因工作忙而不能回娘家居住的缺憾。这期间，我仿若穿越了时空，回到了当初我们三口之家的快乐时光。

如今，女儿已经历了她人生的两大喜事——结婚与生子。两大喜事来临时，我都哭得稀里哗啦，汩汩流淌的泪水湿透了她的两大喜事。她一出生我就盼着她长大，长大后又盼着她结婚。可等到她结婚的时候，我却感觉我最钟爱的价值连城的宝贝仿若一下子要被人抢走了似的，正如别人所说的那样——二十多年辛辛苦苦地养大了一盆花，却被一个叫作女婿的人连盆带花一起端走了。那种心疼、不舍与失落敲打着我疼痛的神经。尽管我一再努力地克制自己，可不听话的泪水却越蓄越多，把眼眶撑得饱满而疼痛，最终还是冲闸而出，浸透了女儿婚礼的全过程。

女儿结婚后，我又滋生出一种新的盼望——期盼她生个孩子。盼到她临盆的那一天，当她被推进手术室、产房那道冰冷而厚重的铁门把我们娘俩隔离开的那一刻起，我感觉我的世界仿若要坍塌了一样岌岌可危。她在门里躺着，我在门外站着；她在门里生孩子，我在门外受煎熬；她在门里忍受着手术刀的剖宫之痛，我在门外经历着万箭穿心的痛楚；她在门里流血，我在门外流泪……如果能够代替，我情愿那个剖宫产的人是我，而不是我的女儿。

在我们拭目以待的期盼与煎熬里，产房门终于闪开了一道缝儿，白衣天使抱出了一个新生儿——我的大外孙盛开。他全身粉红，瘦瘦的，头发乌黑，皮包着骨头，紧闭着双眼，两只小手握着拳头，举放在头的两侧，两条弯曲着的小腿保持着在母腹里的姿势，隔着薄薄的包被清晰可辨……这个医生嘴里的“很好看的小男孩”，还未等我们看清他是像父亲还是像母亲，就被医生抱回了产房。

女儿在历经了一场大劫难之后，就多了一个称谓——母亲，同时也多了一份沉甸甸的责任与义务。看着被活动病床推出产房的女儿，我的心里有一种说不出的心疼与痛楚。从产房到病房的路上，我的目光始终都在女儿的身上与脸上游移，却忽略了那个安静地躺着她身边的新生儿。还是女儿对我用手指了指她的儿子，我才注意到她身边躺着一个小小的婴儿。那时，他正安静地躺在母亲的身边，乖乖地安静地躺着，不哭，也不闹，更不跟母亲争抢亲人的眼球。或许那个小人儿知道母亲为了生他而经历了一场生死浩劫，便知趣地安安静静地让母亲休息，令外祖父母不会因心疼女儿而迁怒于他。

医生第一次去查房的时候，说起盛开在产房里让人难以置信的趣事。他刚从母腹里剖出来就哇哇地哭着往手术台上撒了一泡尿。于是，医生便指着他命令道：“你也不睁开眼睛看看妈妈还在做手术，别哭了！停！”随着那一个“停”字的应声落地，那个还未来得及睁开眼睛看世界的小小新生儿就像能听懂了医生的话似的，立马收住了哭声的尾音，不再啼哭，投入角色似的配合着医生给他做首次体检——量身高、称体重、量血压、测心跳、查看身体外观等。

刚刚来到世上的小盛开和其他新生儿一样，胆子特别小，外界稍有响动，他便吓得猛然一惊；像还未倒过时差一样，常常白天睡觉，晚上哭闹；又像是和母亲前世有仇似的，不吃母乳，只认奶瓶。也许他本身就是个懒小孩，不想费力吮吸母亲的奶头，也许因为他还不适应外界的环境吧。

盛开出生的第 12 天，我住下来照顾他和女儿，一住就是十多天。我与盛开有了第一次长时间的接触。那段时间，鉴于月嫂只上白天班，她在白天做饭、休息的时候以及晚上的时间，给盛开冲奶粉、喂奶粉、换尿不湿、洗澡、洗刷新生儿用品、照顾女儿……伺候她们娘俩就成了我的工作，我忙得不亦乐乎。虽然很累，但是很充实，也很快乐。这种累并快乐的生活，让我乐此不疲，感觉浑身有用不完的劲。那段时间，我感觉世上所有的喧嚣与纷争都与我无关，我仅仅是一个母亲，一个外祖母……怡然自得地陶醉在一种纯粹的天伦之乐里，悠悠然、欣欣然地幸福着自己的幸福，快乐着自己的快乐。

盛开出生十多天的时候就会咧着小嘴笑了。他笑的时候，左腮边有个小酒窝，就如同有一朵小花在他腮边绽放，煞是好看。他哭闹的时候，竖着抱起他，他就停止哭闹。每当这么抱他的时候，大概是出于本能的安全意识而自我保护吧，他会用小手紧紧抓住大人的衣服；他睡觉的时候，总是握着两只小手，举在头的两侧，偶尔还会跷起二郎腿，那副悠然自得的样子，让人看了忍俊不禁。

在盛开的新生儿期，我曾多次拿出黑白卡片教他认知，他很专注地看着图片，像是很感兴趣。当我拿出一张小汽车的图片告诉他是汽车的时候，他显得异常兴奋，开始咧着小嘴笑得手舞足蹈。当时我就在想，长大了一准儿是个喜欢汽车的主儿，就像他爸爸那样。

在盛开一个半月的时候，女儿试着把他放在婴儿脚踏钢琴健身架里。开始的时候，我们先是拉着他的小脚丫踏钢琴的琴键。他的小脚丫一接触琴键，音乐就响起来，他像是很兴奋。他哭闹的时候，小脚丫无意识地踢在琴键上，当音乐响起来的时候，他就会停止哭闹。随着他自己无意识的踢腾与大人们对他的训练，他像是对脚踏钢琴健身架发生了浓厚的兴趣，蹬踏钢琴架的技术也越来越娴熟。当两个半月的时候，他蹬踏钢琴架的动作与技术已经游刃有余。看着他在那个钢琴架的小花毯上，两条粗壮的小腿随着音乐的节奏，一前一后地交替着不停地踩踏，与此同时，两只藕节般圆润的小胳膊在空中有节奏地舞动着，小脸像乐开了的花一样，美美地陶醉在自己的世界里。那手舞足蹈的画面与纯粹的笑声，令我欣然陶醉，并在我心底开出花来，铺设成今生最美的风景。

花草、树木、庄稼、动物、人等世间的万物生灵都有自己的生长规律，每到一个季节或是一个时期，都有其一定的发展规律。譬如“三翻六坐八爬爬，十个月的娃娃喊大大”，讲述的是婴儿的生长发育规律。“三翻”是指三个月的婴儿会翻身，“六坐”是指六个月的婴儿能坐起来，“八爬爬”是指八个月的婴儿会爬行，“十个月的娃娃喊大大”是指十个月的婴儿会喊爸爸，会说简单的话语。

盛开在三个月体检时，虽然医生给出的身体发育指标是：三个月的他有着六个月孩子的身高，五个月孩子的体重。他在不到三个月的时候就能很利索地翻过身子，可头却翻不过去。有时候他自己急得直哭，依然还是不能将头翻过去。那段时间，她们娘俩正住在我们家里，每当看到这种情形，我就用手轻轻地托一下他的头，哪怕是很轻很轻的一托，他就能悠然地翻过来。只要能翻过身来，哪怕是已哭得满脸泪痕，小家伙瞬间就会破涕为笑，露出左腮的小酒窝，咿咿呀呀地用我听不懂的语言和我交流。

有一次，他又翻过去身子而头依然没翻过去。那时，我和女儿就坐在他的旁边，他侧着头，头与身子几乎折成了 90 度，嬉笑着咿咿呀呀地与我搭讪。“这次不帮了，你妈妈小时候我就告诉她：自己的事情自己做！你也一样——自己的事情自己做！”可小家伙依旧讨好般地咿咿呀呀地和我说着，小眼睛里满是乞求，仿若再说：姥姥，您就帮帮我吧！最后一次！看着他那既可爱又可怜的样子，嘴里说着不帮，可我还是轻轻托了一下他的头，他就悠然翻过身来。翻过来之后，他高高地仰起头，双肘着床，两只胖乎乎的小手捧在胸前，开心地对着我嬉笑着，口水都流出来了，咿咿呀呀地说个不停，尽管听不懂，但是我能会意。那副可爱的小模样，仿若是捧了双手给我行大礼，嘴里也像是不停地说：谢谢姥姥！谢谢姥姥！

在盛开三个月零几天的一天下午，他还是翻过了身子翻不过头，左顾右盼地寻找亲人帮忙，结果大家都不在他身边或者离他还有点距离，他急得猛然一挺头，自己一下子就翻了过来，立马笑了起来，笑得口水直流。万事开头难，有了第一次，从此一发不可收拾。那段时间，就连睡着了，他在梦里都练习翻身。如果有陌生人来访，他就像表演似的练习翻身，翻过身来就笑，对着身边的人咿咿呀呀地津津乐道，赢得几句夸赞，小家伙更是眉开眼笑，甚至流着口水笑出声来。

最爱看盛开笑的样子，笑得那么自然，那么纯净，自然得没有一丝粉饰与伪装，纯净得一如一汪碧水般晶莹剔透，腮边那醉人的小酒窝里盛满了亲人们百读不厌的欢愉与幸福。望着他那可爱的模样，不知不觉里，我泪湿了双眼。泪眼迷蒙中，小盛开像一朵花，一如他的名字那般盛开在我的生命里。

第四辑

等风来，不如追风去

清冷的月光洒在大地上，寒风一阵接着一阵吹过，冻僵的树枝在空中相互碰撞着，发出咔咔的声音，搅碎了夜的宁静。

没有父亲的父亲节

是丈夫的电话，让我想起了今天是父亲节，也想起了父亲。

挂断电话，我忽然想发条微信来感慨一下被我遗忘的父亲节。我来来回回地摆弄着手机，却不知道该将微信发给谁——我的父亲已经去世 31 年了，我怎样才能将微信发给他？他又怎么才能收到我的祝福？我暗自思忖着，不由得潸然泪下。

我来来回回地摩挲着手机，内心五味杂陈。沉默良久，我蓦然间迅速按动键盘："今天是父亲节，父亲养育了我们，却收不到我们的贺礼与祝福……"我把微信发给了弟弟。

"远在天堂的父亲会感受到我们的祝福，也会保佑我们的！"弟弟很快回复。

说起父亲，我旋即想到了童年。父亲是村支书，他的办公室在我们学校院内，离家有一公里的路程。每天上学、放学，来回都是父亲骑着自行车带着我。这在当时令小伙伴们十分羡慕，让我的虚荣心在一定程度上得到了满足。小伙伴们都愿意和我交朋友，偶尔还可以坐一下父亲的自行车。那时候，父亲的自行车铃声仿若是世间最美的音乐，涂抹了岁月的苍凉。

我从小就生活在一个家规甚严的家庭。父亲定下的家规，身为子女的我们都必须无条件地遵守——我们的行为他要规范，我们的行动他要限制，我们的考卷他要审阅。他要审阅考卷，成绩优异的我自然不怕。可他的那些家规却一如樊笼，令我们“窒息”。记得初一时的一个星期天，几个同学约我去城里照相。父亲却横加阻拦，说等他有时间亲自带我去照相，再领我在城里玩一天，并答应给我给买好吃的、好玩的东西。我却感觉自己在同学那里丢了面子，委屈得哭了大半夜。最终，他还是没有拗过我，千叮咛万嘱咐之后，才极不情愿地给我放了行。结果那天照的照片，我的眼睛肿得像铃铛似的，便是我反抗的最好佐证。

我要出去找同学玩，母亲答应之后，还必须再经过父亲的审批。即使通过了他的审批，也必须在他规定的时间之内返回，要想在同学家留宿，那是绝对不可能的。当时，我对父亲的那些家规可谓是深恶痛绝，却又敢怒不敢言，只得逆来顺受地遵守，不敢越雷池半步。如今，我身为人母，终于理解了那是一个父亲对女儿的高度负责与无私呵护。

我从小就跟随祖父母生活，为此，父亲对我总有一种无法弥补的歉疚。我小时候，经济还相当落后，物质也相当匮乏，即使过年也买不了多少肉。记得我六岁那年的春节前夕，家里煮好肉已经很晚了，姊妹们都睡了，父亲悄悄把我从睡梦里拉起来，从祖父母家把我领回家里，给了我一块巴掌大的热乎乎的肉。我捧着那块肉，狼吞虎咽地吃起来。偶然抬头，却发现父亲没有吃，正爱怜地看着我，并嘱咐我要细嚼慢咽。现在想起来，或许他是舍不得吃吧。他那温暖的神情，慈爱的目光，成为我记忆里最美的风景，令我终生难忘。

“好吃吗？”父亲轻声问道。

“好吃！”我津津有味地嚼着肉，头也不抬地回应着父亲，风卷残云般地吃完了那块肉。

“还吃吗？”父亲抚摸着我的头轻声问。

“吃！”我脱口而出，恨不得将锅里的肉一下子都吃进肚子里。

记得是母亲说小孩子吃多了消化不了，可父亲又给了我一小块瘦肉，等我吃完之后，他牵起我的手向大门外走去……

乡村的冬夜，漆黑而寒冷。那种黑是一种不掺杂任何杂色的纯粹的黑。清冷的月光洒在大地上，寒风一阵接着一阵吹过，冻僵的树枝在空中相互碰撞着，发出咔咔的声音，搅碎了夜的宁静。浓浓的年味在空气中氤氲弥漫，织成一幅无边的网，把乡村的夜笼罩起来。

我边回味着肉香，边望着清冷的月光下那大手牵小手的影子出神，父亲语重心长地对我说：“你好好学习，等你考上大学，毕业了有了工资，就可以天天吃肉了。”

就为父亲的那句话，我学习一直很用功。如今实现了天天都能吃肉的梦想，可我却再也吃不到那天晚上父亲给吃的那样美味、那样好吃的肉了。

当年，升学是农村的孩子跳出农门的唯一途径。1987 年的那个夏天，当我把师范学校录取通知书捧给父亲的时候，他像中了六合彩一样欣喜若狂，逢人便炫耀，那份发自内心的喜悦令他眉飞色舞。

记得我师范入学的那天，父亲起了个大早，穿戴一新之后，沿着村里的大街小巷走了一圈，逢人便说："我闺女考上师范了，我今天去送她。"他把"师范"两个字咬得重重的，大有炫耀之意。或许在他心里，师范学校是个比皇宫还要好、还要适合女儿生活的好地方。他想让全村人都知道，他的女儿出息了。有人说，你闺女以后就"吃国粮"了，他更是乐得合不拢嘴。

我入学的那个秋天，天还不高，气还不爽，秋老虎还在疯狂肆虐。父亲扛着装满我的衣服、被褥、用品等的大行李包，送我去师范学校报到。行李包背在父亲的背上，他起路来一颤一颤地拍打着他的臀与腿。当我问他是否热与累时，他一边顺手抹着脸上的汗，一边满心欢喜地望着我说："送闺女去报到，这是多开心的事啊！再热也不感觉热，再累也不感觉累！"

办完入学手续已是下午一点多了，两个高年级的老乡在学校食堂给我们父女俩买了两份饭菜。我很快就把自己那份饭菜吃完了。

"我再给你一些，吃饱！"父亲爱怜地望着我，压低了声音对我说。那温暖的神情与语调至今都清晰如昨。

当父亲帮我铺好床，把饭票交给我，说他要返程回家的时候，我的眼泪蓦然就涌了出来。父亲用他那粗糙的大手为我拭去泪花，抚摸着我的头，又安慰了我一番，便匆匆地走了……

望着父亲渐行渐远的身影，我的鼻子又一次蓦然一酸，眼泪像断了线的珍珠一样，一颗跟着一颗地滑落，啪嗒啪嗒地滴落在松软的土地上，溅起满地的尘埃。做梦也没有想到，那是父亲第一次也是最后一次送我到学校。

刚上师范学校的那段时间，每一次回家，父亲都亲自接我送我。我返程的车还没到站，他就等在了那里。车门一打开，父亲就伸出大手像呵护婴儿一样把我扶下车，然后用自行车带着我回家。他一路的嘘寒问暖，温暖了我的似水流年；送我时，他又双手把我扶上车，目送载着我远去的汽车没了踪影，才肯离去；那段时间，接我、送我仿若是他的“专利”，他不允许任何人“侵权”。那一幕幕情形，构成我生命里温暖的底色。

记得那是 1988 年清明节前两天，大约是星期六，我从学校回家，父亲在接我的路上说他身体不太舒服。我要陪他去医院检查，他却忌讳时值清明节前夕，便没有去。

我返校后思来想去，感觉父亲的气色不对，便给他写了一封长信，劝他务必抓紧时间去医院查体。听母亲说，父亲看了我的信，说我长大了。直到父亲去世，他床头都放着我写给他的几封信。有人去看他，他便拿出来炫耀，夸他的女儿既懂事又文采飞扬。倘若有人能附和几句，他即便忍着病痛，也会喜上眉梢。熟悉他的人常常在他情绪低落的时候夸奖我，以调节他的情绪。

两周之后，我再次回家，父亲却没有如约接我。我很纳闷，回到家里，依然没见父亲的身影；傍晚时分，父亲还没有回家。我多次向母亲问起父亲，母亲总是躲躲闪闪地说父亲在城里帮朋友照顾生意。

父亲是村支书，家里有十几亩责任田，还有生意，他怎么可能走得开呢？在我的再三追问下，母亲哭了。她告诉我：父亲患了食道癌，已住进了医院，怕影响我的学业，特意嘱咐家人瞒着我。

在那之前，我从未听说过“食道癌”这个医学名词，也不知道这种病的严重性。可当“食道癌”三个字从母亲的嘴里说出的时候，我感觉它就像洪水猛兽一样凶猛，瞬间击垮了我所有的神经。我当时就失声大哭，和母亲相拥哭作一团。

第二天一早，我便去了医院。才半个月不见，父亲就苍老了很多，也消瘦了很多。中午，父亲问我想吃什么。我知道只要我说出来，父亲就会给我买。可那时，平时像馋猫一样的我却什么都不想吃。那天，父亲点了我喜欢吃的猪肉大葱馅的水饺，我却一点儿胃口都没有，不知道自己是怎么吃下去的，更不知道那碗水饺的滋味。

“小二（父亲对我的昵称），你也看到了，我吃了一大碗水饺，根本不是食道癌，可能是医生误诊了，我住院观察几天，没事就可以回家了，你千万别放在心上，农村的孩子能考上学不容易，你到学校好好学习就是对我最好的孝顺，千万可别荒废了学业！”父亲挤出苦涩的微笑，安慰着我。三十多年过去了，父亲那佯装狼吞虎咽吃饺子的情形，依然一如催泪弹一样，随时都能催得我泪流成河。

春风吹散了冬日的眷恋，却也扬起了漫天风沙。记得在外出吃饭后回医院的路上，一粒沙子吹进了父亲的眼里。他揉了好久，都无济于事，就让我帮他擦拭。在大街上与父亲对面而立，帮他擦眼睛，当时的我还有点儿难为情。可是，如今的我哪里还有与父亲相处的机会呢？

五一长假回来，我直奔医院。一进病房门，我就懵了：几天前还身材魁梧的父亲躺在病床上，戴着呼吸机，鼻子上、嘴里、身上插满了大大小小的管子。那些本该置于墙角的软巴巴的管子，此时在父亲体液的作用下，像是有了魔性一样，狂悖无道地缠绕在父亲的身上，肆无忌惮地对他为所欲为……望着那一幕，我禁不住失声大哭起来。

“擦干眼泪！不许哭！你爸的手术还没有度过危险期！”平素一向和蔼可亲的堂二爷一把将我从病房里拽了出来，厉声命令我道。

面对二爷的威严，我瞬间止住了哭声，却止不住奔涌的泪水。过了片刻，大表哥从病房里走了出来，他说父亲让我进病房，我知道父亲怕我在外面哭。

我擦干眼泪，走进了病房。此时的父亲，眼里早已蓄满了泪水。我侧身为他拭去泪水，却不敢正视他，我怕不听话的泪水一不小心就泛滥成灾。

“小二……我……打听……过了，得了……这种……病……动过……手术，还有人……活了……十来年……呢……”父亲用微弱的声音断断续续地安慰着我。

十来年？这么短暂？！我内心震撼得无以承受，却不敢接应父亲的话，顺手从旁边拿起一本杂志，佯装很认真地看起来，可我什么都没看见，只想用那本杂志掩饰在眼眶里打着转儿又撑得眼眶疼痛的眼泪，想把它硬生生地逼回去。

那年暑假，我心无旁骛地伺候病中的父亲——父亲的病号饭我做，父亲的衣服我洗，我帮父亲洗头、刮胡子，陪他说话，陪他散步，骑自行车带他去赶集……

父亲凝视着我给他做的六双纯棉布鞋垫，蓦然间泪水就溢了出来，他不由自主地摇着头。我一时不知如何是好，就忙说等冬天的时候给他买一双好皮靴。没想到，我的话反倒触痛了父亲内心深处的柔软，他沉默了好久，含着泪说："我等不到了！"

"谁家的父亲不是领着一家老少好好往前过，您咋能这么没有责任心？"闻听父亲的话，我不由得顿然泪奔，竟然毫不客气地责怪起他来。

"傻孩子，我比谁都有责任心，可生命由不得我！"父亲流着眼泪哀叹。

为祈求父亲康复，我们村和邻村的一些好心人，联动百家，自发地叠了十万个元宝来祈祷父亲身体康复。记得烧元宝的那个烈日当头的三伏天的正午，十万个金晃晃的元宝在院子里堆积如山，元宝燃烧的熊熊火光映照着长跪在烈日下挥汗如雨的我和妹妹，夏风吹得纸元宝的灰烬漫天飞舞，一如灰蝴蝶满院随风舞蹈……

我们的做法虽然很迷信，但是它折射了乡邻们对父亲的眷恋，也见证了女儿对父亲攀辕卧辙的挽留之情。祈愿我们的虔诚能够撼动上苍，祈求父亲得以康复！

两个月的假期很快就过去了。我开学那天，几个邻居怕我的离开会引起父亲的伤感，一大早就到我家陪父亲聊天，可父亲却一直哭。他哭，我也偷着哭。父亲知道自己的病情，他怕我开学一走就会成为我们父女的永别。

我对父亲说，我可以请假或者休学陪着他，可他却坚持让我非走不可。

我开学之后，父亲的身体一天不如一天，没几天就不能起床了。每当想到这些，我就后悔莫及。也许我不离开他，他可能就会多撑些时日。

又过了一个星期，我回家看望父亲时，萧瑟的秋风，已吹凉了光阴。我告诉父亲，我想给他织一件毛衣，他却说他穿不多，不要了。父亲的暗示，我们彼此都很明白。可我想，哪怕他能穿一下，也算我这个前世的小情人亲手为他织过毛衣，不至于终生遗憾。

返校的当天，我就买了毛线，没日没夜地为父亲赶织毛衣——课间十分钟里织，自习课上偷着织，晚自习结束后继续织……几个热心的同学提出帮忙，都被我婉言谢绝了。我知道那是我第一次也是最后一次为父亲织毛衣。我织着哭着，哭着织着……针针线线都编织着我对父亲的挚爱与眷恋。仅仅四天，我就为父亲织了一件黑色的开身提花毛衣。

父亲穿上我给他织的毛衣，热泪盈眶。第二天，父亲去医院复查，而我要返校，我们一路同行。父亲躺在机动三轮车上，一路上，曾几次扯着毛衣袖子看。我知道，父亲喜欢那件毛衣，但更多的是对生命与红尘的眷恋，是对父母、对妻子、对儿女不能长情的遗憾。不一会儿，他就用手绢盖住了脸——父亲哭了，我也转过身去，不听话的泪水奔流成河……父亲没有生病之前，是个从未流过一滴泪的硬汉，是病魔与留恋把他折磨得泪眼婆娑。

阳光从窗户照射进来，照在床沿上，反射着苍凉的寒光，父亲蜷缩在床上，曾经魁梧的身躯已经萎缩成一片枯叶，暗黄的脸上，梦一般虚幻。时间仿若水滴一样，声声催促。最后的时刻，他凝视的目光掠过每一位亲人的脸，眼里的眷顾之光，逐渐遁入黯淡。他睁着眼睛咽下最后一口气，走完了他 43 岁的人生历程——上有七旬父母，下有五个没有长大的孩子，中间有个不会操心的妻子，他怎么能闭上双眼呢？

父亲临终前，我们都守候在他的床前。就在他咽下最后一口气之前，他猛然用力打了我一拳——那是父亲第一次也是最后一次打我。老人们都说，他是怕我悲伤而故意不给我留念想的。

在那个暗无天日的夜晚，我们长跪在父亲的遗体前，哭着、喊着、摇着、晃着……任凭我们千呼万唤，父亲都不再回应；他虽然睁着双眼，却看不到悲切的亲人！我们歇斯底里的哭声，冲破了夜空，回荡在秋风里……

父亲走了，他不用再操劳，却付出了与亲人生死永隔的代价；父亲走了，荒野里多了一座坟茔，却留给我们望眼欲穿的思念；父亲走了，再也不用面对生活的艰辛，却让我们失去了他这棵大树的庇护；父亲走了，他还没有看到他的子女们长大，却给子女们留下了不能尽孝的遗憾……

在这个没有父亲的父亲节，我的浓浓的祝福化作长流的泪水，浸湿了纸笺，浸透了光阴，不知道天堂的父亲能否感应到？

父亲的宝石花牌手表

冬夜沉寂而漫长，失眠的我躺在床上，焦躁地躺在床上，闭目数着数字催眠。然而，时钟指针走动的咔嚓声不停地敲击着我不眠的神经，我感觉那声音仿若来自三十多年前父亲那块宝石花牌手表的指针，穿越了时空……

时光飞逝，转眼间，父亲已经去世三十多年了，可他的音容笑貌以及他的宝石花牌手表，仿佛还在我的眼前。

那块宝石花牌手表，表盘外壳和表链都是闪亮的镀银金属，表盘上均匀地刻有 12 个银色的时间刻度，其中每两个连续的刻度中间，都有四个刻度，把 12 个格都均匀地做了五等分。12 个时刻标示和三个指针上都带有浅绿色的夜光体，即使在伸手不见五指的黑夜，也能看清楚时间。在 12 点刻度的下方有一个精美的宝石花标志。表盘是晶莹剔透的水晶面，中间稍微凸起，闪闪熠熠，光彩照人。那块手表的大气、精致、豪华，让人无不钦佩设计者的独具匠心。

在我的记忆里，每当看到父亲抬起左手手腕低头看手表的那刻，就感觉父亲的那个动作特帅、特酷、特男人。当时，我觉得父亲是世上最伟大的男人。

“女儿是父亲前世的小情人。”虽然，我不赞成这种“玷污”血缘的说法，但是并不排斥女性对异性的欣赏和依恋最初就是来自对父亲的赏识和崇拜。正如我女儿四岁的时候，说她那当时穿着风衣的瘦而高的父亲像毛主席一样，虽然女儿这个天真的比喻让我们好笑地重提了好多年，它却诠释了一个女儿对父亲的敬仰与爱戴。

我小的时候，家里没有石英钟，一家人全靠着父亲的手表来掌握时间。白天，父亲把手表戴在手腕上；晚上，他把手表摘下来给我，让我晚上写作业以及第二天早晨起床上学时掌握时间。自从有了这块宝石花牌手表，浓浓的父爱就潜藏在这摘戴手表的动作里，而且演变成了一种日常习惯，天天如此，从不间断，即便父亲有事出门，也会把手表留给我。就这样，他把这种习惯一直延续到我读初三时，父亲给我买了第一块女士手表。我是父亲的五个孩子当中唯一一个享受此等待遇的孩子。

回首学生时代，晚上写作业时，尽管有父亲的宝石花手表的陪伴，但我还是时常写着写着就伏在书桌上睡着了。每天清晨，尽管父母喊破喉咙，我依然还是起不来床。缘于这种情况，父亲把我的书桌挪到了父母的卧室，即便他躺在床上也能看清我的一举一动。后来又把我的床从西屋挪到了和父母的卧室仅一间客厅之隔的堂屋西间。这样，我又成了五个孩子当中，唯一和他们同住堂屋的孩子。

我自幼就有早晚用冷水洗脸的习惯。那时候，我常常从压水井里压出半盆井温凉水，不用盆架，直接端到堂屋客厅里的小餐桌上，连续两三次用香皂搓洗。晚上的洗脸水到第二天早晨洗脸时才匆匆倒掉，早晨的洗脸水常常来不及倒掉，更来不及收拾被洗脸水溅湿的餐桌，就匆匆忙忙地上学去了。每天的这一切都是父亲默默地替我收拾残局。尽管母亲多次告诫我让父亲倒洗脸水“有罪”，但我总是听而不闻。每当这时，父亲总是乐呵呵地站出来替我打圆场：“孩子时间紧，哪有那么多规矩？等我老了，俺闺女给我连端带倒洗脸水，外加洗脚水不就没罪了？”当时我是父亲的五个孩子当中唯一一个让他倒洗脸水的。

或许，正是因为我在父亲那里享受了太多“唯一”的优厚待遇，以及来自那块宝石花牌手表凝聚的浓浓父爱，才走出了祖祖辈辈生活的偏僻农村，成就了今日身为国家公务员而在城市高大上的办公大楼里上班的我。

记得还有一次，父亲喊我起来上学。我起床后看了一下手表，时针才指向四点的位置，我以为头一天晚上酗酒的父亲还未醒酒，喊我起床太早了。我到西屋推自行车时，看到去姥姥家的姐姐床上的被子叠得整整齐齐的，我便拉开被子想稍睡一会儿再走，哪里知道这一睡就睡过了头。

父亲看到其他孩子都放学回家来了，左等右等都不见我回来，出门接了几次，还是不见我的踪影，父亲焦急地准备到学校去接我。当他匆匆忙忙地到西屋去推自行车的时候，却发现我正躺在姐姐的床上酣然大睡。

被父亲喊醒后，我却张嘴大哭。我是个好学生，从没有过无故旷课的先例。无论父亲怎样哄劝，我都痛哭不止。父亲听我说明了原因，自责自己喝多了酒，忘记给手表上弦，导致手表的指针停止走动，从而耽误了我上学。后来父亲把我送到学校，还帮我向老师请了假。为把年少时的虚荣和自尊完好地留给我，父亲把所有的责任都揽到自己身上。在以后的日子里，无论什么情况，父亲再也没有忘记给手表上弦。

1988 年秋天，身患癌症的父亲在与病魔搏斗了五个多月之后，他预感到自己的生命走到了尽头。就在他去世的前一天，他才摘下了自己钟爱的宝石花牌手表，留下遗言要这把表留给他最小的儿子——我的小弟弟。

那年 10 月 18 日晚上 10 点 18 分，父亲走完了他 43 的生命历程。我永远都忘不了那一幕，当为父亲穿寿衣的三爷爷征求我们的意见，是否让父亲带走那块宝石花牌手表的时候，我们姊妹都希望按照父亲的遗言，坚持把手表留给小弟弟，与母亲非让父亲带走那块宝石花手表的决定对峙。最终，母亲拗不过我们，遵从父亲的遗愿，留下了他钟爱一生的宝石花牌手表，空着手腕走了。

尽管怀着深深的遗憾和歉疚，在冥节的时候多次给父亲焚烧了冥制品的手表，可还是时常梦见父亲因为没有手表而误事的场景。每当想起当初的决定，无法弥补的遗憾就击痛我敏感的神经，让我的心阵阵战栗着撕裂般地疼痛。我常想，即使现在能用千足黄金打造一块金表，它又怎么才能戴到父亲的手腕上？同时，我也因背负着不能替父亲倒洗脸水和洗脚水的沉重“十字架”而踯躅，为“子欲养而亲不待”的遗憾而伤痛终生！

咔嚓，咔嚓……石英钟的脚步在不停地行走，搅碎了夜的宁静，赶走了我的睡眠，让我的思绪在父亲和他的那块宝石花牌手表的记忆里徘徊，父爱的温暖驱逐了冬夜的严寒……

那坛尘封的老酒

走上公交车，一位熟悉而陌生的老人独入眼帘。他看上去精神矍铄，容光焕发。仅仅那一眼，第六感觉就告诉我：他与父亲有关。

我在老人前面的空位子上坐了下来，保持着端坐的姿势。“站有站相，坐有坐相”是父亲给我们立下的规矩。那时候，如若犯规，轻者会招致父亲一袭严厉目光的审视，重者则会引来他一顿劈头盖脸的训斥，乃至拳脚相加。在家规甚严的环境里长大，自然会在父母设计的模式里成长。

我没有主动与陌生人搭话的习惯。坐下来之后便目视前方，可内心深处的另一个我却跃跃欲试地非要让父亲从老人的嘴里走出来，来刷新我的记忆，让我枯萎的灵魂再重浴一下父爱的阳光雨露。两个“我”经过好一阵唇枪舌剑的争辩之后，最终还是内心深处的那个我打败了本真的我，她霸道地强行令我微笑着扭过头，彬彬有礼地向老人打招呼道：“您好！您是不是在原来的马岭岗公社（镇政府）工作过？”

“是啊！”老人给我一个肯定的回答的同时，诧异地凝望了我片刻后问道，“你是马岭岗镇哪个村子的？”

当我说出了村名之后，老人随口就说出了我父亲的乳名。父亲在世的时候，他的学名很少有人知道，可他的乳名在当地即便说不上是家喻户晓、尽人皆知，却也是响当当的，可谓是小有名气了。

当我说出我与父亲的父女关系之后，老人随即说出了我三个舅舅的名字。看来，他不仅和父亲有关，而且还对我的家庭情况了如指掌。听着老人滔滔不绝地讲着他与父亲的过往，我深感欣慰的同时，也得意于第六感觉的神奇。

交谈中，我得知老人姓骆，今年80岁，三十多年前，在我们村所在的管区任管区书记，和当时任大队（行政村）支部书记的父亲因工作关系交往频繁，经常出入我家。三十多年的光阴匆匆而过，时间的流水冲淡了我的记忆，父亲以及与之有关的红尘过往仿若一个背影，在时光的长廊里越走越远，也越来越模糊。我真怕父亲的音容笑貌与红尘过往会随着岁月的苍老而日渐黯淡，故而，我总想抓住每一个与父亲有关的机会，在记忆的深潭里打捞日渐下沉的记忆，让他在我的记忆里历久弥新。

老人说他比父亲大八岁。我这才恍惚记起当时我和姊妹们都喊他骆大爷。望着80岁高龄的骆大爷，内心不免五味杂陈。他依然身板硬朗，老当益壮，而我的父亲比他小八岁，却已经过世三十多年了。我臆想着给父亲虚拟地嫁接上三十多年的光阴，他如今也不过72岁，尚处在联合国世界卫生组织提出的新的年龄划分阶段的老年人的初期阶段。每每想到父亲的英年早逝，我的心里便会撕心裂肺般地疼痛。

“望子成龙、盼女成凤”是父亲终生的愿望。虽然他的儿子没有成龙，女儿也没有成凤，但是如果他能看到孩子们都已成家立业，过上了平实的幸福生活，我想，如果他还健在，就是做梦也会笑醒的。如果他能亲眼看到如今身为某机关单位公务员的我，事业上虽然算不上成绩突出，却也令不少人羡慕不已；同时，又在业余写作道路上崭露头角——中国作家协会会员，山东省作家协会散文创作委员会会员，第八届冰心散文奖获得者等。在国内外各级报刊上发表作品百余万字，出版发行散文集五部……如果父亲还健在的话，我想象不出父亲会怎样拿着高倍放大镜来放大我这微不足道的成绩？但是我敢肯定，他会心花怒放、神采飞扬地拿着我的书到处炫耀……

我常常想努力地虚拟出一个年迈的父亲来慰藉我落寞的灵魂，总想借助暮年的老祖父的形象来勾画一个老态龙钟的父亲，可无论我怎样努力地想象都想象不出父亲苍老的模样。毕竟他去世时才 43 岁，比现在的我还年轻。定格在我们记忆中的他是一个年轻的父亲。三十多年的光阴，对于常人来说，或许是白驹过隙，或许是弹指一挥间，可对我们一家人来说，与父亲之间隔着生与死的三十多年的光阴实在是太漫长太漫长了，仿若是一个世纪又一个世纪地叠加在了一起。

骆大爷刚刚打开他那坛尘封的有关父亲记忆的老酒，便到站要下车了。遗憾地与他挥手告别，望着他愈走愈远的背影，我的眼睛湿润了。泪光里，父亲仿若复活了一般，一如三十多年前的模样，与骆大爷一起肩并肩地远去，他们渐去渐远的背影缓缓消失在秋风里……

依依不舍地收回视线，挺身端坐，目视前方，可眼泪却止不住地流淌。模糊的泪光里，那个消失在秋风里的父亲的背影，仿若又以风的速度重返到我的眼前，继而又以光的速度把我带回了故乡。那些曾经的红尘过往又一次浮现在我的眼前。

小时候，我幼稚地认为父亲是村支部书记，就是干部身份。在好长一段时间里，我都混淆了这个概念。不止我这样认为，我身边几个身为村干部子女的同学也都与我一样，稀里糊涂地混淆概念。直到读初中时加入中国共产主义青年团，在填写入团志愿书时，班主任老师讲解填表说明，讲到家庭主要成员的职业身份一栏时，他说不管是大队干部的子女，还是一般老百姓的子女，都要将父母的身份填写为农民。当时，我怎么都弄不明白，自己的父亲明明是“领导干部”，为什么非要填写成农民？这个问题就像一团迷雾一样，纠结着我的成长。如今看来，简直就是小儿科的常识，可当时却迷茫至极。

在我的记忆里，父亲的高大形象源自他的“无所不能”。

“爹，您给我买个铅笔盒行不？”在那个物资匮乏的年代，我们的书包是母亲用粗布缝制的，铅笔和橡皮等文具直接与书和本子一起装进书包里，能侥幸从卫生室讨来一个盛放过针剂的空盒子盛放文具，不知道是多少孩子梦寐以求的愿望。自从见到从黑龙江回来的表妹用的铅笔盒之后，铅笔盒就像一个带着无穷魔力的魔盒一样，令我魂牵梦绕。可看看周围的同学都没有铅笔盒之类的“奢饰品”，我也将那遥不可及的奢望压在心底，尽力地一压再压，可无论我怎么压制，它都像雨后的春笋一样在我心里疯长。我曾好几次在父亲面前欲言又止，最终还是忍不住向父亲开了口。

“行！我明天去公社开完会就到新华书店给你买！”没想到我迂回

曲折的愿望，父亲竟然答应得如此爽快。

第二天上午放学后，我刚走进胡同，身后便传来一阵愈来愈清脆的自行车铃声。它告诉我是父亲回来了——在那个年代，我们村子里的自行车少得屈指可数。当我转过身来的时候，父亲双手握闸、单脚点地，将自行车稳稳地停在了我的面前。我还未站稳脚跟，父亲就从车把上挂着的黑皮包里掏出一个精致的铁质铅笔盒。望着那个梦寐以求的铅笔盒，当时的我简直不敢相信自己的眼睛，恍若置身梦中一样虚幻。伸手接过父亲递过来的蓝色铅笔盒，凝视着上面画有小白兔乘坐宇宙飞船图案的铅笔盒，美美地捧在手里，用目光一遍遍地抚慰着，又将右手的中指弯曲起来，用那凸起的关节轻轻敲了又敲，清脆的金属声惊醒了我痴迷的梦。我睁大眼睛，再一次用目光一遍遍抚慰着心爱的铅笔盒，一种无以言说的激动与欣喜令我不能自已，用欣喜若狂来形容当时的心情一点儿都不为过，当时，我陶醉得仿若要随飞船里的那只小白兔一起飞上蓝天。

“爹，老师发的补充教材读本不够，我不想和同位共用一本，您给我从新华书店买一本吧？”从小养尊处优的我，不想和同学同用一本书，从而别别扭扭地委屈自己，故而就向父亲开口。

“你先拿回来让我看看你们的补充教材读本啥样，我再给你去买！”父亲对于我的要求，仿若来之不拒。

记得第二天上午放学后，我把那本补充教材拿给父亲看。下午放学后，父亲就把那本崭新的紧缺的补充教材读本呈现在了我的面前。看着那新读本，感觉父亲简直无所不能，就连学校都不能解决的读本，他都能帮我买回来。当我把合用的教材读本给同位时，她羡慕地连连说："你爹真能！你爹真伟大！"

"爹，我同学穿了一件的确良衬衣很漂亮，您也给我买一件呗！"我在父亲身后割着麦子，直起腰来擦着脸上的汗，心里却念念不忘同学刚买的的确良衬衣，便脱口向父亲说出了自己的心事。

"行！等收完麦子我就去赶集给你买！"父亲直起腰身，如同一个大将军指挥千军万马那般，把手里的镰刀朝着那方金浪滚滚的麦田轻轻一挥，画出一个优美的弧线，给我了一个满意的答案。

麦收过后，我请求父亲买的确良衬衣的事也忘得差不多了，可父亲却在麦收后的第一个赶集日就给我买回一件的确良衬衣。我一眼就喜欢上了那件雅致的的确良衬衣——布料上乘，做工精细，一朵朵蓝色的雪花有序地绽放在白色的底色上。穿上那件的确良衬衣，我感觉那个夏天都格外凉爽，心情也格外好。那件衬衣我穿了好几年，后来被我洗得有点儿发薄了，雪花的蓝色也稍有褪色，白色的底色却依然如雪似玉般地洁净。三十多年过去了，那件带着父爱的白底蓝花的的确良衬衣依然清晰地浮现在我的眼前，仿若信手就能掂来。

……

生活中，父亲对我有求必应的事件举不胜举。他不仅对我这样，对他的每一个子女都亦如此。他总是尽可能地把父爱的阳光均洒在每一个子女身上。他爱孩子，却不溺爱；他是一个慈父，同时也是一个严父。他给我们定下的一个个甚严的家规，一如圈子一样规范着我们的言行举止。我们姊妹坐下来一起回忆父亲的时候，常常感慨：父亲对我们每一个子女都视若珍宝，对每一个子女的爱都胜过爱自己的生命，对每一个子女的付出都是尽心尽力、倾尽所有……正是父亲严酷的家规塑造了我们姊妹们的优良品格。

生活在偏僻的农村，身为一介农民的父亲却懂得把女儿捧在心尖上来富养，用高贵养出了荷花般的女儿。看，他正在用爱怜的目光看着我笑，还时不时地冲着我点头，那是他对我的认可吗？

对父亲的记忆不管怎么刷新，父亲都走不出往昔，走不到他老态龙钟的年轮里，可他却走得我黯然神伤，走得我潸然泪下……

等风来，不如追风去

胡萝卜缨与北极虾

胡萝卜缨与北极虾，一个是陆地植物的叶子，一个是水产品。这看似风马牛不相及的两个物种，之所以被我相提并论，是因为它们作为午餐的食材，被一并端上了我的餐桌。

婚后，变着法子做美食成了我家庭生活的主旋律，买菜成为我的习惯性“职业”。无论在哪里见到新鲜的蔬菜或蛋奶肉之类的食材，我就会像打了鸡血一样亢奋，只要条件允许（除不带钱或在外地之外），便毫不犹豫地买买买。提着大包小包的食材满载而归，一种收获感或成就感会令我兴奋不已。每当有人夸我是才女的时候，我总会说一句：“我不是才女，是菜女。我们全家的菜全是我采买！”这种玩笑式的自嘲，并非是我对生活的抱怨，而是热爱生活的自然流露。

一天下午从外面回来，看到小区门口的一个三轮车上摆放着一排排码放整齐的胡萝卜。夕阳的余晖将胡萝卜照得通体透亮，胡萝卜樱的绿色里析出微微的黄色。那些胡萝卜仿若是刚从地里刨出来一样，湿润润的，带着泥土的清香气息。不管是红彤彤的胡萝卜，还是水灵灵的萝卜缨，都仿若是来自我的记忆，来自我的故乡，激起了我浓浓的乡愁。

随着时代的进步，农民在出售农产品的时候也动了一番脑筋，在方式方法上也讲起了策略。卖胡萝卜的女子则是采用买胡萝卜送胡萝卜缨的销售方式，这种买一送一的捆绑式销售，制约着人们无论是想要胡萝卜还是想要胡萝卜缨，都必须买了她的胡萝卜才可二者兼得，从而刺激了人们的消费，也加速了胡萝卜的销售过程。

记忆里的那些喂牛羊或晒干了做柴草的胡萝卜缨，今天却被人们视为珍宝，跃身走向城里人的餐桌。于我而言，胡萝卜缨比胡萝卜更具诱惑力。当有人问我买那么多胡萝卜怎么吃的时候，我才恍然大悟，原来自己为了要胡萝卜缨，竟然不知不觉地扭了好多胡萝卜。

看到胡萝卜的第一眼，我便想起祖母给我蒸的胡萝卜缨。那是一个秋高气爽的下午，当时我正身怀六甲，挺着大肚子回了娘家，祖母亲热地拉着我的手，一阵嘘寒问暖之后便扭着小脚走了。过了一会儿，当我去胡同口遛弯的时候，看到祖母家厨房的上空炊烟袅袅，我当时很纳闷，吃过午饭还不到两个小时，祖母却动灶生火，究竟演的是哪出戏？当祖母将一碗热气腾腾的色香味俱全的蒸胡萝卜缨端到我面前的时候，我才蓦然想起刚刚无意中说起想吃蒸萝卜缨，这才有了祖母午后上演的炊烟升腾的一幕。

面对满满一大碗蒸胡萝卜缨，我不抬头就狼吞虎咽地扒拉殆尽。二十多年过去了，祖母的那碗蒸胡萝卜缨依然如同珍馐美馔一样，醒目在我记忆的深处，装点着我的似水流年。之所以买胡萝卜而得胡萝卜缨，或许是基于对祖母的深深眷恋与思念吧！

我把摘好洗净的胡萝卜缨按照祖母教我的传统蒸菜法，拌面、揉匀之后，上火蒸。蓝色的火苗舔着锅底，热烈而奔放地燃烧着时间。不大会儿的工夫，锅里的水便开始了滋滋作响，仿若在给锅里的蒸胡萝卜缨唱一曲安魂之歌；继而，锅盖四周的蒸汽开始滚滚升腾，浓浓的蒸菜的清香扑鼻而来，催生着我的食欲，令我沉浸在菜香的氤氲里浮想联翩。还未等蒸胡萝卜缨出锅，我已垂涎欲滴。

裹了面粉的胡萝卜缨在上锅蒸的过程中，脱去了略黄的绿袍，换上了墨绿的外套。在高温的驯化之下，学会了谦卑，将高昂的头，谦逊地低下来，此时正蜷缩在盘子里，坐已待命。

难得星期天有时间，尽管是我一个人的午餐，但是我还是奢侈地又为自己做了一道蒜蓉粉丝蒸北极虾。

北极虾经过化冻、去内脏、清洗之后，放在下面铺着泡软的粉丝的盘子里，加足了水、蒜蓉与佐料之后上火蒸。水蒸气的翻滚蒸腾，北极虾原本就红彤彤的颜色变得更加红润，仿若我刚买回家的胡萝卜的颜色。这种色彩的碰撞，给人以无限的联想。北极虾静静地伏在洁白的粉丝与蒜蓉上，像白毯上开出的红色花朵，优雅而别致，仿若一帧精美的水粉画，柔润、明亮而浑厚。

就这样，胡萝卜缨与北极虾经过我好一阵忙活之后，作为我的午餐，被置于餐桌之上，又被我以文字的形式跃然纸上。

面对这两道令我口舌生津的美食，我忽然感觉像缺了点儿什么，于是我心血来潮地为自己斟上满满一杯干红葡萄酒。一杯葡萄酒看起来似乎有些单调，便又斟了一杯。低头凝望着高脚杯里的葡萄酒，我孤独的影子，在尚未平静的葡萄酒里荡来荡去，荡皱了身影，也荡得我的心里五味杂陈，可无论怎样荡漾，都荡不出高脚杯的束缚。静静地凝望着那两杯葡萄酒，无边的孤独瞬间将我吞没。不知道该与谁对饮？

胡萝卜缨的清香、北极虾的鲜美、麻油的醇香……几种香味在空气中氤氲弥漫，催生着我的食欲。通常而言，北极虾比蒸胡萝卜缨对于一个平原长大的人更具诱惑力，然而今天的蒸胡萝卜缨，像是二十多年前祖母为我蒸的那碗胡萝卜缨走出了我的记忆，为我倾心吐胆而来，毋庸置疑，今天，它是我的首选。望着那热气腾腾的蒸胡萝卜缨，不知不觉里，我的眼睛湿润了。泪光迷蒙中，祖母的身影又清晰地浮现在我的眼前。

望一眼蒜蓉粉丝蒸北极虾，泪眼迷蒙里，那些红彤彤的北极虾像是复活了一样，在我泪光里游动起来，而那两杯红葡萄酒又像在煽情般晃荡。望着眼前的一切，我蓦然想起，故去多年的祖母或许究其一生都未曾吃过北极虾，也未曾喝过一杯干红葡萄酒，我就这么一任思绪无边驰骋，泪水早已奔流成河……

这两杯葡萄酒，我无须与人对饮；那盘红彤彤的北极虾也无须纠结，我要以此来祭奠我故去的祖母……

烟水茫茫

腊八粥的香韵还在夜的冷凝里氤氲，我漫无目的地翻看着手机，《人民日报》微信公众号刊出的一篇题为《泪目！老人来幼儿园接娃，但其实三十多年前……》的文章，瞬间让我泪崩，也正是这篇文章里的老人对女儿的关爱之情温暖了我的冬天。

文章梗概大致是这样的：南京玄武门区一位身患阿尔茨海默病的84岁高龄的老人不慎走失。其家属报警后，警方经过多方查找，终于在南京理工大学幼儿园门口找到了她。当她的女儿在警方的帮助下找到她，问她到幼儿园去干什么的时候，她的回答让所有在场的人瞠目结舌——接女儿回家。她的女儿听了之后，当时就哭了。女儿说她小时候曾在那里上幼儿园。母亲患老年痴呆好多年了，经常会忘记很多事情，却还记着女儿小时候接她放学回家的事，可那已经过去三十多年了……

“我也许忘记你已经长大，但我知道接你回家……”这就是一个母亲——就算忘了全世界，也不会忘记自己的儿女。

读着这动人的母爱故事，不知不觉里，我已泪流满面。在模糊的泪光里，一位又一位母亲如同一座座镌刻着母爱的丰碑，巍然屹立在我的眼前。

“五一二”汶川大地震后，当救援人员发现她的时候，她被倒塌的房子压在下面。透过废墟的间隙，可以看到她双膝跪地，整个上身向前匍匐着，双手着地支撑着身体，就像古人在行跪拜大礼。她的身体似乎被压得有些变形了，看上去十分诡异。当救援人员确定她已经死亡后，冲着废墟大声喊了几声，又用撬杠敲了敲砖头，确认里面没有任何回声，便匆匆赶往下一个建筑废墟去救援。可没走多远，后面突然有人高喊：“快来救人！”

原来，后来的人在她的尸体底下摸索时，触到了一个呼吸均匀的孩子。当人们小心翼翼地把她身上的废墟清理开时，发现她的身体下面躺一个三四个月大的孩子。孩子被包裹在一个红底黄花的小被子里，因为有母亲身体的庇护，毫发未伤，抱出来的时候，还睡得正香。那熟睡的样子让人感到十分温馨。随行的医生解开被子，正准备给他检查身体时，发现小被子里塞着一部手机。医生下意识地看了一下手机屏幕，屏幕上有一条已经编辑好的短信：“亲爱的宝贝，如果你能活着，一定要记住：妈妈永远爱你！”看惯了生离死别的医生在那一刻眼睛湿润了。人们相互传递着手机，每一个在场的人都忍不住哭了——灾难来临，是母爱创造了奇迹。

那是一个发生在奥地利的故事。罗莎琳是一个性格孤僻又胆怯的13岁少女。在她很小的时候，父亲就去世了。母亲索非娅在一家清洁公司工作，靠着微薄的薪金把她一手抚养长大。因为家境贫困，罗莎琳常常受到别人的歧视和欺辱，在她幼小的心灵投下了浓重的阴影。久而久之，她开始怨恨母亲，认为是母亲的卑微才使她遭受如此多的苦难。

2002年2月下旬的一天，索非娅由于工作出色而被允许休假一周。她决定带女儿去阿尔卑斯山滑雪。在滑雪中，她们迷路了。缺乏经验的母女俩惊慌失措。她们一边滑雪一边大声呼救。想不到，呼救声却引来了一连串的雪崩，大雪把母女俩埋了起来。出于求生的本能，母女俩不停地刨雪，费了好大劲才从厚厚的雪堆里爬了出来。母女俩牵着手在雪地里漫无目的地寻找着归路。突然，索非娅看见了救援的直升机，但由于母女俩穿的都是与雪的颜色相近的银灰色的羽绒服，救援人员发现不了她们。

当罗莎琳醒来的时候，发现自己正躺在医院的病床上。医生告诉她，是她的母亲用岩石割断自己的动脉，然后在血泊中爬行十几米。救援人员从飞机上看见了那道长长的殷红的血迹才发现她们。罗莎琳得救了，而母亲索非娅却永远地离开了。

1999 年 10 月 3 日，在贵州麻岭风景区，正在运行的缆车突然坠毁，36 名乘客中有 14 人不幸遇难。就在悲剧发生的时候，一对年轻夫妇，用双手托起了自己两岁半的儿子。结果，儿子得救了，而他们却遇难了。在事故现场，年轻的父母依然还保持着落地时用力托起儿子的姿势。正是这对年轻的父母用生与死的约定挽救了孩子，用生命续写着生命。

……

自老人接娃的故事，至后来一位位的母亲相继现身，自始至终都有一个柔弱的身影隐藏在一位位伟大母亲的身旁，犹豫着、彷徨着隐现在我的泪光里，她就是我的母亲。

我从小跟随祖母长大。每当我因此埋怨母亲的时候，她总是那么羞怯地、卑微地、懦弱地、无助地微笑着无言以对，以此来掩饰自己内心无以补偿的惶恐、愧疚、凄凉、孤寂与无奈。每当那个时刻，她就像一个没有谜底的谜语一样难以破解，就像是为了重构已在记忆中淡漠了的一场梦魇所做的失败尝试一样无能为力，就像一场虚无缥缈的梦一样难以捉摸。

模糊的泪光里，望着母亲那种司空见惯的神情，我蓦然一阵心酸，继而又心疼起来。忽然感觉，母亲真的很可怜！面对母亲的无奈，这是我有生以来，曾经的“胜利感”第一次被心酸与愧疚取代。几十年来，我一直都把原本属于历史的“错误”，全都强加在母亲一个人身上，让她在几十年的漫长岁月里，独自承受来自心灵的撕咬、愧疚与不安。作为她的亲生女儿，我是多么的狭隘与残忍！

可这耿耿于怀了半辈子的第一次觉醒，竟然是在母亲去世八年之后的今天，而她老人家却永远地被困在遗憾的樊笼里，带着无奈与愧疚而去。此刻，我多想穿越到母亲还在的旧时光里，哪怕她就像接娃的老太太那般走失也好，哪怕她身患阿尔茨海默病也好，只要她活着！她活到今天，也不过才 79 岁，比前文中的接娃的老太太还小五岁。倘若能与母亲同在，不管她是否清醒，也不管她是否记得，更不管她是否会原谅我，我都会告诉她——我不再怀疑她对我的爱，不再埋怨她把我交给祖父母抚养；我要告诉她——我已明白她有她的无奈，为了我，她不止一次地伤心流泪，不止一次地与父亲争执；我要告诉她——这一切都是历史的原因，不是她一个人的错……总之，我只想让母亲在面对我的微笑里，不再有惶恐、愧疚、凄凉、孤寂、无奈与无助。

在母亲去世的这八年里，每每想到母亲，即使对她有不肯释怀的隔膜，但是我却忘不了那温馨的一幕幕：我每一次回家，她都忙里忙外地给我做一些带着母亲味道的可口饭菜，让我体会到家的温暖；清明时节，我们给父亲扫墓后回到家里，她即使再忙，也不会忘记停下手里的活，端出一盆温水让我们洗手洗脸，她说，哭过之后，用冷水洗脸会伤眼睛；她在村口接我时那翘首以待的身影，温暖了我的人生；她一程又一程的送行，成了我们生命里最美的风景。即使被我们强行阻止，她也会站在路边，把自己站成一尊雕像，目送着我们在她的视线里渐行渐远，直至消失在她目光的尽头……每次回家，她在几天前就为我准备好一包包、一兜兜、一袋袋的米、面、糁、杂粮、土特产……面对那一切，我都毫不客气地照单全收，而且认为都是理所当然的事情。母亲去世之后，再也没有人像母亲那样，无怨无悔地为我付出。细细想来，母亲为我们准备的那些看似微不足道的东西，不单单是一些土特产，而是一个母亲对女儿倾注母爱的佐证。

比起那些用自己的生命捍卫子女生命的伟大母亲，我的母亲只是一位平凡的母亲。究其一生，她没有做过什么惊天动地的伟大壮举，但是她却以一个平凡母亲的母爱之光，照亮了我们的人生之路，温暖了我们的红尘岁月。比起那些伟大的母亲，她对子女的爱一点儿也不会比她们少。我的母亲平凡的母爱里的光芒与那些伟大的母亲们的母爱里的光芒，同样与日月齐明，同天地齐辉，照亮子女们人生的每一个角落。母亲在世的时候，倘若真有大的灾难来临，我相信，她一定会像那些伟大的母亲一样，毫不犹豫地用自己的生命来捍卫子女们的生命——对我这个她不曾养大的女儿同样如此！

“故人何在，烟水茫茫。”望着母亲在红尘里越走越远的身影，我只得无奈地搬出宋代诗人柳永的诗句，以示内心的留恋与哀伤。

泪水浸透的梦境

“妮儿，我本不想再来你家了，可我总放心不下你，就搭顺风车过来，看你一眼我就走 ……”母亲说话时，一脸的忧伤与无奈，眼神里满是牵挂。

“娘，那天您和好多人一起坐在一辆大卡车的车斗里，我哭着喊着追你，你扭着头看着我，却不理我，您听见我喊您了吗？”我埋怨着母亲。

“我听见了，我看着你哭着追我，我一直扭着头看你，心疼得一直流泪，可车上的人都不让我理你！”母亲与我对话时一脸无奈，嘴角颤抖着，泪水顺着眼角一滴一滴地滴落下来。

“娘，您别走！……”见母亲又坐上车，飞速地离我而去，我强忍着涌动的泪水，拼命地追赶着那辆载着母亲远去的卡车……

母亲离我越来越远，我拼命地哭着喊着追着……

电话骤响，惊醒了我缥缈的梦。泪水早已浸透了枕巾，也浸透了我的梦境。我疲惫地躺在床上，一任泪水泛滥成灾，努力地打捞着梦中与母亲聚首的温馨。

梦与现实是相通的。梦境让我想起母亲去世那天的情景。

接到母亲心脏病复发的电话，我以最快的速度于第一时间内赶到医院，前后仅用了十几分钟的时间。可还未等我站稳脚跟，医生就向我宣告了母亲去世的消息。那一刹那，我彻底崩溃了，歇斯底里地号啕大哭着，痛彻心扉地呼喊着母亲，想必那时母亲还未走远的灵魂必定听到了我的哭喊声。或许，母亲今天来到我的梦里，正是来化解我多日来的迷茫。

母亲会解梦。她在世的时候，好多人都找她解梦。以前，每当我做了疑惑的梦，我都会让母亲给我解梦。是她，我的白发亲娘，把一个个困扰我的梦境，用母爱释义成积极向上的正能量，化解了我的疑虑与迷茫，给了我生活的动力。如今，谁来给我解梦？谁能给我"世上只有妈妈好"的母爱？

光阴如梭，屈指算来，母亲离开我们已经八年了。在这八年里，每当静下来的时候，我总会想起母亲，会泪流满面地侍弄手机，情不自禁地拨弄一串曾经属于母亲生前的号码，异想电话那端，母亲那亲切而又熟悉的声音能再度响起，给我带来亲情的震撼。

"你拨打的电话已暂停服务！"那温馨的女声提示音，总是一次又一次地击碎我的梦幻，让我沉浸在思念母亲的深渊里不能自拔。多想能像以前那样，遇到了停机的情况，就跑到营业厅给母亲交话费，而现在只需动动手指就能给电话充值，然后拨通电话，向她撒娇邀"功"，听听她的唠叨，感受她的满足与欣慰……可如今，这一切的一切，都已成过往，成为不能再现的历史。

自我们搬入现在居住的楼房，在我们的意识里，那个大房间就是母亲的，我和丈夫都习惯对女儿说，什么什么东西在你姥姥的房间里。这种说法一直延续到现在，还将会继续延续下去。

母亲走后，我依旧保留着母亲的房间和床铺，时常整理，一直干净而整洁。在那个房间里，我总是习惯性地深呼吸，抱着母亲的被子，嗅一嗅，感受一下母亲的味道。床上的用品，我不敢洗，也不敢晒，唯恐消散了母亲的气息。

今天，我找出来一床新床单，给母亲仔仔细细地铺好，像是等她来住一样。

“快吃饭吧！又没有人住，你铺它干啥？”丈夫无意中的一句话，却触痛了我的哀伤。

“这是俺娘的床！”说着，我便委屈地哭了起来。

我真的好怕弄脏了母亲的床上用品，弄丢了母亲的气息。我想铺一床新床单，把母亲的气息盖住而保留下来。

我总以为，自己从小遭到了母亲的“抛弃”而由祖母抚养长大，母亲一直都不关心我，也不疼爱我。可是母亲走后，我却蓦然发现：我错了，在这个世界上，没有谁比母亲更疼爱我。

母亲走了，村头没有了她接我们时望眼欲穿、翘首以盼的身影，没有了她送我时送了一程又一程的情形，没有了她为我准备好的一兜兜一袋袋的东西，没有了她拿着东西撵着我塞了又塞、按了又按的场景……如今，这个世界上再也没有一个人会像她一样疼我，爱我……

想当初母亲去世的时候，我们姊妹坐在灵车上守着母亲的遗体，一路哭喊着送别母亲的场面是多么难过，多么悲凉，多么哀伤。可那时候我们和母亲之间，还是触手可及的距离。而如今，母亲离我们越来越远，越来越远……

沉重的承诺

于常人而言，母亲是个亲切又温馨的名词，可在我的意识里，它仅是一个符号，一个称谓，概念模糊而混沌。在此之前，我也很少写关于母亲的文字。因为在我的意念里，我的祖母就是我的“母亲”。

随着妹妹的出世，尚无记忆的我便离开了母亲，跟随祖父母一起生活。是祖父母用有力的臂膀为我撑开了一片蓝天，是他们用慈爱温暖了我的生命，是他们用无私的大爱填满了我生命的沟沟壑壑，是他们给了我不是父母却胜过父母的一切……

祖父母家和父母家住在同一个胡同，中间隔着一个院子而位居胡同两侧。然而，于我而言，这一处院落的距离，却是千山万水的距离。这千山万水的距离正是我与母亲之间的距离。为此，我很少甚至几乎不到父母家里去。

在我的印象里，母亲是一个高贵典雅的女人。她弯弯的柳叶眉，白皙的皮肤，一双深邃的大眼睛炯炯有神，穿着干净而讲究。在我的记忆里，20 世纪 70 年代的农村，很少有女人用雪花膏和香皂，而我的母亲自我有记忆以来一直在用。她那种高不可攀的孤傲气质，更拉远了我们母女间的距离。小时候，我总是远远地、怯生生地望着她，静静地欣赏她，却不知道正是那个高贵的女人给了我生命。

“妮妮，我今天赶集看到你亲娘了，她是个打烧饼的。你真是抱养的孩子，要不，为啥你家姊妹五个当中单单只有你跟爷爷、奶奶过……”四十多年过去了，邻家爷爷的打趣，一直烙在我记忆的深处。尽管祖父母和父母一再安排邻居，不让他们给我开类似的玩笑，但很多人见了我总是情不自禁地调侃，看着我鼻涕一把泪一把地痛哭不止，他们却像是很有成就感似的喜笑颜开。那时候，面对这样的玩笑，我茫然不知所措，无论祖父母怎样给我解释，我都以为他们是用善意的谎言哄骗我，而把那些调侃我的玩笑信以为真，一直认为自己非母亲所生，这样的感觉一直左右着我的成长。随着年龄的增长，我与母亲之间的距离越来越大。母亲怕会“失去”我这个女儿，让父亲出面，把我从祖父母那里要回了家。

回到家里，我感觉家根本不是我的家，母亲根本不是我的母亲；我不习惯回到家里，回到姊妹们当中，她们也“容不下”我的回归，动不动就说：“你走吧，别在俺家了，回你家去吧！”每当这时，父母总是站出来为我撑腰，对他们严厉呵斥，甚至拳脚相加，并告诫她们不得再有下次。可那时的我们毕竟都是孩子，稍有摩擦，避开父母她们依旧还会撵我回祖父母家。我心里难过极了，感觉自己就像一只孤雁一样，只能独自痛苦地悲鸣哀号。

母亲没有文化，她一向不支持女孩子读书，姐姐犟着读到初中毕业，妹妹则没读完初一就辍学了。或许是因为母亲对我没有尽抚养义务而心存愧疚吧，我中考落榜后，她和父亲支持我复读，直至供我师范毕业。

天有不测风云。在我读师范二年级的时候，那年母亲48岁，家里的顶梁柱轰然倒塌——我的父亲病逝了。原本富裕的家境一落千丈。那时，我最怕的事情就是回家拿钱，我不忍心看到我们那个破败的家在风雨中飘摇，不忍心看到祖父母和母亲因悲伤而形销骨立的样子，不忍心看到过惯富裕日子的母亲为了我读书的费用而发愁。

父亲去世后，一位在城里工作的远房堂姨来到我家里，把我们姊妹几个支开，和母亲单独谈事情。我们姊妹几个彼此都明白，她是来劝母亲改嫁的。

“孩子们，你们放心好了！你们已经没有了父亲，我绝不会再让你们没有母亲！你们的爹活着的时候，我已经承诺他：就是再难，我也要替他完成他没有完成的任务——给爷爷奶奶养老送终，操持你们姊妹几个成家……有你们爷爷奶奶和你们几个孩子在，别说我自己走，就是有人拿着鞭子往外赶我，我也不会走……”堂姨走后，母亲把哭哭啼啼的我们姊妹几个聚在一起，给了我们一个郑重其事的承诺。母亲的那个承诺，一如温暖的阳光一样，洒进我们的心田，拂去笼罩在我们心头的阴霾。

母亲很要强，为了那个沉重的承诺，在没有父亲的日子里，她化悲痛为力量，一改原来的太太做派，不再讲究吃穿，起早贪黑，不辞劳作，勤俭持家，领着孩子们把地里的庄稼照料得比别人家的都好。

农闲时，母亲和村里的婶婶、大娘们一起赶集做小吃生意来赚钱补贴家用，并让弟弟跟着别人学做生意。就这样，在母亲的带领下，我们一落千丈的家又恢复了生机和活力。

母亲翻盖了房子，为弟弟娶了媳妇，并且喜事比一般人家办得还要风光。

“你们没有父亲，已经很不幸了，咱不能再因为没有嫁妆，让你俩到婆家抬不起头。”我和妹妹结婚时都坚持不要嫁妆，可母亲说什么也不同意。母亲给我和妹妹准备的嫁妆，比有父亲的时候姐姐结婚时的嫁妆还丰厚。祖父母的后事，母亲操办得更是像模像样，祖母的娘家人和邻居们都说，有父亲能办成那样就已足矣。尽管祖父母去世多年，祖母的娘家侄子——我的三个表叔和三个表婶们逢年过节都郑重其事地去看望母亲，以示感谢母亲替父亲对祖父母尽了父亲未尽的义务——为祖父母养老送终。

或许是过度劳累，或许是已兑现了给父亲的那个沉重的承诺，母亲患了脑血栓，幸亏抢救及时，治疗得当，才没有留下什么后遗症，只是母亲的右腿较以前稍有不便，但尚能自理。她理解孩子们都很忙，坚持守在老家，帮弟媳看家做饭，干些力所能及的活。

记得那次我去看母亲，母亲见到我很高兴。“妮儿，你平时常来看我，给我打电话最多，花你的钱也最多，我这当娘的心里有数……”当我给母亲零花钱的时候，她絮叨着。

“娘，别这么说，还是您的亲闺女亲儿子疼你！”我自己也不知道是出于长久以来的积怨，还是习惯了与母亲开玩笑，总是这么回敬她。

我这么无意地和母亲开玩笑的时候，却发现母亲的微笑里隐藏着难以触摸的无奈与苦涩。再看一眼母亲，似水流年压弯了她的脊背，沧桑岁月苍老了她的容颜，明亮的双眸早已不知去向，取而代之的却是满目的浑浊，我记忆中的那一头乌黑的青丝早已被枯槁华发取代……望着母亲，我的双眸湿润了，后悔自己不该信口开河，触痛母亲内心的伤痛与无奈。

就为一个沉重的承诺，母亲付出了常人无以承受的艰辛，用柔弱的双肩，支撑起一个破碎的家……

当之无愧的主角

伫立阳台，举头望月，母亲含笑的容颜模糊了一轮皎月，静静地与之对望，两行清泪潮湿了夏夜。

母亲心脏病发作后，妹夫在第一时间拨打了120急救电话，把母亲送到了仅有30米远的医院；妹妹在第一时间打电话通知了我，当我以最快的速度赶到医院的时候，母亲却已在急救室里停止了心跳和呼吸。我不知道，是我不孝，还是母亲心狠？她为什么不能等我20分钟！跟我说句话，看我一眼再走？！

当医生告知我母亲死亡的消息时，那种切肤的痛楚击碎了我所有的神经。那一刻，我抓住母亲的手，跪在她的遗体面前，歇斯底里地号啕大哭。当时的我找不到任何一种比哭更能宣泄悲伤的方式。

母亲走的那天，虽然是38度的高温天气，但母亲的手却冰凉冰凉的，没有一丝温度。我紧紧地抓着她的手，却不能给她输入我37度的体温。我真怕我歇斯底里的哭声会扰了母亲的长眠。如果母亲有知，不知道她该多么心疼？晃着母亲的手，她却不能再动弹一下，哪怕一个暗示都没有，更不能为我擦掉悲伤的眼泪。我长跪在母亲的面前，她却不能再和我说一句话，不能再看我一眼。

母亲爱干净。我让护士端来了温水，为母亲最后一次净身。我一点一点地为母亲擦拭着脸、脖子、胳膊、身子、腿和脚，没想到，我第一次也是最后一次为母亲洗脸与擦身子，竟然是在她走了以后，而她却已经感觉不到，连一个欣慰的笑容都没有。

人的尸体，对于我们来说多么可怕！然而，当我亲手给母亲擦洗、梳理、穿衣服的时候，感觉母亲像是睡着了一样，无论我们怎么哭喊，她都不能醒来再看儿女们一眼。

当灵车载着母亲的遗体和我们姐弟走到家门口时，我在绝望里感到，我们从小生活的家忽然很陌生起来。那时，我豁然明白：我们时刻都牵肠挂肚的家，无非是里面有生养我们的母亲。“七十有个家，八十有个妈”不知道是多少人的愿望。如今，没有了母亲，令我们牵肠挂肚的家也就失去了存在的意义。

“世上只有妈妈好，有妈的孩子像块宝……没妈的孩子像根草……”每当《世上只有妈妈好》的优美旋律响起，就会像催泪剂一样催得我涕泪横流。随着母亲的远去，转眼间，我们由一块价值连城的“宝”变成了一根土坷不如的“草”。没有了父亲的庇护，没有了母亲的爱抚，“孤儿”一词便抵达我们的面前，不管我们如何抵触，如何抗拒，它都死死地抓牢我们，强行将我们收编。

母亲最享受的就是儿女绕膝的天伦之乐，她希望儿女能多陪陪她，以消除她的孤寂，可是我们做儿女的，都各自有自己的家，有自己的生活，总是在母亲的翘首期盼里匆匆而去，又在她的恋恋不舍里匆匆而归。没想到母亲所渴望的儿女们的陪伴，竟然是在我们为她守灵的时候才得以实现。在从小长大的老屋里，守着母亲的棺木，面对着母亲的遗体，诉说我们成长中的陈年旧事，忏悔着自己的遗憾，一任泪水汹涌成河……我们都很清楚，那是我们守着母亲的最后一夜，也是我们姊妹在老屋里度过的最后一夜，也可能是我们姊妹们聚在一起的最后一夜。那一夜，母亲却感受不到，不能看我们一眼，不能和我们说一句话，也不能为我们拭去悲伤的泪水。

总以为，我从小由祖母抚养长大，而我却不计前嫌地怀着对逝去的祖父母和父亲不能尽孝的遗憾，加倍地孝敬母亲，等她百年之后，就不会再有遗憾可言。可当我得知母亲去世的那一刻，我的心碎了，太多太多的遗憾涌上心头，如同蛀虫一样吞噬着我的灵魂，无奈、愧疚、自责、遗憾，重重地敲打着我疼痛的神经。我上班忙，怎么就不能晚上去陪陪母亲？带母亲去旅游的计划怎么才能实现？我刚买的新楼房，母亲问了好多次，怎么就没有带她去看看？牡丹花开时，我给母亲打了无数次电话让侄女陪着她来，我怎么就没有去接她，让她最后赏一次牡丹？我答应母亲等女儿大学毕业就带她坐飞机观光旅游，女儿还有三个月就毕业了，她怎么不等一等？母亲的煤气用完了，我还没有来得及给她灌，如今再灌了，她又怎么才能用得上？母亲说她想要个电动三轮车，我为什么说她身体不好而阻止她？……太多的遗憾宛若锋利的箭矢，直射我的心灵，令我在自责与遗憾里举步维艰！

父亲在世的时候，我们都觉得父亲顶天立地，一个人就撑起了家。如果说父亲是一棵参天大树，那么母亲就是匍匐在他脚下的小草。然而，当时隔二十多年后父母合葬之时，才蓦然发现，我们在无意识的哭喊声里，口口声声都在哭喊着娘，偶尔才会喊一声爹。葬礼是父母共同的葬礼，母亲却成了主角，而父亲退居在配角的位置。父亲去世之后，是母亲无怨无悔地用柔弱的双肩扛起了一个四世同堂的家，为祖父母养老送终，操持子女成家立业。这样的事情说起来容易，用文字表述也就一句话。可有谁知道，在那二十多年的艰辛里，付出了多少心血与汗水，才使得一个摇摇欲坠的家走出了困境，步入了正轨。母亲付出的心血和汗水，儿女们都看在眼里，记在心里，无怨无悔的付出证实了母亲不再是配角，不再是小草，她和父亲一样是参天大树，是当之无愧的主角，是儿女们头顶的一方晴空，是值得子孙们永远铭记的功臣！

记得有一年麦黄杏熟时，母亲让我带着她去烧香，算命的说她能活到 93 岁，当时我和母亲都高兴得合不拢嘴。在回去的路上，说到母亲的阳寿，她兴奋之余却又发出一声轻轻的长叹，当我问及原因时，她说，如若她真活那么大年纪，无疑也是儿女们的负担，她说自己不想拖累儿女。如今，距离母亲 93 岁还有 22 年的光阴。那 22 年里，她的孙子辈也都该成家立业了，我们的经济也宽裕了，该是母亲享清福的时候了。难道是母亲不忍心拖累儿女就这么悄无声息地走了？可是，没有了母亲，我们就没有了家！我们多么希望七十八十都有妈，七十八十都有一个家啊！她就那么突然地走了，给我们留下了心碎的遗憾和望眼欲穿的思念。

母亲最后的日子在小妹家居住，当我和丈夫一起去接她到我家住的时候，她却说在我家太清闲，除了看电视就没有别的事情可做，而妹妹家做生意，她多少能帮点儿忙，一再坚持住在妹妹家。她还曾多次告诉我说，麦收时她要回去给弟弟家看麦子。然而麦收在即，她还没有兑现给弟弟家看麦子的承诺，就悄无声息地走了……

如今，我家冰箱里还放着母亲在妹妹家亲手给我蒸的馒头和包子，而母亲却被一层薄薄的黄土阻隔在另一个世界，与我们阴阳两隔。

茫茫人海里，只有一个人是自己的生身母亲，而她却走了。丧母的悲痛令我们痛不欲生，无论夏风带着多高的温度掠过面颊，都吹不干我们长流的泪水。

文字难述我对母亲的留恋，泪水冲刷不去我对母亲的思念！

别让等待成为遗憾

缘于女儿的职业终年没有节假日，我和丈夫特意从家里赶到济南陪女儿过年。

在济南过年期间，女儿去上班的时候，我和丈夫便到街上闲逛。在那人满为患的大街上，望着街上来来往往的行人奔忙在走亲访友的路上，沉醉在春节的喜庆里，想想举目无亲的自己，一种说不出的孤独与酸楚于内心蔓延。

有人说，不管多大年纪，只要没有父母，就是孤儿。母亲的去世，让生养自己的家乡变成了故乡，我们姊妹五个变成了孤儿，让我们对“每逢佳节倍思亲”的内涵有了更加深刻的理解。对于我而言，没有父母的每一个节日，都仿若是他们的忌日，令我忍不住热泪长流。

如今再回故乡，路还是那条路，村子还是那个村子，院子还是那个院子，只是没有了时刻牵挂我们、也令我们时刻牵挂的父母。即使回去拜年，所叩拜的也不过是祖宗与父母的一纸牌位。无论怎样叩拜，他们都不会再嘘寒问暖，不会再张罗饭菜，不会再给一个关切的眼神，也不会再给一个无言的暗示……虔诚的叩拜，无非邀来一场思念的云雨。这云，越积越厚，黯淡了我的天空；这雨，浩浩荡荡，淋湿了我的节日。

电视上的一则《别让等待成为遗憾》的公益广告，再度把我思念双亲的情感推到了哀伤的风口浪尖。在儿子的成长过程中，那个母亲的心愿总是如此的简单——“等你考上大学，妈妈就享福了！等你毕业工作了，妈妈就享福了！等你结完婚，有了孩子，妈妈就享福了！”当这一切都付诸现实之后，画面里有个可爱的小女孩对她说：“奶奶，等我长大了，就让你享福啊！”那位母亲脸上的笑容那么灿烂，那么的发自肺腑。后来儿子在百忙之中给母亲打电话：“妈，等有时间了，我带您出去好好玩几天！”可没想到电话那头的母亲却被已衰老与疾病“收编”了。儿子近乎哀求的声声呐喊扣人心弦——“妈，你等等我！你再等等我！你再等等我！……”尽管那无助的哀求一声比一声沉重，可等来的却是母亲的病倒卧床，当屏幕随着低沉的男声打出了“别让等待成为遗憾！”的字幕时，不知道感动了天下多少子女，不知道赚取了子女们多少眼泪，又牵出了多少遗憾往事！

我在电脑里搜索出这条广告后，反反复复地观看，画面中的母亲的每一个动作、每一个眼神，说出的每一句话、每一个字我都熟记于心；每一次我都用心投入地观看，每一次我都看得泪流满面，每一次我都把画面中的母亲看成是自己的母亲……

公益广告牵着我走回往昔，我又何尝不是让一个个愿望都在等待中铸成了终生的遗憾呢?

1988 年的秋天，老师带我去开封的一所幼儿园见习，那是我第一次出远门。后来，我们到大相国寺、包公祠、铁塔公园等名胜景点去游玩。第一次到大相国寺，望着那个偌大的寺院，内心感慨万千，被富丽堂皇的仿古建筑深深吸引，当时我就暗暗发誓，等我参加工作后有了工资，就带祖父母到开封去游玩，让固守家园一辈子的老人家开开眼界，让祖父看看开封的仿古建筑，让信了一辈子佛的祖母能当面向菩萨深表虔诚，让他们看看包公祠、天波杨府和铁塔，让他们尝尝开封的灌汤包、莲花酥、烩面、拉面等带着地方特色的小吃，聊表一下我这个孙女的孝心。这个愿望在心里酝酿了多年，我总是想等经济基础好一点儿，等孩子大一点儿，等我有了时间……总是这么等啊等，直至等到祖父母相继去世，把自己的愿望等成了终生的遗憾!

祖父母毕竟年级太大了，我总是为自己无期限的等待铸成的遗憾寻求开脱，心想，我还有母亲。在祖父母那里不能实现的愿望，加倍地偿还在母亲身上就是了。

我和同事曾商量带母亲去北京，让老人家看看天安门，看看故宫，看看十三陵，看看长城……愿望还未来得及实现，母亲却患上了偏瘫，想等母亲好一点儿再去。看着母亲的身体恢复得不太理想，就想带母亲去开封玩两天。愿望还未来得及实现，心脏病又缠上了母亲，住院、治疗。想着等母亲的身体康复了，还是会有机会的。没想到，等来的却是母亲因心肌梗死而去世，一次次的等待，酿成了终生的遗憾!

前年秋天，我和同事们去海南旅游，旅游团里有一个河南母亲，看上去年纪比故去的母亲大几岁。不知道是上天的有意安排还是一种偶然巧合，那几天，我被安排与河南母亲同桌用餐，坐车时曾好几次我都坐在老人家的后面。记得坐观光车去亚龙湾热带森林公园的路上，我坐在她的后面，嗅着老人家的体香，我总是忍不住地想：她要是我的母亲该多好啊！那么坐在她身边的那个女子就该是我了！想着想着，不知不觉里，眼泪就奔涌而出。一路上，我的眼泪在不停地流淌，好在我戴着墨镜。观光车在蜿蜒的山路上行驶，每当与对向行驶的观光车相遇时，迎面的两个车上的人都会雀跃地欢呼着，以示友好。看着河南母亲也随年轻人一起大声地呼喊，我的眼泪就汩汩地加速流淌，我多想让我的母亲也能那么开心地游玩！可此时的她却与我生死相隔，我永远都不能带她出来游玩了！一种莫名的遗憾深深地刺痛了我的灵魂！

那次海南之旅，只要有机会，我就尽量接近那位河南母亲，和她说说话，唠唠家常，找回有母亲的感觉。河南母亲的女儿告诉我，她说她的母亲善看面相，老人家第一眼看到我时就说我是个善良而有福相的女子。回程中，我们在海南机场的候机大厅内再次相遇，当我把饼干和水果送给河南母亲吃的时候，老人家说她果然没有看错人，并说她一生最看重的就是一个人的品行。

海南之旅回来之后，不知道为什么，我总是情不自禁地想起那位河南母亲，真后悔当时没有留下她的联系方式，不知道她还好吗？

去年秋天，为出一本图文并茂的游记散文集，我独自去开封补拍大相国寺和包公祠的景点照片。拍完之后，看时间尚早，我便又去了清明上河园。当我行至汴水虹桥的拱顶时，一抬头看到一位中年妇女正用轮椅推着一位七八十岁的老人艰难地爬坡，轮椅上坐着的估计是她的母亲。面对此情此景，我急忙跑过去，帮着她们把轮椅推上了拱桥顶，又推下了那段下坡。在她们的道谢声里，看着累得气喘吁吁的中年妇女，忽然感觉她很幸福。最起码，她有母亲可推，而我却没有了这个机会，遗憾推着轮椅的女人不是自己，遗憾轮椅上坐的也不是自己的母亲！那时，我幡然醒悟：母亲在世时身体不好，怎么就没想到买个轮椅推着她去旅游呢？为什么要等到她身体恢复健康？等来等去，铸成了终生遗憾。

女儿参加了工作后，曾对我说："妈妈，您和爸爸别嫌我多花钱，我想把该吃的都让你们吃了，该穿的都让你们穿了，该用的都让你们用了，该去的地方都带你们游览了……"听了女儿的话，我的眼眶湿润了，没想到女儿小小年纪却有如此的孝心！我为她的懂事而自豪，但愿她的生命里不再留有遗憾！

别让等待成为遗憾！但愿这个公益广告，能唤醒天下子女们等待的梦，让生命里不再有遗憾！

第五辑 抹不去的记忆

不知道曾有多少次，深红、浅红、粉红、紫红的小桃红，纵情绽放着，缤纷绚烂，铺设成我梦中的风景。

寒阳照彻

午夜幽深，万籁俱寂。隔壁又一次传出的沉闷咳嗽声穿越寒夜的静寂，如约而至地撞击我的耳膜。因刚搬入新居，我不知道那咳嗽声来自何人，却感觉它像是来自我遥远的记忆。

闻听那酷似遥远而又沉闷的咳嗽声，我的脑海里便浮现出一幅清晰的画面：冬日的寒阳照彻在 20 世纪七八十年代的乡村大地上，一排排低矮的平房、一个个不规则的柴草垛都静默在寒冬里。在避风的老屋抑或柴草垛前，几个头戴棉帽、身着厚厚的黑棉裤黑棉袄的老年人佝偻着身子，坐在那里晒太阳，有一搭没一搭地拉着家常，或回忆着陈年往事。他们就那么以群聚的形式围聚在一起，抵抗着寒冷，让阳光温暖他们漫长人生的某一时刻，大家像是把寒冷分担了一样，就不再那么冷了。晒太阳的人群里，时不时就有人咳嗽起来，那咳嗽的声音像是带着强大的传染力，引发了一阵几个人抑或所有人的集体咳嗽。

一声接着一声，一阵连着一阵，众多的咳嗽声在寒冷的空气中交织在一起，混沌成一片，声声阵阵撕心裂肺，憋得他们面红耳赤。偶尔有几个调皮的孩子前来追逐嬉戏，他们便会在咳嗽的间或里严厉又不耐烦地训斥他们，直至把他们赶走，像是没有调皮孩子的捣乱，那声声阵阵的咳嗽声便会变得畅通无阻起来……

在那个贫穷落后的年代，群聚晒太阳的画面想必是乡村冬天最为普遍的一道风景。那个时候，取暖无从谈起，生病了就在时光里慢慢自愈。别说咳嗽，就是患了大病也很少有人去看医生，甚至不敢声张，唯恐别人把生病和所谓的良心联系在一起，说他（她）是坏了良心才生大病。

在那泛黄的画面里，记忆最深的就是我的一个堂祖父。他是我祖父的三叔的儿子——祖父的亲堂弟，我们姊妹们都喊他大爷爷。大爷爷与大奶奶生有三儿七女十个孩子。听大人们说，他们好像还夭折过四个孩子。从我有记忆起，大爷爷和大奶奶一到冬天就咳嗽得厉害。听老人们说是因年轻时劳累过度而落下了痨伤，所以才在冬天不停地咳嗽，甚至会咳嗽得上气不接下气。大奶奶 50 岁的时候，在声声阵阵咳嗽的痛苦折磨中生下她最小的儿子，可她的小儿子刚满一岁，她就病逝了。她得了什么病？没有人知道——她一辈子都未曾进过医院，也未曾看过医生，她的病就像谜一样，至今都没有人能揭开谜底。

大奶奶去世后，大爷爷一下子就苍老了很多，那原本高大挺拔的身躯，像是被悲伤与生活的重担压得佝偻起来。开始的时候，他还和村里的老年人聚在一起聊天，寒阳照彻的画面里还曾有他的身影。有一段时间，他像是走出了丧妻的悲伤，满心欢喜地给他的那些老伙计们说起有媒人给他提媒续弦，并请他们帮忙征求一下儿女们的意见。得到儿女们极力反对的回应之后，他再也没有提过续弦的事，但是他好像又走回到丧妻的悲伤里，变得孤独起来。

大爷爷家和我们家前后院住着，他家在胡同的最后面，胡同里垛着他家的柴草垛。在晴朗的冬日里，我们从家里一出来，就能看到大爷爷独自一个人，或坐或躺在柴草垛向阳的一面晒太阳。寒冷像从四面八方朝他拥围而来，专门对抗着他，他有时把自己埋进柴草垛根的散碎柴草里，只露出头脸沐浴冬日的阳光，让他周身的柴草与他一起对抗寒冷。时不时地，他会抑制不住地一阵接一阵地咳嗽，那咳嗽声阵阵撕心裂肺，像是他周围的空气都随着他的咳嗽而震颤起来，而寒冷却丝毫都不退缩，一波接一波地拥围过来，令他蜷缩着身子一阵接着一阵地咳嗽，那原本酱色的脸憋得通红……

大爷爷唯一的嗜好就是抽烟。他抽烟从来不讲质量，不论品牌，一生所抽的烟绝大多数都是他自制的旱烟，那些旱烟的烟叶是他自己种的。生产责任制之前，他就在我家堂屋后面的小菜园里留一小片地，专门种植烟叶；生产责任制以后，他就在自己的责任田里种一大片烟叶。种一次基本够一年用的，春种秋收，年年如此。自烟叶播下种子的那天起，他就像照顾孩子一样精心管理他的烟叶，看到烟叶日渐葳蕤葱茏，他就像看到了希望一样满心欢喜。夏天的时候，清晨大爷爷看着烟叶的叶尖上缀着晶莹的露珠，在阳光的照射下折射着七彩光芒，抑或午后绿油油的烟叶反射着灼灼阳光，虽然没有文化，不懂诗情画意与子曰诗云，可他却把大自然赋予烟叶的美看在眼里，记在心里，把欣喜荡漾在他古铜色的脸上。秋天的时候，他就把收割的烟叶一把一把地捆好，晒干之后存放起来，等空闲的时候，再把烟叶揉碎了备用。他常常把一些烟叶送给祖父和其他吸烟的人，祖父说大爷爷的烟叶比买的香烟味道正、口感好。

听大人们说大爷爷之所以冬天没日没夜地咳嗽，是因为他患有肺结核。小时候，“肺结核”这个令我们不可思议的名词，带着贬义的色彩，像一条毒蛇一样缠绕着大爷爷，让他整个冬天都不得安宁。他就那么没日没夜地咳嗽，却从来不去看医生，甚至连去看医生的想法都没有。有人劝他去看看医生，可他总是说，等开了春就好了。他的语气里藏着无奈，也带着期盼。果然，有那么几年，春天的时候，随着气温的回升，大爷爷的咳嗽就会慢慢退避三舍，不治而愈。

尽管大爷爷有肺结核，可冬天晒太阳的时候，咳嗽的间或里，依然会掏出他的旱烟袋，摘下挂在腰间的小布袋，从里面盛上满满一烟袋锅烟叶，随着他烟袋锅上火光的明明灭灭，大口大口地抽着旱烟，开启吞云吐雾的悠然时光。有时候，他不用烟袋锅，而用废弃的报纸或本子撕成长条，将一小撮碎烟叶卷成一根比普通香烟略粗略长的烟卷，然后将烟卷的一端含在嘴里，掏出火柴熟稔地将烟卷的另一端点燃，接着就大口大口地抽起来。就这样，烟卷的一端明明灭灭地闪着火光，另一端被他含在嘴里猛抽，那吞云吐雾的悠然神态，像神仙似的，很享受。往往这个时候，在他咳嗽退场的间歇里，然而，常常是一根烟卷还未抽完，一阵撕心裂肺的咳嗽就会如约而至，可一阵咳嗽过后，他依然会接着他神仙般的吞云吐雾。

大概在我参加工作之后的第一个冬天，我回家时看到大爷爷正躺在柴草垛前似睡非睡地晒太阳，我走向前和他打了招呼，他看到我这个堂孙女回来，十分高兴。我刚走没几步，就听到他一连串的咳嗽声一阵紧似一阵，我便立即折身返回，劝他去看医生，他却忍着咳嗽红着脸说自己是老毛病了，不用看，等开春了自然就好了。像是他想说的话还没有说完，便忍不住又是一阵接一阵的咳嗽，于是他便打手势让我回家。

春暖花开的季节，我再一次回家从大爷爷家门口经过的时候，柴草垛与旁边向阳处的那些散碎柴草依然还在，却没有大爷爷的身影。我久久地凝视着柴草垛，泪水禁不住潸然而下。泪水迷蒙里，大爷爷一声接一声地咳嗽着，憋得满脸通红地边打着手势让我回家，边说自己等到开春就好了的情景仿若还在眼前……

春天一直等着大爷爷，可他却没有等到春天。从此，大爷爷一阵接一阵的咳嗽声就留在了我的记忆里。

小桃红

不知道曾有多少次，深红、浅红、粉红、紫红的小桃红，纵情绽放着，缤纷绚烂，铺设成我梦中的风景。

那些绽放的小桃红，是我记忆里堂老奶奶（曾祖母）种植在墙头上的凤仙花。凤仙花又名指甲草，被我们称之为小桃红。粉红的、深红的、浅红的、紫红的花朵簇拥着绿叶，缤纷在岁月的枝头，涂抹着我童年记忆的苍白。

那时，老奶奶七十多岁，个头不高，斑白的头发在脑后绾了个发髻。脸上深深浅浅的皱纹里写满了沧桑，从她端正的五官可以想象老人家年轻的时候定是一位俊俏的美人。在我的记忆里，老奶奶一年四季都穿着一身或深蓝或黑色的粗布衣裤，大襟上衣，大裆裤子，或薄或厚，但是都十分干净整洁，又得体大方。一双尖尖的小脚让我们见证了“三寸金莲”的真正内涵。她走路时用脚跟着地，走起来一扭一扭的。走得快了，身子就随之扭动得厉害，脑后的发髻也跟着一颤一颤的，颇具古风遗韵。每当老奶奶走过，我们几个小姑娘就会调皮地模仿着她走路的样子，十分夸张地扭来扭去。老奶奶脾气不好，爱骂人，倘若被她看见，我们逃不过一顿臭骂。明知如此，我们却始终都长不了记性，恶作剧依然持续上演。

于千万种花中，老奶奶独爱小桃红。每年她都种几株小桃红，而且都固定地种在她家堂屋东墙上面的花盆里。

老奶奶种花十分讲究，换土、浇灌、晾墒、浸种、播种、管理……每一个细节，她都做得一丝不苟，疏而不漏。老奶奶没文化，却能准确做到在花种浸出芽儿的时候，花盆里浇灌过的花土的墒情正适于播种。这时，老奶奶和老爷爷便会站在凳子上，俯身墙头，播上已萌芽儿的小桃红种子，继而覆盖上一层松散的黄土，然后再覆盖一层塑料薄膜，以保持温度。

播下种子，也就播下了希望。每天一大早，我们踏着晨露去上学的时候，就会看到老奶奶迎着晨曦，站在凳子上露出半个身子，俯身墙头欣赏她的小桃红。傍晚，夕阳的余晖把她露出半个身子俯身墙头的身影拖得长长的，婉约成一幅剪影，舒展在乡村生活的底色上。

老奶奶俯身墙头的画面，让我想象着她扭着小脚先登上小凳子，再登上大凳子，然后才能俯身墙头露出半个身子的情景。那时候，老奶奶没有喷壶，她浇花时就猛喝一大口水含在嘴里，再憋一口气，快速喷到植株上。她那喷水的声音与情形，带着无穷的魅力，令我们百看不厌，至今依然生动在我的记忆里。喷到叶子上的水沿着叶面向下滑行，在叶脚上聚成晶莹的水珠，宛若雨后的露珠，被夕照的余晖折射出七彩光芒。

每当看到老奶奶俯身墙头，我和小伙伴们都会讨好地喊她老奶奶。现在想来，无非是想用甜甜的问候换来一些小桃红花，染红我们的指甲，染红童年的记忆。

小桃红苗日渐繁茂，望着那铺展开来的绿色在花盆里挤挤挨挨，老奶奶便会在一场透雨之后，忍痛割爱来间苗。她总是在每一个花盆中央的地方留下长势旺盛的三两株，其他的花苗，她都小心翼翼地用铲尖连根带土地一棵棵移出来，送给我们几个小姑娘。我们每年都带着满满的希望，带着老奶奶送给我们的小桃红苗，按照她传授给我们的育花常识，轰轰烈烈地去栽培，可每一次都功亏一篑。即便如此，丝毫都不影响老奶奶下一年送我们花苗的热情，也不影响我们移栽的兴致。每一年，我们都抱着“这次准成”的愿望去栽培与管理，可在我的记忆里，我们几个小伙伴从来都没有等来过自己的花开。

于“千朵万朵压枝低”的小桃红花而言，老奶奶与其说是计日以俟，倒不如说是内心的恐惧与日俱增。她期盼小桃红花的纵情绽放令她赏心悦目，却更惧怕那些开得热烈的花会惹了我们几个小丫头的眼而被糟蹋得不堪入目，令她急火攻心。每年刚有花朵绽放，老奶奶就告诉我们，等花开多了，就送给我们染指甲。可她说的等，却令我们感觉时光那么漫长。那种等待令我们备受煎熬。总是异想老奶奶家的小桃红开出的第一朵花，甚至是从幼苗时开始，就用那些小桃红的叶和花来染红我们的指甲。

每当经过老奶奶家时，目光总是被墙头上的小桃红吸引。望着那铆足劲生长的小桃红，那带有锯齿状叶边的叶子，那红褐色的茎秆，那大红的、粉红的、紫色的花朵，那随风而舞的仿若展翅欲飞的彩蝶般的花瓣，诗意地招展，仿若牵了我们的心，勾走了我们的魂。凝目那些小桃红，蠢蠢欲动的心仿若被叶边的锯齿锯疼了一样，真想把那些鲜艳的花朵都摘下来，把十个手指甲还有十个脚指甲都染得紫红紫红的。

等待时刻挑战着我们的耐心，于是不甘等待的我们一次次密谋：趁夜深人静时去偷花。可偷花哪有那么容易，老爷爷和老奶奶不等太阳落山，就在门口望着他们的小桃红在门口纳凉。不知道是对我们高度防范，还是习惯了纳凉，每天晚上都坐到很晚。他们在月光下淡然闲坐，悠然摇扇，坐得星星月亮都困了，他们却依然端坐如初。我们几个躲在暗处伺机行动的孩子困得实在撑不下去了，不得不让计划一次次落空。就这么等了一天又一天……终于有一天，我们好不容易坚持到老爷爷老奶奶去睡了，还得耐着性子等他们睡熟。

老奶奶家的地势较高，站在她家的东墙下，感觉那墙仿若要耸入云端一般，从外面偷花无疑是异想天开，因此我们只能从其他地方入手。她家的木栅栏门每晚都被牢牢地锁上。那看似木篱笆似的栅栏门，既打不开，又钻不进去，还跳不过去，于我们而言，有着铜墙铁壁般的坚不可摧。我们只能按照事先“侦查”后商定的计划行动——从她家西邻的另一家跳进去，好在那家的土墙不算高，不用费多大劲就能跳过去。可老奶奶家的墙相对较高，我们几个小姑娘只得一个踩着另一个的肩膀搭人梯翻墙而入。进入老奶奶家，我们既怕惊醒还未睡熟的老奶奶和老爷爷，又怕被他们从窗户上看到，只得蹑手蹑脚地猫着腰从她家窗前悄悄走过。

走过老奶奶家的窗户，我们的胆子便大起来，轻轻地三步并做两步走到老奶奶家的东墙边，踩着老奶奶摆放在那里的小凳子蹬上大凳子，一如老奶奶那样俯身墙头，将那些枝繁叶茂的小桃红揽于胸前。望着那些撩拨得我们心旌摇曳的小桃红，真恨不得将它们全部连根拔起。

带着“战利品”满载而归，我们又偷偷溜进我奶奶家的磨坊里，煤油灯的荧荧火光照亮我们脸上掩饰不住的喜悦，也把我们欢呼雀跃的身影投射在墙上，宛如一帧帧灵动的剪影，记录下了我们欢快的童年。把花泥按人数均等分开，而后各自再将花泥分成十小份，把每一小份放到一个手指甲上，用放学路上采来的蓖麻叶包起来，再用线绑好。等我们几个把十指包好之后，还要满心欢喜地自我欣赏与相互欣赏一番，然后才带着意犹未尽的陶醉与欣喜，找一领苇席铺在奶奶家院子里的枣树下，横七竖八地倒地睡去。

第二天天还没亮，我们都还在梦乡里流连忘返之时，老奶奶就会循着我们的足迹、气势汹汹地骂上门来，看到我们一个个指甲包裹着她家小桃红花泥的手，气就不打一处来，狠狠地挨个揪我们的耳朵骂个不停。我的祖父母听到骂声后慌忙从屋里跑出来，顾不得教训我，就忙着替我们赔不是说好话。等其他几个小伙伴的父母赶来后，附和着祖父母，赔着笑脸说尽好话才把老奶奶劝走。接下来，等待我们几个“小偷”的将是严厉的呵斥或处罚。之后，我们见了老奶奶就像老鼠见了猫一样躲着走，躲闪不及的时候，怕她看到我们的指甲，就心虚地握起拳头，或者把手揣到衣兜里。

老奶奶家的土墙岌岌可危。尽管老奶奶一再声明——谁家孩子偷她家的小桃红砸死了他们不负责。父母也对我们千叮咛万嘱咐，说老奶奶家的墙随时都有倒塌的可能，一而再再而三地叮嘱我们不要跳墙去偷老奶奶家的花，否则有生命危险。可童年的我们面对小桃红的诱惑，哪管得了那么多。一看到小桃红，就将老奶奶的声明与父母的嘱咐抛之九霄云外。有一次，我们几个刚刚从老奶奶家的西墙跳下来，那堵墙就轰然倒塌了。幸亏我们几个跑得快，没有砸到我们。老奶奶和老爷爷被惊醒后，慌忙从屋里跑了出来。当时，我们吓得呆若木鸡，惶恐地望着刚倒塌的墙发呆。

那一次，老奶奶破例没有骂我们。她和老爷爷一边安抚我们，一边问我们有几个同来的伙伴。紧接着，他俩一遍又一遍地数过人数之后，得知我们全部安然无恙，才喘了一口粗气，一屁股蹲在地上，好长时间都没有动弹，也没有说话。不知道过了多久，老爷爷从披着的衣兜里掏出他的旱烟袋，一袋接一袋地抽起了旱烟，星星点点的火光在黑夜里忽明忽暗，抚慰着一个老人惊魂不定的心；老奶奶则嘴里不停地念念有词：谢天谢地！菩萨保佑！谢天谢地！菩萨保佑！……缓过神来的我们看着老爷爷和老奶奶望着断壁残垣发呆，又看了看那堵倒塌的墙，一个个慢慢地倒退几步，见他俩不注意我们，便都转身撒腿跑回了家。后来听大人们说，那天晚上，老爷爷和老奶奶就那么一直静静地在院子里坐到了天亮，度过了一个难熬的无眠之夜。

第二天一早，老奶奶摘掉了她家所有的小桃红花，分成若干份，用小碗端着分别给我们几个小姑娘送到家里，并嘱咐我们的母亲记得给我们喊魂儿。

也正是第二天，我们几个小伙伴的父亲与老奶奶的儿子一起拉土、担水、和泥，给老奶奶家垛了一圈坚固的新墙。从那次之后，我们几个再也没有跳墙去偷过老奶奶家的小桃红——不是因为她家的新墙，而是因为那堵倒塌的墙砸掉了我们偷花的欲望。从此，老奶奶也再没骂过我们。自那以后，每年她家的小桃红花一开，老奶奶就扭着小脚，端着一小碗一小碗的小桃红花送到我们几个小姑娘家里，而且还给我们带去增色的白矾。每一次染过指甲之后，我们都会像给领导汇报工作一样，跑到老奶奶面前给她炫耀我们的红指甲，那时老奶奶的脸上深深浅浅的皱纹又绽放开了一朵好看的菊花，令我们感觉她是那么的慈祥、善良、和蔼、可亲。

后来，老爷爷去世了，老奶奶再也没有种过小桃红。从此，她家墙上小桃红摇曳夏季的风景销声匿迹了，唯有那几个荒芜的花盆对天哀伤，直到老奶奶去世。

日月如梭，一晃四十多年过去了，如今的一切都物是人非，可老奶奶和她的那些小桃红在我的记忆里，依然清晰如昨……

发如雪

同事夸赞着我新烫的发型时走近我，小心翼翼地为我拔下头上的几根白发，而后凝视着我，郑重其事地对我说：“等你的头发全白了，就别染了。你挺直的腰身，方脸型、大眼睛，再加一头如雪的白发，肯定是一个恬静慈祥的酷老太太。”

她这心血来潮的设想，令我啼笑皆非。与此同时，我不由得打了个寒战——那个设想中的发如雪的老太太虽然很酷，况且还可以与慈祥和蔼、慈眉善目、精神矍铄、容光焕发等许多美好的词语联系在一起，但是如果能选择，我情愿做昔日祖母嘴里的那个黄毛丫头，也不愿意让沧桑岁月漂白我的满头青丝——那将意味着衰老，意味着生命就像即将燃尽的红烛一样，在时空里一点点走向生命的终结。

年少时，我发誓今生都保持自然美的本色——素面朝天，不佩戴首饰，不穿名牌时装……那个时候，我是那么想的，也是那么做的。

尽管有不少好心人劝我抓住青春扮靓自己，让青春的美纵情绽放，可我却听不进那些世俗的劝说，依然我行我素地坚持着自然美。尽管如此，依然有不少人夸我漂亮。我知道，那是青春在闪光。那时候，看着周围的女人涂脂抹粉，浓妆艳抹，披金戴银，穿时装讲大牌……虽然高贵而时尚，可我却不屑一顾，甚至满心抵触，感觉如此那般实在俗不可耐。时光如白驹过隙，不知道从何时起，我早已撕毁了曾经的誓言，抛弃了永保自然美的设想，跨入了世俗的行列，不惜金钱，心安理得地使用美白霜、抗皱霜、紧致霜、舒缓面膜等上好的化妆品来抵挡兵临城下的衰老，而且还莫名其妙地喜欢佩戴金银首饰，穿品牌时装……或许，时光的流水漂洗掉了我内心纯净的同时，也屏蔽了曾经温存于心的自然之美，来遮掩时光划过的痕迹。

记得小时候写作文，我们总是习惯性地写年过半百的老大爷或者老大娘。那个时候，对于幼小的我们来说，年过半百——五十多岁，那是一个苍老的年龄，那是一个十分遥远的年龄，可时光如白驹过隙，我们在不知不觉中已到了这个苍老的年纪。这一路走来，青丝早已消减了原本的黑色，华发也早已恋上了我们的鬓角。尽管我们不惜金钱来涂脂抹粉，披金戴银，穿戴讲究，把自己打扮得光鲜靓丽，可衰老并不因为我们的拼命抵挡而放过我们，它毫不退缩地追赶着我们，用那把千古雕刀，雕刻着我们内心的沧桑，脸上的皱纹。

我刚记事的时候，祖母五十多岁，黑发里夹杂着白发，却常常梳理得纹丝不乱，在后脑勺上盘起一个圆圆的发髻，用发簪固定着。祖母忙碌的时候，发髻偶尔会松散开来，她便熟稔地顺手再度盘起。而母亲的一头青丝乌黑发亮，修剪成当时时尚的齐耳短发，宛若黑色的绸缎一样柔顺光滑，丝毫不比荧屏上为洗发产品做广告的那些女星们的秀发逊色，让人好生羡慕，那时候的母亲才三十多岁。想起那时的祖母和母亲，我就会在穿越的时空里，遇到那个被大人们称作“黄毛丫头”的自己——一个头发柔柔黄黄的小丫头。如果换作如今，无须费心去焗染就是很时尚的发色。可不知道为什么，祖父总是领着我理一款当时被俗称为“砂壶盖”的男孩发型，再加之我的活泼、好动与调皮，活脱脱的一个假小子。后来我的头发稍微长了一些，祖母用红毛线给我在头顶扎一个朝天小辫，想起来真的既可笑又可爱。

光阴荏苒，日月如梭。

祖母稠密的头发在时光里不断脱落，原本还算大的发髻，后来脱落得只有核桃般大小。祖母常常将脱落的头发聚集在一起，再扭成一团存放在一处。或许，在祖母的心里，她存放那些脱落的头发，就是在存放她流逝的光阴；看着那些头发，就像是看着曾经的过往。可每当我听到货郎的拨浪鼓声响起，我总会拿起祖母存放的那些脱发，飞快地跑到货郎那里，用祖母遗落的光阴换取几粒糖豆来喂养内心滋长的“馋虫”。后来，不忍心看祖母小小的发髻和满头杂乱无章的碎发，家人帮她剪成了齐耳短发。祖母一生都未曾进过理发店，每隔一段时间，家人就会帮她修剪一次。祖母脱发的同时，头上的黑发也在一点点地被白发更替，我清楚地记得，祖母 73 岁的那一年春天，父亲查出了食道癌，她花白的头发仿若在一夜之间就全白了，71 岁的祖父花白的头发也全白了，他们都成了地地道道的发如雪的老人。后来，他们就带着那满头如雪的白发离开了我们，走进了另一个世界……

父亲在生病之前，乌黑的头发没有一根华发。可自他查出身患癌症到手术出院，那一个多月的光阴几乎漂白了他满头的黑发，看着在生死线上拼命挣扎的父亲满头枯槁的白发，我们十分心疼，那种疼痛撕心裂肺。知道父亲好强，不愿意以病态面世，于是，我特意买了染发膏，帮父亲把白发染得乌黑。可那染出来的黑发却失去了往日的光泽，尽管精心梳洗打理，却还是像枯草一样枯槁黯淡。后来，父亲去世后，我从一本杂志上得知染发易致癌，我开始为帮父亲染发而后悔不已，深深的自责不停地敲打着我疼痛的神经，令我十分悔恨自己的无知——父亲原本就是癌症，或许染了头发之后更加重了他的病情，缩短了他的生命。每当想起这些，万箭穿心般的疼痛就折磨得我痛不欲生……

母亲那一头令人羡慕的青丝不知道从何时起开始隐现了华发，开始的时候，爱美的母亲总是对着镜子一根根拔掉，后来母亲还让我们姊妹几个帮着她拔。那时候我根本不知道白发和黑发意味着什么，却十分乐意帮母亲拔白发。大概是因为我从小跟着祖母长大而母爱缺失的缘故吧，能有一个嗅着母亲的体香与母亲亲近而且还能为她做事的机会，我自然喜不自禁。母亲的白发就这么拔着长着，长着拔着，在她四十多岁的时候，她前额左边的一缕头发里的白发日渐增多，而且到了不宜再拔的程度，她不得不在哀叹里把右侧一缕黑发梳过来遮掩白发。也正是父亲的生病与去世，令母亲的白发迅速猛增，一下子苍老了很多。

父亲去世后，母亲用柔弱的双肩挑起了家庭的重担，上要赡养老人，下要操持几个孩子成家立业，还要看孙子、带孙女。看似简单的一行字，却耗费了母亲半生的心血，也徒添了母亲无数的白发。母亲一生爱美，她的白发稍稍长出一截，她就会染黑，原来是我们姊妹帮着染，后来我们都成家后不在她身边，她便到理发店去染，直到母亲因心脏病突发去世时，作为她的亲生女儿，我都不知道母亲的头上到底有多少黑发，又有多少白发。或许，如果母亲不染头发的话，就是一个发如雪的老人，只是染发剂遮掩了时光在母亲身上留下的痕迹，带给子女们谜一般的迷茫与哀伤。

记不清是哪一位作家曾经说过：老人是一堵墙，为子孙后代阻挡着死亡。如今，细细想来，祖父母和父母的相继去世，仿若一堵堵为我们阻挡死亡的大墙在时光里相继轰然倒塌，令我们直面死亡。

对镜凝视着头上日渐增多的白发，有时候，不知不觉中就湿润了眼眶，不知道为什么，模糊中，我常把镜中的自己模糊成记忆中的祖母或是母亲。

满　姑

在节气的更替中，小满已过去十天，芒种还没有到来，那个叫满的女人就将生命定格在她69岁的里程碑上，凄怆而去。

父母为她取名为满，是寄希望于她的人生能幸福美满。可偏偏造化弄人，她非但未能如父母所愿，反倒在贫病交加里了却了残生。

没有哀乐阵阵，没有经幡烈烈，没有素车白马，只有一架古老的地排车拉着满的灵柩，穿行在清风里。灵车飞速前行，稀稀落落的送葬队伍跟着灵车奔跑，送葬人的啼哭声随着他们的奔跑在风中时断时续地颤抖。除了她的子女，我是哭得最悲切的那个。

那条送葬的路，是我和满再熟悉不过的共同回家的路。已不知道，在那条路上，我们曾来来回回地走过多少次，更不知道，在那条路上，曾留下了我们多少足迹；那条送葬的路，让她沿着自己生前的足迹，走向了最终的归宿——坟墓；也正是在那条送葬的路上，她多年之前用人力三轮车带着我，扭着头郑重地对我说 ：“你娘没了，以后我给你当娘！”那个令我泪奔的画面至今依然清晰如昨，可我的母亲去世还不到七年，满给我的承诺也还不到七年，她就走了，这怎能不令我悲伤，不令我难过呢？

满是我的亲姑妈。

我有五个姑妈，其中三个亲姑妈，一个续姑妈，一个干姑妈。满是我五个姑姑当中最小的一个，也是我的三个亲姑妈之一。我和姊妹们在区分她与其他姑妈的时候都称她为满姑，而当面则很亲切地喊她姑。而其他的四个姑妈则被我们依次喊做大姑、二姑、三姑、四姑。不管是亲姑妈、续姑妈，还是干姑妈，五个姑妈对我们都非常好，在外人看来，根本没有远近亲疏之分。可从骨子里，我和满姑最亲，而她也在众多的侄子、侄女、外甥、外甥女当中，对我最好，我和她之间的亲情甚至超越了母女。

听祖母与母亲曾无数次说过，我是满姑怀揣背驮看大的孩子。她曾无数次告诉我，在她没出嫁的时候，她带着我，但一点儿都不影响她玩。她用大襟棉袄把我揣在怀里，和小伙伴们踢毽子，一踢就是几百个，谁都踢不过她。她踢毽子的时候，我从来都不哭，也不闹，望着翻飞的毽子咯咯地笑，娘俩配合得十分默契。

满姑是祖父母最小的女儿，也祖父母最宠爱的女儿。她的生活说不上是衣来伸手，饭来张口，却也衣食无忧。祖父母对她能帮则帮，能替则替。在那个衣物被褥全靠纺织与手缝的年代，农闲时节，与姑姑同龄的女子要么终日与纺车与机杼声相伴，要么终日针线不离手，而姑姑则不然，她的一切都由勤劳的祖母与年长她近 20 岁的大姑妈包办代替。她的三个一如青葱春笋般水灵的孩子，也由她的婆母和我的祖母看大，孩子们的穿戴全都出自我的祖母与大姑妈之手。那时，姑父在公社水管所当合同制工人，是当地“寥若晨星”的打井技术员，经常外出打机井，收入可观，对姑姑又言听计从，宠爱有加，他把他的全部收入都如数交给姑姑掌管。夫妇俩夫唱妇随，相濡以沫，举案齐眉，无不令人艳羡。故而，姑姑的前半生，一直都幸福美满，光鲜亮丽在我的记忆里。

那年深秋，父亲在病痛中永远地离开了我们。父亲入殓后，我们姊妹跪着哭，姑姑就陪我们跪着哭；我们扶着父亲的棺木哭，她就陪我们扶着父亲的棺木哭；我们哭多久，她就哭多久。那时候，她那么年轻，那么健康，那么有活力，谁也不会把她和死亡联系在一起。那情那景仿若还在眼前，29 年转瞬即逝，她却安静地躺在棺材里，令我们为之哭泣。

那时，我们原本富裕的家庭，因为父亲的生病与离去而摇摇欲坠，我们母子几个也因为父亲的离去而瞬间变成了孤儿寡母。那时，是距离我们家只有一里地远的满姑向我们伸出了温暖之手，家里的大事小情，她都积极帮忙出主意，想办法；地里的农活，她和姑父不辞辛劳地竭尽全力帮忙。那时的姑姑不再是养尊处优的娇娇女，而是风风火火的女汉子。当时，我那人高马大又仪表堂堂的姑父，在当地则是跺跺脚地球就会抖三抖的主儿。父亲去世之后，姑姑和姑父常常会在晚饭之后，像串门一样，跑到我们家，看看年迈的祖父母，看看我们孤儿寡母，看看我们那个风雨飘摇的家。当时，或许我们孤儿寡母不被人欺负，很大程度上都仰仗了姑姑和姑父的鼎力相助。

父亲去世后，我们的家境每况愈下。我读师范时，尽管有国家拨付的学费、生活费和住宿费等费用，但是在校期间，总还会产生一些额外费用。那年，寒假开学前，当母亲正为我上学的费用一筹莫展时，姑姑给我送去了带着她体温的30元钱。在那个贫穷落后的年代，30元钱对我来说无疑近乎天文数字——差不多够我一年的零花钱。它让我铭记一生，也让我感恩一生。

我回娘家要经过姑姑家的村口，我常常会在回娘家的时候，拐个弯儿去看望姑姑。有一次，我去看望姑姑，她说她腿疼，常常夜里疼醒。第二天我就带她去医院检查，医生给她照了X光，还做了CT，检查结果却出乎意料——双股骨头坏死。那时，股骨头坏死对我们来说并不陌生——三姑父因双股骨头坏死刚刚做完手术。

得知满姑患了双股骨头坏死，亲人们的叹息像零落的花瓣一样，一瓣一瓣疼痛地飘零。送姑姑回家后，我愁肠百结，一夜未眠。丈夫知道姑姑家的家境，也知道我对姑姑的那份深情，就答应让我出一半钱给姑姑做换股骨头手术。当时，我像是看到了姑姑康复的希望，顿时激动得涕泪横流。我想，既然丈夫那么说了，就是多花些也未尝不可。剩下的费用即使家境贫寒的姑姑家拿不出一分钱来，在众多的亲戚中筹资也不成问题，况且姐姐、弟弟、妹妹，还有表哥、表弟们都对我的设想心服首肯，都愿意出资为姑姑治病。当我满怀期望地去和姑父与表弟商量的时候，他们却坚决反对——一来不愿意让姑姑忍受手术的刀割之痛，二来看三姑父的手术效果不好，故而他们决定让姑姑保守治疗。虽然我和姑姑一脉相承，但是相对姑父和表弟而言，我毕竟是个外人，姑姑的事情由不得我做主。我不得不满怀希望而去，失望而归。

姑姑生病期间，姑父四处打听偏方，但凡能去的地方，他就开着机动三轮车拉着她去看病。很多时候，姑姑都打电话邀我一同前往。凡是姑姑的事，在我的人生字典里，就没有“不”字。有一次，在市立医院，我用轮椅推着姑姑楼上楼下地寻医问药，有人问她说：“你闺女？”“我侄女！”在众人艳羡的目光里，姑姑一脸的幸福遮蔽了难忍的病痛。

姑姑生病初期行动不便，一些邻居为消除她的寂寞，常到她家里陪她打麻将。他们乐此不疲，一打就是一天，天天如此。曾经好多次我去看她，她都稳坐麻将场。为此，姑父和表弟怕姑姑的身体吃不消，多次打电话让我劝她少打麻将，多休息。无论是当面还是打电话，姑姑都信誓旦旦地满口答应，可面对找上门去的牌友，她就会将她的承诺抛之脑后。随着病情的加重，姑姑连麻将都打不了了。从此，姑姑接触的人就剩下了终日伺候她的姑父和抽空去看望她的亲人们，更多的时候，她则是对着空荡荡的家独自发呆，过着与世隔绝的生活，她的神志也日渐混沌起来。偶尔有邻居去她家串门，她一见就抓住人家的手抽泣；人家一走，她就张嘴大哭，吓得邻居们都躲得远远的，不敢再去看她。如今她走了，我们终于理解了她忍着病痛打麻将的缘由——一来她是想以转移自己注意力的方式来缓解她的病痛，二来她是想让那些牌友的说笑声驱散她病中难耐的孤寞。

姑姑的生活不能自理之后，姑父就成了她的专职保姆。又加之表弟和表妹都有病，要常年吃药，还不能干活，姑姑家的家境越来越艰难。

走进姑姑家的大门，一种无边的凄凉便会拥围而来。低矮的平房是四十多年前的老房子，鱼鳞般的灰瓦、腐朽的门窗、斑驳的墙体、蔓延的苔藓……如同姑姑的病痛，诉说着日子的苍凉；她家只有两只15瓦的老旧灯泡和一个开关机时雪花不断飘落的12英寸的老旧黑白电视机；家具还是姑姑结婚时娘家陪送她的四大件——桌、椅、厨、柜。用一贫如洗和家徒四壁来形容一点都不为过。自从那年姑父在打井中意外地砸死了人，厄运就缠着她家不放，家境也由富裕走向衰败。从此，衰败如影随形，表妹、姑姑、表弟依次相继生病，以至整个家庭贫病交加。原本身材魁梧又仪表堂堂的姑父，也因此被生活的重担与贫困压弯了脊背，身体佝偻的同时，性情也变得冷漠、暴躁、敏感、蛮横、悲观、消极……

母亲在世的时候，我即便不给母亲零花钱，也会资助姑姑，以保证她的医药费用。可身为工薪阶层、又上有老下有小的我也是心有余而力不足，拿不出多少钱来资助姑姑。后来，她的病好像有了抗药性，只有加大药的剂量才能缓解她片刻难忍的病痛。

我和姐姐去看望姑姑的时候，姑姑说姑父心烦时就推搡她，讥讽她……作为她的亲侄女，我们听了黯然神伤，泪湿双眸。姑姑还说，姑父有一次对她发飙时，她就吓唬他说，让我弟弟打他。可姑父听了之后，气得暴跳如雷，怒不可遏，好一阵吹胡子瞪眼之后便扬长而去。可姑姑离不开姑父，等他消了气回到家时，又百般讨好他。姑姑那么说的时候，我和姐姐的眼泪奔涌而出……

姑姑去世一个多月之前，那天天还未亮，弟媳就打来电话说姑姑病危。当我和姐姐慌忙驱车赶到的时候，看着姑姑形容枯槁、面色苍白地躺在床上，我们喊她，她半睁着双眼，泪水从她的眼角顺着她两边的太阳穴流淌下来，一点点洇湿了枕巾。我紧紧地抓着姑姑那双苍凉、变形的、瘦骨嶙峋的手——她那双手究竟抓住了多少幸福的日子，又招来了多少不幸与灾难，无人知晓，只有上面蜿蜒凸显的条条青筋知道。

第二天再去看姑姑的时候，她说胃里很难受，拉着我的手放在她的胃部。我轻轻地给她按摩胃部，自上往下轻轻地一点点地按摩着……面对着可怜的姑姑，自责、愧疚与无奈拥堵心口，泪水顿然模糊了双眼……

暮春，草长莺飞，骤升的气温向着夏天的酷暑逼近。然而，姑姑却躺在一块厚厚的海绵上，脏兮兮的棉被盖着她弯曲的双腿，瘦弱的双手交替着摇动芭蕉扇降温……姑姑目光痴呆地凝望着我，双眼湿润——或许她觉得我是她于茫茫大海抓到的那根救命稻草。我静静地凝望着姑姑，哪里还能找见她当初的聪明、伶俐、开朗、爽快、漂亮、能干的一点儿影子？我就那么深情地望着她，不听话的泪水如同断了线的珍珠一样，啪嗒啪嗒地滚落下来，颗颗泪珠落在地上，惊起满地的尘埃。泪珠着地后碎裂开来，如同我伤痛的心……

同样是人，为什么命运却千差万别？不与达官贵人相提，不与明星富豪并论，倘若姑姑能处在工薪阶层家庭，最起码能有空调，能给她请得起保姆。姑父就能“解放”出来，也不至于动不动就对姑姑发脾气、甩脸子……一切都归于一个“穷”字！是该死的贫穷葬送了我可怜的姑姑！

当我再给姑姑打电话的时候，她已住进了当地的乡镇医院。晚上，我和丈夫驱车邀着姐姐去医院看望姑姑。姑姑见到我们，别提有多高兴！她爱不释手地抚摸着我给她买的白底蓝碎花睡衣和柔软的夏凉被，爽朗地笑了起来，一如她生病之前那样，那笑发自肺腑，声音亮如洪钟，一声声一阵阵都冲出了病房，回荡在医院的上空，惊得夜空的星星和月亮都笑眯眯地眨巴着眼睛向窗户里偷窥。姑姑笑着笑着，忽然停了下来，对着睡衣和被子发起了呆，继而，倏然湿润了双眼。我怕她会因伤感而加重病情，就哄她说，她若哭的话，我们就不再去看她了。姑姑像个孩子似的把眼泪憋了回去，转而又是一阵开心地大笑。

“我一个老婆子家，咋能穿恁好的衣服？换（我姐的乳名），这身衣服给你吧！被子我留着自己盖！”姑姑抚摸着睡衣和被子，满心欢喜地对姐姐说。

睡衣是我专门跑到内衣店给姑姑买的细纱纯棉睡衣，虽然知道她的时间已经不多，可我还是给她买了质量最好的一身。

“姑，你拿着我的东西咋恁会落好？！”难得见姑姑那么开心，我便和她开起了玩笑。

当我告诉姑姑女儿患了眼疾，五一期间，我要去济南看女儿，不能再陪她的时候，她的脸上蓦然掠过一阵阴郁，像是想起什么似的，挪了挪身子，凑近了姐姐，低头柔声与她商量：“换，你妹妹就那一个闺女，我也没啥给她，这身衣服你别要了，给她吧，你是个大人，得让着孩子！”

当我和姐姐告诉姑姑，衣服和被子谁都不要，就给她的时候，她很歉疚地在脖子里摸了好一阵，中间像是犹豫了一下，而后，摘下来一个污浊得已看不清颜色的红线绳系着的观音菩萨平安符，她说那个平安符是经法师开过光的，能驱灾辟邪保平安。她递给我，非要我带给女儿。接过那个小小的平安符，我的眼泪禁不住又一次夺眶而出，感觉它似有千斤之重，我怔怔地凝视了那个平安符看了好一阵之后，又重新给姑姑戴在了脖子上，祈愿它能给姑姑驱灾避邪保平安！

“姑，我们什么都不要，只要你好好活着，我们没有爹娘，您能好好给我们当娘，我们就满足了！”我和姐姐都那么说着，激励她好好活下去。

“你们没娘了我就病了，光嘴上说给你们当娘，我还什么忙都没给你们帮上呢……”姑姑接应着我们的话题，边说边轻轻地闭了双眼，同时，双手合十于胸前祈祷：“天王爷、盖天老祖、王母娘娘，保佑我好了吧！保佑我好了吧！……”她的祈祷那么认真，那么虔诚，那么动人。她求生的欲望那么强烈，却愣是没有感动上苍与神灵。那真挚的画面仿若还在眼前，可她却已与我们生死相隔。

姑姑在医院住了三天就回家了，姑父说医生给她照了X光，做了CT，说她的身体除了股骨头坏死之外，其他什么事都没有，回家养着就行了。姑父是长辈，又是老实人，我们都很信任他。同时也为姑姑的检查结果高兴。

姑姑出院后，我常常去看她，她依然是什么都不能吃，单单靠着喝几口面汤来维持生命。她老说胃里热，我请医生按照她说的症状给她开了个处方，买了一些治胃病的药。姑姑说我买的药特好，即便是再难受，吃下去立马就会见效，特别特别管用。以至不管什么时候难受时，她都对儿女们说，快点儿给我吃你二姐给我买的好药。或许，对于贫病交加的姑姑来说，我给她买的那些药，可能是她在生命最后的日子里吃到的最好的药。

我每一次去看姑姑，临走的时候，她都紧紧地拉着我的手，近乎哀求地对我说："我知道你忙，还是不想让你走，你走了还得再来哈！亲人近人不来，谁来啊？！……"姑姑最后的那些日子，一直给我说好话，说我心地善良，说我对她好，说她花我的钱多。她那么说的时候，带着诚意，带着感激，带着歉疚，带着无奈，亦带着绝望……姑姑的话，像引泪弹一样，引得我的眼泪稀里哗啦地不停流淌……对于我可怜的姑姑，我情愿去花钱，情愿去帮她，情愿去看她，情愿……只祈愿她能好好地活着。

姑姑生病之后，难为姑父照顾了她多年。村里却传言说姑父伺候姑姑伺候够了……即便是子女对父母，自古就有"床前没有百天孝"的说法，何况是一个大男人面对一个不能自理又焦躁不安的妻子呢？我不想让那些传言颠覆了我记忆中他们相濡以沫的过往，遮蔽了姑姑曾经的幸福时光。静静地想着，我的泪水一如决堤的洪水一样奔涌而出，谁能想到，我那天生丽质又温婉贤淑的姑姑，如今竟然落到了如此地步？

一天凌晨的时候，表弟打来电话说姑姑病危了。在驱车赶往姑姑家的路上，我在为姑姑祈祷的同时，泪水却止不住地奔涌，不知道上苍为什么要让善良的姑姑蒙受那么多的痛苦与磨难。

姑姑安静地躺在床上，面如土色，紧锁的眉宇间写满了痛楚与留恋。她像似瘦了一大圈儿，原本略显凸起的腹部凹了下去，污迹斑斑的呕吐物的痕迹依稀可辨。她就那么安静地躺在那里，安静得出奇，安静得令人窒息，安静得引得我们的泪水稀里哗啦地流淌。表妹说姑姑又吐了一夜黑血。我和姐姐走向前喊了一声姑，她睁开了无神的双眼，有气无力地用微弱的声音喊我和姐姐的乳名，喊得我们的泪水奔涌……姑姑伸出她那双瘦骨嶙峋的手，抓住我的手，神情恍惚得像是说胡话一样，不停地让我给她垫枕头，换尿不湿。我伏下身子，抱住了我可怜的姑姑——我的脸贴着她的脸，我的泪融合了她的泪……我就那么泪流满面地抱着姑姑，多想让她长久而安静地躺在我的怀里，让所有病痛与灾难都远离她……

姑姑在慌乱中折腾了好一阵之后，在我的怀里闭上眼睛安静下来。当她再一次睁开无神的双眼时，她说她饿了，想吃东西。表妹端来的面汤，姑姑只喝了两小口，便开始作呕，还未等我放下手中给她喂饭的碗，她便浑身抽搐起来，整个脸都扭曲了，翻白的眼珠随时都有挣脱眼眶的危险，接着就是一阵阵翻江倒海的呕吐……

正是那天，我才真正意识到姑姑已病入膏肓，她的生命已走到了尽头。面对一步步逼近姑姑的死神，我们谁都无能为力。

“老天爷，您快点儿带走我可怜的姑姑吧！别再让她忍受病痛的折磨了！”告别姑姑的那天晚上，我几乎彻夜未眠，刚刚闭上眼睛，我就被自言自语的梦呓祈祷声惊醒了，随之，伴着长流的泪水，一种无边的自责切割着我负罪的心灵。

姑姑的最后一天，我没有再去。不是不想去，而是不敢去——我不敢，也不忍心再去眼睁睁地看着姑姑在生死线上垂死挣扎，唯恐她会像父亲那样在我注视的目光里停止心跳与呼吸，成为我一生都挥之不去的哀殇……那一天，我感觉时间就像在作弄我似的，故意放慢了脚步，那一天像是比一个世纪都漫长。

得知姑姑去世的消息，我的内心却异常平静，长长地舒了一口气，却不知道，内心深处的悲伤与平静，到底是哪种情绪占了主导地位。

走不出的昨天

飞来横祸

自多年前母亲被救护车拉去救治之后，我就对呼啸而过的救护车和其惊人的鸣叫声，有一种深深的恐惧。随着祖父母与父母的一一远去，我的恐惧感随之淡漠起来。没想到，侄子龙振出车祸的救护车的轰鸣声，一如熊熊烈火，瞬间点燃了我内心深处的惶恐，也把一家人带进了无边的深渊。

那是 2015 年 5 月 28 日（农历四月十一日，距母亲去世四周年还差 26 天），天气格外晴朗，我的心情却怎么都和不上天气的节拍，莫名的烦躁令我坐立不安。在单位食堂吃过午饭刚回到办公室，弟弟急促的电话带来了侄子时龙振出车祸的不幸消息，令我顿时乱了方寸。

挂断弟弟的电话，我迅速拨打侄子的电话。电话通着，却没有人接听；再拨，依然通着，直到电话那端传出忙音。我焦急地一次次拨打着电话。后来，电话终于接通了，可是电话那端却不是龙振的声音，他自报家门说是事故现场的交警，并说侄子和车上的另一个人（他的战友）都已被送至某县人民医院抢救，让家属速去医院。

置身炎热的夏季，我却不停地打着寒战。在与交警的通话中，无论我怎样抑制自己，都不能像往常一样口齿清晰，上下牙齿总是情不自禁地来回磕碰。交警电话里的那个加重了的“抢救”的措辞，令我本就悬着的心一下子提到了嗓子眼儿，莫名的恐惧与不安将我所有的神经都揪得紧紧的，愈揪愈紧，仿若一缕清风刮过，就会碎裂一地。一想到弟弟电话里抑制不住的颤音，悬着的心不由得一沉再沉，一种不祥的征兆袭上心头。

慌乱中，我忽然想起我的师范同学的丈夫在某县人民医院工作，便迅速地拨通了她的电话，她毫不含糊地答应和休班的丈夫速去医院看望孩子并帮忙救治。

我们以最快的速度赶到某县人民医院，当看到孩子的那一刹那，我彻底懵了——那个刚从武警部队复员的活蹦乱跳的侄子此刻正蜷缩在病床上。他是那么的无助，头上、脸上血肉模糊，浑身血迹斑斑，地上一大摊血被厚厚的锯末覆盖着，血已浸透锯末并与锯末凝固在一起——这个只有在影视剧里才能见到的镜头此时真实地出现在我的眼前，而主人公却是我唯一的亲侄子。我的眼前一黑，脑袋顿时嗡地一下，仿若置于脑中的定时炸弹已到了即将爆炸的最后关头，一种无以言说的伤痛袭上心头，眼里顿时盈满了泪水。

我喊了侄子几声，他清晰而准确地回应，令我稍稍松了口气。

然而，当他的主治医生告诉我们，他的颅底粉碎性骨折、颈椎粉碎性骨折、腰椎粉碎性骨折、骨盆粉碎性骨折、肋骨多处粉碎性骨折、四肢多处粉碎性骨折等症的时候，我吓得魂飞魄散，思绪不由得在忧虑中游走——这场车祸是否会改变他的命运？他以后是否还能四肢健全地站起来？他还能否娶到如意的媳妇？但直觉告诉我他没有生命危险。

顾不得悲伤难过，我们决定给侄子转到菏泽市立医院治疗。坐在救护车上，救护车的阵阵嘶鸣再度把我深深的恐惧推到了风口浪尖，令我在一浪高过一浪的恐惧里惊魂不定；我知道，车顶上的警示灯此刻一如闪动着的大眼睛一样，正随着救护车的嘶鸣闪动着幽幽的蓝光。那幽幽蓝光仿若万千利剑，齐刷刷地穿过车顶向我射来，剑剑都射中我的心脏，一种无以言说的痛楚折磨得我苦不堪言。

一路上，我无暇仔细查看孩子的伤势，无暇握着他的手安抚他战栗的灵魂，无暇边喊他边驱逐车祸给他带来的惊悸，只是坐在副驾驶的位置，时不时地回头安排陪护在侄子身旁的弟弟和弟媳喊着孩子的名字陪他说话；继而不停地打着电话，一边安排亲属到医院接应，一边找熟人托关系，以便抵达医院之后以最快的速度开始接受治疗……

重症监护室

龙振在市立医院急诊室经过一系列的检查，又经过医生的会诊之后，在制定救治方案时征求家属意见，我毫不犹豫地脱口而出：“不惜一切代价！”

“不惜一切代价！”家人们都异口同声地重复着我的话。每个人的语气都那么凝重而肯定，每个人的表情都那么严肃而认真，每个人的心情都那么复杂而沉重。

我们之所以持这样的态度，并非给医生施加压力，而是这个孩子对于我们家太重要——家族历经三代单传之后，到了我们这一代，才打破了单传的模式，有了两个男丁——我的两个弟弟。可到了侄子这一代却又悄无声息地回到了单传的老模式——两个弟弟只有龙振这么一个男孩，我们全家都将他视为珍宝。

“你是他妈？”医生疑问的口气里带着肯定。

“不是，我是他姑！”我和侄子的身上都流着时家的血，我们血脉相连，他是我们时家生命的延续，他在我的生命里至关重要。

医生让龙振住进了神经外科的ICU重症监护室的四床，对他进行保守治疗。从此，“四床”就成了他的代号，也正是从那时起，我们一家人对数字“四”变得异常敏感。

ICU重症监护室房门上的玻璃，在炎热的盛夏泛着不合时宜的寒光，与冰冷的白墙浑然一体，把孩子与家人隔离开来。我们一家人，因为焦急、牵挂、担忧、煎熬等情愫的困扰，所有的心事都围绕着龙振，似乎能穿越病房的门、墙、空间与阴冷等一切阻碍，紧紧地追随着灾难中的孩子。

自从那道寒光闪闪的门把龙振与家人隔离开来，我们就对那道门特别关注，同时也充满了莫名的恐惧与期待。每当那扇门一打开，抑或是闪开一道哪怕是一线的缝隙，都会令我们对着那道门行注目礼，心无旁骛地细听从病房内走出来的医护人员带来的有关四床的消息。我们渴盼好消息，哪怕是龙振的伤势或病情稍有一丁点儿的好转，我们都会兴奋不已；同时我们更害怕从那扇门里传出的有关四床的坏消息，更怕医生喊四床病人家属到医生办公室谈话——身着白色隔离衣的医生在那个白桌、白椅、白墙的办公室内，一脸严肃地告诉我们四床的伤势如何如何严重，病情如何如何恶化……哪怕是一丁点儿的坏消息，都足以击倒我们，令我们在这个炎热的夏季，感受到来自季节之外的寒凉与惶恐。

擦拭血迹

星期二与星期五的下午，是神经外科ICU重症监护室病人家属集中探视的时间，意味着一周里只有在这两个时间段里，我们才能见到令人时刻忧心的孩子。故而，这两个时间段就成了我们一家人最渴盼的时刻。

入院当天的晚上，并非探视时间，ICU重症监护室闪开一道缝，护士在病人家属的凝目与期待里高喊着："四床时龙振的家属，帮忙给他擦擦脸上的血！"我怕弟弟、弟媳看到儿子的伤势会更加心疼难过，就抢先跑了过去。

那是我第一次在重症监护室里见到侄子。

看着平日英俊潇洒的侄子无奈又无助地躺在病床上，脖子上卡着一个白色的颈托，一头一脸的凝血，前额包扎伤口的白纱布以及固定伤口的白色网状头套全都凝血斑斑，从眼睛、鼻孔、耳朵、嘴里等处流出的血已经凝固。眼前的情景，令我蓦然与"七窍出血"这个词语联系在一起，同时，一种不祥的征兆纠缠着我混乱的神经，顿感眼前一黑，继而天旋地转，站立不稳。我真想伏在他身上大哭一场，可是我不能！侄子出事之后，弟弟的第一个电话就是打给我的。我是弟弟的主心骨，我必须坚强，绝不能乱了方寸。我定了定神，重重地做了几个深呼吸，稳定自己的情绪。

我用温毛巾轻轻地帮龙振擦拭着脸上的凝血，尽管我的动作很轻很轻，轻到就像是在擦拭一个婴儿的皮肤，抑或在擦拭一个价值连城的易碎瓷器，可他还是在不停地喊着“哎呀——疼！——疼！——疼！——疼死我了！……”他每喊一声，我的心就像被利刃割一次，他在不停地喊疼，我的心在不停地被利刃割伤，疼在侄子身上，也疼在我的心里。无论我怎样努力抑制，泪水却一直在无声滑落。

“龙振，我们会想尽一切办法给你请最好的医生，你必须配合治疗！”我一边给他擦拭血迹，一边和他轻轻地说着话，亮明家人的态度，给他吃定心丸的同时，也分散一下他的注意力，缓解他的疼痛。

“嗯！”他回答得干脆而响亮，像是给我吃了一颗大大的定心丸。

“龙振，你当过武警，经过高强度、高难度的训练，那么多苦你都经历过了，这场车祸你必须挺过来！……”我口气十分强硬地命令他，想以长辈命令的口吻激起他求生的欲望。

不知道是他底气不足，还是他不喜欢我强硬的口气，任凭我一遍遍地问他“你听见了吗？”“你听见了吗？”他都仿若睡着一样，始终没有回答，我的心情更加茫然而沉重起来。

“龙振，你是男人，你是时家的独苗，你有责任也有义务为时家延续香火……龙振，你说过我老了你会像儿子一样孝敬我的，你不能食言……龙振，你睁开眼睛看看姑姑头上的白发，我老了，该你接过我肩上的担子了……”不管他听见与否，我一边不停地说着激励他求生的话语，一边轻轻地给他擦拭着身上的凝血。

IUC 病房之外

ICU 那道闪着寒光的门如同一面魔镜，检验着进出病号的病情——病情严重者随时都会转进去；病情好转的，经过医生们一系列会诊，确定病情稳定之后才能出去。

风平浪静的日子，每个人都有各自的生活，忙各自的事情，即便是亲属之间也没有太多的交集。一旦成为病号住进了医院，特别是住进重症监护室的，他（她）的身后立马就会有一个亲友团时刻为其揪心，为其忙碌，为其病情好转而欣慰，为其病情加重而忧心。

众多病号的亲友团在 ICU 门外组成了一个庞大的队伍，没有领导，没有组织，没有纪律，各为各自的病号忧心，各按各自的意愿行事，各按各自的轨迹行走。但是大家却都有一个共同的目标——希望住在 ICU 里的亲人早日好转，早日转出 ICU。

这个庞大的队伍再加上一波又一波的外来探视人员，令 ICU 门前乱糟糟的，用“人头攒动”与“人声鼎沸”来形容一点都不为过。那些来来往往的亲属团像早已习惯了医护人员的呵斥，仿若地下游击队一样，进进退退地打着游击。ICU 门外的喧嚣淹没了病房内的所有动静，也淹没了龙振喊疼的声音。

每当夜幕降临，夜色吞噬了白日的喧嚣，一切都归于沉寂之后，

ICU 病房外面折腾了一天的人们各自找位置，横七竖八地循着夜色睡去，龙振喊疼的声音便会冲破夜色，穿越 ICU 病房的门里门外，响彻寂静的夜空。他的每一声撕心裂肺的呼喊，都撕扯着亲人们的神经，令他身上的疼与家人心头的痛一起纠缠在难挨的漫漫长夜。

就这样，他疼着，喊着；喊着，疼着……

第四次 CT

在 ICU 的前几天，每天都有家人陪着龙振去做一次 CT。每一次，喊他抑或是问话时，他都回答得清晰而准确，只是一改平日的桀骜不驯，无助地躺在治疗车上，任我们推着。从他那紧蹙的眉头、紧闭的双唇、紧握的拳头，不难看出他在亲人的面前竭力抑制着不再喊疼。

每一次做 CT，龙振脸上都有不同变化——第一次，整个脸上血肉模糊，凝血斑斑；第二次，脸上血迹可见，伤口凸显；第三次，两只大大的熊猫眼——眼睛四周严重淤血，黑紫黑紫的，让人害怕，让人心疼，更让人揪心；第四次，熊猫眼稍有好转，这一次，也是他说话最多的一次。

龙振住进 ICU 病房的第五天，医生说他伤势不算太重，神志一直清醒，在 ICU 很可能会给他带来精神压力而不利于他的康复，于是医生决定让他做完第四次 CT 就从 ICU 转入普通病房。医生的这个决定预示着龙振的伤势有了好转，起码脱离了危险期，令家人熬煎的心有了些许的慰藉。

龙振第四次做 CT 的时候，由家人和他的几个战友陪着。在来回的路上，他说了好多话。尽管微闭着熊猫眼，可无论哪个战友问他是谁，抑或问什么问题，他都对答如流，而且准确无误。

“龙振，只想着你在ICU病房有利于治疗，没想到给你造成了这么大的思想压力，这都怪二姑！做完这次CT，你就转普通病房了，也就能天天见到家人了。”在第四次去做CT的路上，我歉疚地宽慰着孩子。

“有个一般的地方治治就行呗！”面对我的歉疚，龙振说得轻描淡写。

“龙振，出了ICU病房，想吃啥好吃的二姑都给你做。”我抓着他的手，像是抓住了他的健康，也像抓住了我全部的希望，亲切而动情地对他说。

“中！”他回答得十分干脆。

简短的一个“中”字，令我的思维一如脱缰的野马，在时间与空间的原野上驰骋，令我美美地幻想着他坐在病床上，一边津津有味地吃着我做的美食，一边喜笑颜开地与家人说笑，又一边时不时地看着旁边的笔记本电脑或手机上来自网络的信息，养得白白胖胖的英俊模样煞是可爱……

病情恶化

转入普通病房，龙振的情绪像是十分激动，不停地说话——忆过往红尘，谈相关工作，叙战友情谊，说缠绵恋情，甚至还情绪激昂地唱起了军歌。后来，他同病房的一个病友家属管教孩子，他的思维却莫名地与那个女人的思维异常合拍，女人训斥孩子的上句还没说完，他就接出了下句，弄得在场的人都啼笑皆非。

他似乎经历了一场酩酊大醉，就那么口若悬河，不停地说啊、唱啊，仿若要说尽他一生的话。他说的那些莫名其妙的话，仿若天书一样，弄得我们时而似懂非懂，时而又丈二和尚摸不着头脑。人到中年的我见过不少死亡，却不知道那是他弥留之际的回光返照，更不知道那些话会成为他红尘中的最后的语言。

龙振不停地说着话，右手痉挛般地在空中挥舞。慢慢地，他的话越来越多，他的声音越来越含混，他的手以及身体越来越发烫，直觉告诉我们——他的病情在恶化。那时，医生已经下班了。于是，我们急忙喊来了值班医生。医生用力掐他的左臂内侧，他一改平日的斯文与内敛，气急败坏而又十分嚣张地叫喊："你傻 x 啊，掐我恁狠！你再掐我，我就起来拐你了哈！"那嚣张的口气里流溢出他将要与人大打出手的狂妄，平日里总为他提心吊胆，生怕他惹是生非，此时我多么希望他能一跃而起，站起身来，哪怕是与人打上一架……万万没有想到，这声叫喊竟是他在尘世最后的结束语，没有给家人留下一句遗言，就再也不曾开口……

当医生紧接着用力再掐他的两臂内侧，继而又用力揪他的乳头时，他却毫无反应地陷入了深度的昏迷状态，那时距离他转入普通病房还不到两个小时。

病情的骤然恶化，让他再度转入重症监护室。值班医生把神经外科主任与相关医生都召集到医院会诊，共同探讨他的病情，研究他的病变原因，制定他的救治方案。

进到 ICU 不大会儿的功夫，一个医生就慌慌忙忙地出来通知家属，说是龙振停止了呼吸与心跳，医护人员正在实施抢救。

这个意想不到的噩耗，令一家人哭天抢地，泪流成河。

经过医护人员的奋力抢救，龙振恢复了心跳，但是却没能恢复呼吸，医生当机立断给他上了呼吸机。

龙振的病情恶化，让我们一家人都陷入极度的惶恐与迷茫之中，无奈之下，我们请求医生准许他转往省城医院，可医生却说他现在不能挪动。看到我们一家人心急如焚，医生给我们提出了一个两全其美的建议——请省立医院的专家前来会诊。

救死扶伤的天职驱使老专家不顾一天的劳顿，不到三个小时就从相距 300 公里的济南赶到了菏泽市立医院，紧接着又马不停蹄地忙着看 CT、看病历、问病变情况、现场会诊等，经过一系列的诊断之后，他郑重其事地给我们家属摊牌——在他四十多年的理论与临床经验里，从来没有见过像龙振这样奇怪的病例。神经外科张主任也说他在 26 年的临床经验里也没有见过这样的病例。他们郑重告诉我们——如果龙振在 24 小时之内不能恢复自主呼吸，那就只能定性为脑死亡。脑死亡就意味着人的死亡。

距离专家的会诊，24 小时已经过了四个多小时，可见未来不到 20 个小时，对于我们一家人来说是多么难熬，又是多么漫长。

那一夜，我们一家人守在 ICU 门外，度过了一个无眠而又漫长的凄凄长夜。

逃离

我在 ICU 病房门外的等待里挨过了那个漫漫长夜，到了崩溃的边沿，我感觉自己身上仿若置有一颗定时炸弹，时间无疑就是一根无形的导火索，倘若再继续在医院里等下去，好像随时都有引爆的危险，哪怕多待一秒钟，都会骤然爆炸而令自己粉身碎骨。

逃离！你必须逃离！——逃离那个令你粉身碎骨的是非之地！内心深处仿若有个声音叫嚣着对我发号施令。尽管ICU病房内躺着的那个孩子令我牵肠挂肚，令我忧心忡忡，令我柔肠寸断，可是那个声音却有着强大的魔力，令我身不由己地快速逃离。

我谎称单位有事，骑着电瓶车从医院逃了出来。可是我那没有呼吸的侄子还躺在ICU病房里，我能去哪里？我把电瓶车的车速调到最快，漫无目的地行驶在柏油路上，泪水就像开闸的洪水一样，无声地流淌，我就那么走着，哭着；哭着，走着……

九点多，我又回到医院的时候，弟媳请来了神婆为侄子做法。她说侄子跟着同一车祸中去世的战友去跳舞了，并说满足了战友提出的给他一辆纸糊的轿车与1600个金纸大宝的要求，侄子将会在11点之前回来——意味着龙振将恢复自主呼吸。

平素里，我们都是非唯心论者，可在那个特定的时刻，一家人都变成了彻头彻尾的唯心论者，把神婆看作掌管生死的神灵，把她的话当作圣旨一般，并深信不疑。

人们常用白驹过隙来形容时间的流逝之快，可是我们在等待龙振恢复自主呼吸的时候，时间对我们一家人来说是那么漫长，那么难熬，每一秒钟都如同炼狱一般。我们不停地看着表，仿若表盘上的三根指针都像故意跟我们作对似的放慢了脚步，让我们在倒计时的等待中倍受煎熬。

好不容易等到了上午 11 点，龙振却依旧静静地躺在病床上，依然靠着呼吸机的机械运动被动地维系着生命体征，没有任何自主呼吸的迹象。

祈祷

龙振出事后，我们一家人在积极配合医生治疗的同时，也变得十分迷信，对神灵与巫术寄托了极大希望。听说距离医院五十多里以外的农村有家神坛很灵验，弟弟和弟媳每天都把没有自主呼吸的儿子交给我和家人，前往神坛去烧香叩拜。用弟弟的话说，我们也只有这点精神寄托了！他们每天都在匆匆复匆匆里，往返一百多里路为儿子祈祷。为了病中的儿子，他们除了到神坛烧香祈祷之外，未曾离开过医院半步。白天过着伤心伴着泪水的日子，晚上随意找个离病房较近的空地席地而睡，任凭悲伤苍老了容颜，任凭担忧徒添了白发，任凭揪心消瘦了身躯，用虔诚演绎着父母大爱，试图来感动上苍，换回儿子的自主呼吸。

在那些悲伤的日子里，我也变成了虔诚的佛教弟子，每天起床后的第一件事就是洗净双手给观音菩萨上香叩拜，每天三炷香，祈求观音菩萨大发慈悲保佑龙振恢复自主呼吸。香雾缭绕里，檀香明明灭灭地燃烧，烧痛了我们的心。

在等待龙振恢复自主呼吸的煎熬里，每一秒都是那么难熬。虽然我们知道家人都守在 ICU 门外也无济于事，可谁都不想离开，谁都不忍心离开，谁都不会离开，就那么无助地等啊等，同时内心又经受着无以言说的煎熬。

我是家里唯一在城里工作的人，那时的家人对我言听计从，而我却无能为力地坐在门外与他们一起等啊等！一种深深的负罪感折磨得我苦不堪言，那种痛楚如同万箭穿心，那种煎熬，无法描述，无以复加。

在龙振没有自主呼吸的日子里，有人提议说他是在车祸中吓得丢失了魂魄，建议我们去喊魂。是啊，对于一个21岁的孩子来说，当一场灭顶之灾从天而降，眼看着同去的战友当场倒在血泊里不省人事，而在生死边沿挣扎的他怎么能不吓得丢魂落魄呢?

那个时候，只要听说对龙振有益处的事，我们都会放大百倍千倍地去做，而且不辞辛劳。

在龙振没有自主呼吸的日子里，因为龙振的病床正对着窗户，我们除了给他喊魂之外，每天的24小时里，我们一家人都会轮流站在窗外喊着他的名字，说激励他活下去的话语。一家人那一颗颗满怀期待的心，那一声声伴着泪水的呼唤，那一句句发自肺腑的话语，足以令天地动容，令苍天落泪，令所有的人感动。

奇迹出现

那是龙振没有自主呼吸的第四天，也就是他住进医院的第九天。一大早，医院还没开始上班，我就站在正对着龙振病床的窗户前，不停地喊着他的名字，不停地说激励他活下去的话，祈愿他能随着太阳的冉冉升起而阳气徒增，能恢复自主呼吸。我每一次喊他，那一声声发自内心的泣血呼唤，那一句句超越姑侄深情的诚挚祈祷，不知不觉间我就沉醉在热泪长流的呼喊与祈祷里。

正当我十分专注地喊他的时候，一只手轻轻地拍了一下我的肩膀，我惊讶地转过头，揉揉朦胧的泪眼，好大一会儿，才看清是刚从重症监护室走出来的龙振的主治医师——神经外科的张主任。他站在我的面前，只见他微微勾起嘴角，小虎牙探出唇外，眼睛笑得眯成了一条线，一种掩饰不住的喜悦在脸上悠然荡漾，在浓浓的睫毛上悄然抖动。面对他的眉开眼笑，泪流满面的我疑惑而又不知所措。

“时龙振有自主呼吸了！”张主任微笑着轻轻地告诉我。

“张主任，你说啥？”一时间，我不敢相信那异乎寻常的消息，甚至怀疑自己的听力出现了问题，抑或是自己的幻听。

“时龙振有自主呼吸了！”他依然轻轻地微笑着说，只是稍微提高了音调。

“张主任，你说啥？”我瞪大了眼睛，掏了掏耳孔，却依然没有听清张主任的话，继而皱了皱眉头，又一次狐疑地询问。

“你侄子时龙振有自主呼吸了！——这可是我26年临床经验中的奇迹！”张主任笑得那么灿烂，或许是怕吓着我，语调轻轻的，柔柔的，只是将声音提高了八度，又拖着长长的尾音，这一次我终于听清了——奇迹出现了——我的侄子时龙振有自主呼吸了！——他活了！——他活过来了！我在心里这么告诉自己。

当我听清那个令人振奋的消息的那一刻，我真想扑通一声跪在他的面前，给他行最古老最隆重的大礼，磕几个响头，感激他对侄子的救命之恩。喜极而泣的慌乱中，我激动地双手抱拳，深深地给张主任鞠了一躬。

张主任刚一转身，我就看到了围过来的侄女彤彤，我们娘俩激动得相拥哭作一团。不知道哭了多久，同为病人家属的李姐走过来劝说，我又搂住她，我们三人相拥搂在一起，我与侄女哭得更厉害了，我一边哭得像个泪人，一边语无伦次地说：龙振有呼吸了！龙振有呼吸了！龙振有呼吸了！……是啊，我的侄子起死回生了，那是我一生当中遇到的最最令我激动的事情，得知消息的那一刻，是我今生最为激动的时刻，这世间还有什么事情能比我唯一的侄子起死回生更令我激动呢？

奇迹之后

龙振恢复自主呼吸的当天，医生找我们家属征求意见——是给龙振拔掉现用的呼吸机换个能携带的小型呼吸机去做CT或磁共振等进一步检查，还是等他呼吸平稳之后再说？那时的家人左右为难——既怕他在拔掉呼吸机之后，抑或在做检查的过程中会停止呼吸而前功尽弃，又怕令他错过检查病情的机会而延误了救治。再三权衡之后才决定：等他呼吸平稳之后再去做检查。

微弱的呼吸断断续续地持续了近十个小时，又悄无声息地消失了。这让我们开始后悔错过了检查的机会。

既然有了一次奇迹，我们一家人依然满怀信心地期待奇迹的再次出现！

时间对我们一家人来说，每一秒都备受煎熬，但是我们有足够的时间与耐心等待龙振恢复自主呼吸的奇迹再现！一家人守在重症监护室的门外，艰难地对抗着时间，依然每天轮流喊他，依然按时备好营养师配制的一日四餐，并恳请他的专职护理给他多喂食。

那个既没有人性又丧尽天良的肇事司机自龙振出事起就弃车而逃，一直潜逃在外，连个出面问问孩子死活的人都没有，更不用说出资救治了，令人恨之入骨！

医生一次次问我们，医疗费谁来承担？得到的回答是由苦主——龙振的父母——我弟弟夫妇来承担。高昂的医疗费对于一个农民家庭来说，无疑是一个天文数字。面对龙振的毫无回天之力，医生们心怀同情，一次次地劝我们放弃治疗，可面对那个躺在那里的我们养了还差一个月就22年的孩子，虽然依靠药物的控制，但是毕竟他还有心跳，有血压，有体温，他的毛发还在生长，他还能消化流食，他还有尿液析出……虽然我们明白他已无可救药，可我们实在不忍心就那么残忍地拔掉呼吸机，令他在红尘里画上一个句号。我和弟弟一次次地流着眼泪共勉——我们还未到山穷水尽的地步！万一有奇迹出现呢！万一他再恢复自主呼吸呢？等等吧！再等等吧！我们就那么抱着幻想的心态一等再等。

开始的时候，医生一次次地找我们谈话，抑或是托熟人劝我们别再做无谓的牺牲，别再让辛苦钱打水漂，别再让那昂贵的医疗费石沉大海，放弃治疗是明智的选择。可那个时候，钱对我们来说只不过是一张张花花绿绿的纸，只是一个数字，我们既不考虑它的来之不易，又不计后果，对于那些“人亡了，家不能再破”的逆耳忠言充耳不闻，面对那个躺在ICU病房里我们养育了近22年的孩子，我们怎么能忍心让家里的独苗苗的人生画上一个句号？一家人一心想让他恢复自主呼吸，一心想让他重新回到我们的生活当中……

我们在难耐的熬煎里等了一天又一天，医护人员见我们没有丝毫放弃的意思，索性对我们听之任之。即便如此，我还会不识趣地拦住躲着走的医生，恳求他给侄子好好治疗，好好用药；抓着从重症监护室探出身来的他的专职护理的手，恳求她不要放弃孩子，好好给他喂饭，好好给他翻身，好好给他按摩……

龙振依然静静地躺在那里，完全没有恢复呼吸的迹象。就这样，我们一家人——一个被关在重症监护室内受难，其他家人则在重症监护室之外倍受煎熬地等着，熬着；熬着，等着……

一双抓不住的手

龙振车祸后住进重症监护室的22天里，我未曾离开过一天。每一天，我都为他的灾难悲怆揪心，为他的稍微好转喜极而泣。

鉴于重症监护室里有我的一个闺蜜与好友。因为这层关系，一般情况下，她们都会对我网开一面——让我尽可能多去探视病中的侄子。那段时间，我是所有亲属当中探视次数最多的一个。

前四天，每每看到他凝血斑斑的脸，血肉模糊的伤口，回天乏力的神情，闻听他声嘶力竭的喊声，我的内心就如刀绞般地疼痛。但是面对神志清醒的他，我满怀信心，甚至信誓旦旦地对前来探视他的女朋友说：“放心吧！我们会不惜一切代价，让你看到一个健康的时龙振！”我们全家都期盼他能一天天好起来。每一次探视他的时候，不善言辞的我，总是努力地抑制着盈满眼眶的泪水，语重心长地说很多激励他活下去的话，以安抚他受伤的心灵，给他重生的勇气。

上了呼吸机之后，看着不再喊疼的他安静地躺在那里，吊瓶里的液体不停地注入他的身体，那些知名的、不知名的药物在他的血管里游走，为他驱除病痛，帮助他恢复意识。他病床边的电脑荧屏上，红红绿绿的曲线和数字变换着他的生命体征指标，仪器发出的滴滴的声音把我的心揪得紧紧的，每响一声就仿若用蘸了盐水的鞭子猛烈地抽打我鲜血淋漓的伤口一下，一种无以言说的疼痛与悲怆令我战栗不已。

龙振微闭着黑紫色的熊猫眼，身上、嘴里、鼻孔等处插着四五条管子。以他平素桀骜不驯的个性、做过武警的强健体魄，他怎么会容忍那些软巴巴的东西来欺负他呢？然而，已经没有自主呼吸的他只能任凭那些管子在他身上盘绕着为所欲为。

龙振没有自主呼吸的日子，依靠呼吸机的机械运动帮助他的肺部扩张，依靠大量的药物调控来维持他的生命体征，他的伤口在愈合，头发、胡须、指甲等都在生长，我们就感觉他的生命还在，一家人的希望也在。

每一次去重症监护室探视他，我都径直走到他所在的四床。每当那时，我都感觉偌大病房内的一切都不复存在，只有他自己躺在那白被单、白被子的病床上。

躺在我面前的孩子，非我所生，我却对他倾注了我全部的精力与深情！想往昔，我对他亦是尽心尽力。他还在娘胎里的时候，是我带着他的母亲去做孕检，那可能是我们姑侄之间最初的交流。他上学时，调皮捣蛋的他一次次地转学，是我为他托关系办理转学手续；开家长会，是我替他的父母去参加；老师请家长，是我替他父母去应对；他调皮捣蛋的时候，是我来管教他，他当时那瞪着眼睛敢怒不敢言的情形我至今记忆犹新；后来他当兵与就业也是我一手促成的……我愿意无怨无悔地为他倾情付出，不图任何回报，只要他好好地活着，好好地为时家延续香火，只希望当我白发苍苍的时候再回娘家，他能扶我坐下，给我倒杯开水，我就心满意足了。没想到这平常得不能再平常的愿望却是那么渺茫！

每一次去看他，看着完全靠着呼吸机维持呼吸的侄子，吸氧机里的水滋滋地叫嚣着，我抓抓他的手，握握他的脚，盛夏的季节，他的手脚却冰凉——那是一种脱离生命的寒凉。我的心里顿时泛起凄凉与悲怆：一个人的生命竟是如此脆弱，面对灾难竟然如此的束手无策又无能为力。

我轻轻地握着他那双无动于衷的手，禁不住泪如泉涌，令不知情的医护人员与一些病人家属都误以为我是他的母亲。

那是一双纤细柔软的手，那是一双好看得如同妙龄少女般的手。仿若还在昨天，躺在我面前的孩子还是一个婴儿，他那双手还是婴儿的手——柔柔的，软软的，嫩嫩的。我抱着那个婴儿，他就用他那双娇小的手轻轻地抓着我的头发，抚摸着我的脸，咿咿呀呀地与我对话。弹指一挥间，二十多年一晃而过，那个婴儿历经风雨后，成长为一个大男孩，一个武警退伍兵，一个英俊潇洒的男子汉；那双婴儿手也变成了一双称不上坚韧的手——一双握不住未来的无奈之手。

正是这双手，提笔写过字，训练握过枪；正是这双手，在部队拉练中曾弄得血肉模糊、老茧横生；也正是这双手，在电脑与手机上码出一行行温馨的文字与我对白：

二姑，我想您了！

二姑，我给您做儿子！

二姑，等您老了，我孝敬您！

二姑，谁欺负您，我替您出气！

二姑，送我一本新书呗，好让我炫耀一下我有个当作家的姑。

……

握着那双手，回味着那些亲切暖心的文字，不知不觉间泪水溢满了双眼；握着那双手，我才知道他对我们来说有多么重要——只有他才能延续我们时家的血脉；握着那双手，我才知道我对他的感情有多深——他非我所生，却早已融入了我的生命；握着那双手，我只想对他说，我不用你做儿子，不用你孝敬，更不用替我出气，我只想让你好好地活着，娶妻生子……

那是6月17日的上午，医生再次给我们下达病危通知，说龙振挨不过当晚。我当即决定再去探视他最后一次。弟弟弟妹都太悲伤，放弃了最后的探视机会，我和姐姐穿上隔离衣，披挂上阵。

那是我最后一次抓着侄子的手和脚，他的手依然还是那么柔软，裸露的肩部与双手双脚依然冰凉。我和姐姐边哭，边抚摸孩子的每一寸肌肤，多想把我们的体温传递给那个可怜的孩子。被子盖着的身上还热乎乎的，我给他拉了拉被子盖住了肩膀和手脚。那张土黄色的脸，完全成了遗容的模样，撑开那青紫色的熊猫眼，散开的瞳孔早已凝固，没有了往日的澄澈与机敏……这哪里还是我那个健康、活泼、机智、英俊又洒脱的侄子？

面对安静地躺在那里的孩子，两个亲姑妈怎能控制自己的情绪，虽然不是号啕大哭，却早已伤痛不已，泣不成声，泪流成河。

“龙振，你醒醒吧！姑求你了！求求你醒过来吧！……再不醒你就没有机会了！投一次胎不容易！家人都没有放弃你，你千万可别丢下家人……”我和姐姐边哭边对他倾情诉说的同时，我的右手抚摸着他的头，他的脸，左手抓着他的左手，正当我想抱抱他的时候，蓦然感觉到他的手指动了一下，又动了一下，十分清晰地触碰到了我的手。

“龙振活了！龙振活了！！龙振活了！！！……”那时，哭得泪人一样的我完全忘记了置身于众多病号所在的ICU，激动得语无伦次地大声叫喊起来。

在那之前，我们拒绝承认他死了。可当我无意识地喊出了“龙振活了”的时候，我才意识到，在我们内心深处，早已明白他已经死了，而且已经死了17天之久，只是自欺欺人地不愿意承认，不敢承认，也不敢面对这个事实罢了！

我的叫喊声把病房内所有医护人员的目光都吸引了过来，龙振的专职护理跨前一步，一把抱住我道：“姨，您别害怕！”

“他活了，他真的活了！他的手动了！医生，快来救救他吧！”我边喊边用祈求的目光逡巡值班医生。

“姨，他的手指没动，是我给他套血样饱和度探头的时候触动了他的手指，碰着了你的手。”小护士依然搂着我轻轻地安慰着。

那时，我没有害怕！真的没有害怕，只是激动，太激动了！我多么希望侄子的手指能动一下，哪怕只是轻轻地一下，可那也只是，我永远的奢望！

一天，两天，三天……我们一家人在度日如年的煎熬里度过了22天。

2015年6月17日，医生查过房之后，又一次给我们下达了龙振的病危通知书，说他撑不过今夜，让我们准备后事。即便是这病危通知书不下，我们也早已从他的脸上看出了我们极力抗拒的结果。

龙振住院以来的日子，每当医护人员从ICU的门缝里闪身喊四床的时候，我总是以最快的速度冲过去，或询问一下他的病情，或看看他的用药情况，或查看一下他的进食量，或过目一下他的排泄物……然而那天，我却不敢直面ICU那道寒光闪闪的门，唯恐哪怕是一道极其细小的缝隙都会挤出龙振的噩耗。医护人员再喊四床的时候，我的腿像坠了铅块一样，沉重无比，每迈一步都那么艰难，却又经不住揪心与牵挂的驱使。医生点名找“小孩他姑”的时候，我像经历了一场异常严重的中风或是高烧，浑身不停地打战，双腿不听使唤地发抖，上下牙齿不停地磕碰，双唇哆哆嗦嗦地不听使唤——我害怕，好害怕我唯一的侄子离我们而去……

龙振熬过了艰难而漫长的没有呼吸的18天之后，没有给家人留下一句遗言，悄无声息地走了！我们永远地失去了他这棵独苗。

于常人而言，18天一晃而过，可是对于灾难中的我们一家人来说，仿若是熬过了漫长的一个世纪，抑或一万年、一亿年之久！

龙振病危的时候，我曾多次给弟弟许诺说，如果孩子真的走了，我会坚强地面对，帮助他料理侄子的后事，亲自给侄子穿最后一次衣服，让他体体面面地上路。可是，真的到了那一刻，还没见到侄子的遗体，我就像着了魔一样，根本做不到像预想的那么坚强，就连自己的感情都不能控制，彻彻底底地崩溃了。那个时候，别说亲自给侄子穿衣服了，就是让我靠近他，我都会像发疯似的，抱着他歇斯底里地大哭而不容任何人动他！

侄子的遗体还没有推出重症监护室的时候，我就被医生以谈话的名义控制在了医生办公室。当我求医生再看看他是否还有心跳的时候，医生郑重地告诉我，在我去他办公室之前，我唯一的侄子就已经没有了心跳及其他一切的生命体征！那一刻，我彻底崩溃了！那是我今生经历的最最绝望的时刻！我当即歇斯底里地号啕大哭。丈夫一行人死死地控制着我，直至侄子的遗体顺顺利利地停放在太平间里，他们才解除了对我的控制，让我走出医生办公室。

在龙振住院的22天里，我仿若是第一次见到那个跟我谈话的朱医生。他却说天天见我哭得像个泪人似的，以至好长时间他都认为我是龙振的母亲。或许，正是那种超越了姑侄深情的心痛与哀伤令我无视龙振之外的一切，令我不能一如预想的那么坚强，令我不能控制自己的情感，也令我歇斯底里的哭声搅碎了夜的宁静。

守候在ICU病房之外，22天的牵肠挂肚早已折磨得弟弟与弟媳形销骨立。可他们却始终都抱着儿子能好起来的愿望支撑着坚守着。龙振去世的前一天下午，他们最后一次探视之后，心底深处用迷信与幻想构筑起来的希望大厦就已轰然倒塌。弟媳一直歇斯底里地号啕大哭，弟弟是个外表刚强的大男人，他的泪水流在了心里，流在了无人的角落，流淌成河，波涛汹涌，那两只红肿得像桃子似的眼睛泄露了他内心的伤痛。

面对唯一的儿子心跳停止的那一刻，弟弟出奇的平静，呆呆地任人包围着，任人看管着，任人劝说着，不说一句话，不喊一声儿子，只有长流的泪水洪水一样泛滥成灾，那种流着泪的平静，让人害怕，更让人担忧；弟媳则像疯了一样，拼命地冲向儿子的遗体，身边几个男男女女都控制不住因崩溃而发疯的她。尽管她当时因崩溃的冲动而力大如牛，但是终究还是抵不过人多势众，最终没有亲眼看到儿子穿衣入殓的过程。是啊，那一刻，不知道弟弟与弟媳的内心有多么的惊恐与茫然。他们后半辈子的靠山倒了，他们的生活里突然坍塌出一个黑洞，他们该如何来应对以后的日子？

不太平的太平间

那是我第一次走进龙振的太平间。一口恒温水晶棺几乎占满了那个逼仄的太平间，给人以窒息的感觉。龙振穿着那身我曾为他洗过、熨过的他生前最心爱的武警军装，安静地躺在水晶棺里，消瘦得骨瘦如柴的身子被一床红绸寿被盖着，头与脚都裸露着。头上武警帽的帽檐夸张地笼罩着前额，露出半张土黄色的脸，微眯的双眼没有半点儿平素的机敏，脚上的军用皮鞋铮亮铮亮地竖立着，令他稍一抬头就能照见自己的身影……这哪里是我那可爱又活泼的侄子？我在记忆的荧屏上努力地搜索着，找不到半点儿与他平素的吻合之处。

看着那个平日活泼而又桀骜不驯的孩子静静地躺在那里，静得令我悲伤，静得令我心碎，静得令我流泪。他就那么无声无息地躺在那里，那种安静令人窒息，令人害怕，更令人绝望。

我屏息感受着龙振的安静，我的心撕裂般地疼痛，浑身不停地打战，一种从未有过的绝望将我吞噬！在我的记忆里，那是他有生以来最为安静的时刻。望着那个可怜的孩子安静地躺在那里，独自承受着黑暗、阴冷、孤独与寂寞，无以言说的悲伤与绝望将我所有的神经都击得粉碎。我们歇斯底里地号啕大哭，除了哭，我们不知道怎样来宣泄内心的悲伤。凄厉的哭声带着强大的冲击力冲出了太平间，向着无垠的苍穹生长、蔓延……

任我们千呼万唤，任我们哭声震天，任我们歇斯底里，任我们泪流成河，任我们死去活来……他就那么无情地、残忍地、安静地、无动于衷地、不动声色地躺在那口水晶棺里，对我们置之不理，就像那一切的一切都与他毫不相关一样。

我手扶盛放着龙振尸体的水晶棺歇斯底里地号啕大哭。龙振却无动于衷地听之任之，既不能喊我一声二姑，也不能为我擦拭一下泪水，任我哭得死去活来。那时候，我真想打开水晶棺，将他一把抱起，就像小时候一样，把他抱在怀里，任凭他用柔柔的小手抓我的鼻子，挠我的脸，拽我的头发，而后咿咿呀呀地喊我二姑；抑或是我牵着他的手，让他乖乖地跟我回家——回到我们时庄共同的家。可是，他却静静地躺在那里，无声无息，任我号啕大哭，任我悲痛欲绝，任我千呼万唤……那时候，我多想穿越时空，回到他小时候，再看看我管教他时他那怒目圆睁的叛逆情形。可是，他没有！他不能！

化身烟缕

记得春节之后，与朋友一起闲谈时，说到了择定婚嫁的良辰吉日，我曾夸口说自己会择定良辰吉日。当时想也没想就说农历的五月初六是个好日子。

光阴荏苒，几个月的时光一晃而过。却不料，农历的五月初六，这个我冥冥之中选定的“好日子”，竟然成了侄子时龙振火化与安葬的日子，也成了我心底刻骨铭心的痛。

龙振火化的那个午后，天气说不上晴朗，也说不上阴晦。淡淡的云朵捉迷藏似的，时而远远地避开太阳，时而又飘过来遮掩了太阳。阴暗的瞬间，天空像个倒扣的水盆，仿若一阵清风的吹拂，就会邀来一场瓢泼大雨。或许，这怪怪的天气，暗合了某种机缘，祭奠着一个远去的年轻生命。

那天，我和姐姐、妹妹、侄女作为家属，送龙振最后一程。龙振被推走的时候，头顶偏西的太阳钻出了云层，像是有意提升气温来烘干我们的泪水。抬头望一眼空旷的殡仪馆大院，不知道有多少人在那里画上了红尘的句号，不知道有多少亡魂在那里徘徊游荡，不知道有多少死者亲属的泪水在那里汇流成河。

我们站在火化车间旁边的树荫下，一任阳光从树叶的间隙里流泻在我们身上，斑驳成一层荫翳的光晕，营造出一种哀伤的氛围。不知名的夏虫啾啾地鸣叫着，聒耳的蝉声阵阵嘶鸣，像是在为一个远去的孩子唱一曲挽歌，为一个远去的生命呜咽悲鸣地做最后的送行。

我们呆呆地站在树荫下，一任哀伤的泪水奔流而下。透过朦胧的泪光，我们把目光投向火化车间，投向那个高耸入云的烟囱。举目远眺的那一刻，我蓦然发现，那时的天空湛蓝如洗，几朵形状各异的云彩飘逸在烟囱上方的天空，幽幽的，淡淡的，柔柔的，有的像玉龙奔腾，有的如凤凰展翅，有的似白驹过隙……我不知道那是一种巧合，还是暗合了某种玄机。我们哭着，看着；看着，哭着，不知道过了多久，那个烟囱开始有烟雾升腾，慢慢地，那一缕缕烟雾由淡变浓，又由浓变淡，直至最后的消失。

望着那缕缕轻烟，我们的心都碎了——那一缕缕或浓或淡的轻烟正是我的侄子穿越了重重黑暗，在烈焰与烟霭中跨越了红尘，脱离了肉体，化作了一缕缕轻烟，飘散在了空中……

再一次仰望天空的时候，那些淡淡的形状各异的白云中间多了一朵凤凰展翅的白云。它与原来的朵朵白云诙谐与共，依然那么幽幽的，淡淡的，柔柔的，向着西南方飘逸而去。

龙振属鸡，莫非那朵凤凰展翅的白云是他的化身？而那原本的形状各异的云朵，难道是在迎接他？云朵飘逸的方向，正是家的方向。如若龙振真的化身白云，他定会在空中俯瞰着，凝视着，护佑着悲切的亲人……只是他再也回不到我们中间……

那天，正是一年一度的父亲节。原本龙振该给他的父亲送上父亲节的礼物与祝福，陪着父亲一同过父亲节的，可他却在那天火化与安葬。他的父亲没有得到他的祝福，更没有收到他的礼物；辛辛苦苦养大的儿子此刻已被烈焰化为一抔骨灰，又被黄土一点点掩埋，作为一个父亲，不知道要忍受怎样的肝胆欲裂与撕心裂肺的失子之痛？

知道儿子安葬的时候，弟媳疯了一样哭着去了村外，邻家十几个女人都拉不住她，便都跟着她去了村外；而被忽视了的弟弟留在家里，只有他身怀六甲的小女儿陪着他。大概知道儿子该下葬的那一刻，他把女儿关在门外，自己边哭边拿出啤酒和两个杯子，倒上满满两杯啤酒，祷告着，诉说着，像是与儿子对白。无论女儿在门外怎么哭喊，怎么哀求，他都像听不见一样无动于衷，陶醉在与儿子的对饮与对白里，就那么循环往复地哭着，说着，倒着，喝着……由开始的呜咽抽泣到后来的号啕大哭，作为一个父亲，他就那么度过了他一生中最最悲伤最最难过最最无助的父亲节。

走不出的昨天

龙振百天忌日的那天夜晚，抬头仰望夜空，一弯凸月仿若远古的钝器，硬生生地割伤我的心事。月光流泻的清晖，抚不平我内心的伤痕。我知道，即使到了中秋之夜，无论天空多么晴朗，我们家的月亮都将残缺不全——龙振的远去，注定了家里以后的日子不再圆满。在这万家期盼团圆的夜晚，残缺的哀伤又一次令我的泪水浸透了漫漫长夜。

每当夜幕降临，我便感觉黑夜是如此的漫长，总是情不自禁地想起我的侄子——想起他的人生过往，想起他病中的情形，想起他孤独的坟茔……想着想着，泪湿枕巾。

是夜，我用伤痛与思念蘸着泪水，写一首题为《走不出的昨天》的小诗，在龙振去世百天的祭日上，以示我对他无垠的怀念——

春天，我要种植十万朵油菜花
营造一座斑斓的城
让满城的绽放，陪伴
你的孤独

用哀伤堆砌一些词语
垫高我回望的目光，思念扶墙
哽咽，惊落的花瓣
斩断目光

你所有的故事都被光阴堆叠
悲欢荒芜，往事成殇
过往的风景，把我困在
走不出的昨天

倘若龙振地下有知，读到我这个姑母为他而写的字字真情、句句泣血的祭文与诗歌，不知道他是否会一如此时的我一样，泪流满面又泣不成声？会的！他是我的侄子，他的身上流淌着和我一样的时家血脉！